Celama (un recuento)

Luis Mateo Díez

Celama (un recuento)

Edición de Ángeles Encinar

Papel certificado por el Forest Stewardship Council®

Primera edición: marzo de 2022

© 2022, Luis Mateo Díez
© 2022, Penguin Random House Grupo Editorial, S.A.U.
Travessera de Gràcia, 47-49. 08021 Barcelona
© 2022, Ángeles Encinar, por «Celama: un destino»

© Diseño: Penguin Random House Grupo Editorial, inspirado en un diseño original de Enric Satué

Printed in Spain – Impreso en España

ISBN: 978-84-204-6206-6
Depósito legal: B-875-2022

Compuesto en MT Color & Diseño, S.L.
Impreso en Unigraf, Móstoles (Madrid)

AL62066

Índice

A Milagros y Florentino, in memoriam

Viaje a Celama

1

Había una niebla que emboscaba lo que parecía el paisaje de un sueño, en la indeterminación de lo que podía pertenecer a otra geografía si esa niebla se despejase y el paisaje emergiera en su plenitud.

Lo que el viajero podría corroborar era una idea que tuvo muy tempranamente, la que consideraba que la irrealidad era la condición del arte, y que entre los auspicios de su viaje a Celama, en la percepción primera que alentaba un presagio en la frontera de dos ríos, más allá de la niebla y la envoltura del emboscamiento, lo irreal daría sentido a lo que viera y descubriese.

Todo lo cual formaba parte de las sensaciones con que el viajero había ideado su viaje a Celama y cuando ya, entre el acopio de las previsiones, la niebla y la indeterminación resultaban casi sustancias de la imaginación anotada en sus cuadernos sin especiales atisbos de fidelidad, como mera constatación de lo que en sus más íntimas expectativas significaba ya el Territorio que, al tiempo en los esquemas de la ficción, era conocido además como el Páramo o la Llanura, y también como el Reino de Celama en la perspectiva histórica que dotaba la compilación de su totalidad, en la geografía y el tiempo.

2

El viajero nunca tuvo claro el sentido de lo que llegaría a significar, en esa dimensión de geografía y tiempo, la denominación de Reino de Celama.

Ni siquiera aunque la ajustase en la indagación, si como tal metáfora sugiriera el dominio de una suerte de impropia monarquía que hubiese ejercido algún poder innominado en el decurso de los siglos y los acontecimientos, necesitado el Territorio de una vacua autoridad en el devenir de tales siglos y transformaciones, lo que podría llegar a considerar tan innecesario como inapropiado.

Sería, sin embargo, algo parecido a la denominación de un destino y, a la vez, el emblema que enalteciera su materia: la gleba solidificada en la totalidad de su demarcación, las cantidades de superficie medidas con las heminas, los pagos, las lindes y las heredades, con títulos de propiedad o antiguas posesiones, como un trasunto de lo que se adquiere y lega, o como la constatación de lo que comparativamente se asemeja a la idea del reinado en el predominio en que puede sucederse el tiempo con la misma virtualidad que las cosechas.

3

Lo que el viajero recabó finalmente, al acercarse a Celama tras revisar sus apuntes y notas para orientar su viaje, le produjo no sólo una suerte de confusión y desánimo, también la sensación de que entre lo imaginario y lo real, el trasunto de la niebla y la indeterminación del paisaje, no había un rastro que le ayudara a superar la incertidumbre de aquella pretensión que se había convertido en un proyecto reiteradamente aplazado y, a la vez, en una divagación llena de inciertos atisbos sobre lo que Celama podría ser sin haberla conocido.

De esa indecisión llegó a sacarle, después de que las dudas fuesen reconvirtiendo la propia incertidumbre en pesadumbre, y el ánimo decayera en una última desolación que dañó su espíritu hasta confundirle en la duermevela sin reposo y holgura, lo que comenzó a vislumbrar como el auténtico recurso que merecía la pena del viaje, el que correspondía a las ficciones que el viajero había leído o escuchado.

Celama era versátil en sus cuentos, en sus historias, y no tenía mucha importancia quién las hubiera escrito o sencillamente las hubiera contado, con la referencia de lo sucedido en las historias y de lo rememorado en los cuentos.

Habría una sutil línea de identidad narrativa que en los cuentos mostraba su legitimidad en la oralidad y en las historias ni siquiera resultaba necesaria, sabiendo que los cuentos pertenecían a una sabiduría ancestral y simbólica, y las historias podían desaparecer en su diversidad o incluso no haber sucedido, si constataban hechos mentirosos sin más razón y certeza que las avaladas por su verosimilitud.

El viajero vislumbró Celama, atisbó el Reino en su imaginación, sin que la niebla y la incertidumbre desdibujaran por completo la vista y la visión que el Territorio atesoraba, de eso no cabía duda.

Y estuvo al pie de Celama menos comprometido en el recorrido, que hubiera sido lo propio de un viajero al uso, de alguien que vive y relata el viaje en el decurso de sus jornadas, y cuando regresa y se dispone a dar forma a cuanto ha anotado, valiéndose también del acopio de las sensaciones que persisten en el recuento, tiene la desolada impresión de un vacío que todavía no es capaz de relacionar con el olvido que se respira en las Hectáreas del Territorio como una secreción del abandono.

Ese vacío, muy al contrario, reducía los recuerdos del viajero a una evocación imperceptible, nada ajena a la que las hectáreas hubieran deparado en su soledad e inexistencia, como si fuese verdad aquella repetida referencia de Celama como reino de la nada, una idea que había escuchado hacía mucho y que al recordarla justificaba la impresión de desaliento y desánimo que persistió en el viajero durante el tiempo en que la ensoñación hizo fructificar la confusión reduciendo el viaje a la inocuidad de una ocurrencia.

4

Persistieron las historias y los cuentos, y fueron finalmente esas razones de la ficción, legitimadas en la simbología y la verosimilitud, las que no sólo avalaron la renovada confianza del viaje, que acabó desterrando el desaliento del viajero, también la convicción de que la inocua aventura que supuso no era, a la postre, inútil ni descabellada.

Y no lo sería si el viajero iba a ser capaz de rehacer lo que en su mirada y sus visiones quedase de la experiencia de las jornadas del viaje, ya convencido de que Celama pertenecía al patrimonio de lo imaginario, a la irrealidad que es la condición del arte.

Y fuese o no fuese un reino de la nada, tuviera o no la demarcación de lo que sólo existe entre los cauces de los ríos Sela y Urgo, sabiendo que ambas fronteras fluviales no constan en los censos hidrográficos pertinentes y que los numerosos ahogados en sus aguas, mayoritariamente nacidos en el Territorio, desaparecieron en lo más ajeno de sus riberas, cuando los citados ríos desembocaban como afluentes de otros caudales mayores.

5

El viajero estuvo indeciso de cruzar el Urgo por el puente de la carretera comarcal que mejor lo encaminaba a Santa Ula, capital de Celama, o hacerlo posibilitando el recorrido de Norte a Sur por alguno de los más precarios pasos en la cabecera de la propia comarca hasta llegar a Los Confines, en los alrededores del Oasis de Broza y por las alquerías de Lepro, Murada y Las Gardas.

Eso lo llevaría a ese Norte de lo que tradicionalmente asumió la aciaga pobreza del Territorio y desde donde mejor idea podría hacerse de un pasado tan irremisible como irredento, de la pervivencia de los siglos solidificados en los estertores del secano y la propia ruina de un cielo que apenas amparaba el desconcierto de las hectáreas yermas, la misma ruina del alma que latía en comparable proporción en quienes las trabajaban con mayor ahínco que resultado.

La decisión de ir lo más directo a Santa Ula no la tomó de inmediato, tampoco acabó de ser la que más le satisficiera, ya que tampoco había desechado encaminarse del Sur al Norte, subir del Yuso al Suso, cruzando con menos penalidad el Urgo hacia el Pago del Cindio, bajar al límite de Ogmo y hacer un quiebro entre El Poruelo, Odiermo, Las Ánimas y La Santa Quilla, por donde curiosamente el

Páramo guardaba una perceptible equivalencia con el Norte de Los Confines.

Y eso sucedía aunque el cielo no avalase tan pertinaz la ruina de aquellas extremidades que el barbecho hermanaba, sin que las almas estuviesen menos desecadas y apenas con alguna alteración que los límites del Sur hacían más bonancible, si era verdad que por ese conducto podía adivinarse un más allá que alentaba la expectativa de los emigrantes que querían irse de Celama y desde donde el mar de las Hectáreas presumía de una costa de arena y firmamento raso.

Todo parecían suposiciones o veleidades muy propias de un viajero que de indeciso se había reconvertido en caprichoso, como si la imaginación de su proyecto no acarreara otra cosa que la libertad de la misma, lo que facilita bastante el uso de los recursos de la ficción cuando, como en su caso, le son habituales al sentirse deudor de una imaginación narrativa, y ya con esa libertad ganada iba a concederse todo tipo de invenciones y hasta alguna irresolución que le permitiera un uso inmoderado que acarrease el riesgo de poner en entredicho la propia verosimilitud.

La irrealidad como condición y convicción tenía la firmeza de un designio y en la sensibilidad del viajero había al respecto razones casi ontológicas y, por encima de todo, más allá de los desánimos que pudieran reverberar con incrustaciones adolescentes o decaimientos creativos conectados con el cansancio, la flojera o la fatiga mental, estaba la conciencia de una realidad paralela, no sólo alternativa, de otro cauce de la vida que ni siquiera necesitaba la condición de espejo, una suerte de trasmundo por el que se podía no solamente viajar, también trastocar la identidad y el destino.

6

Iba a tomar un coche de punto que, al fin, lo llevase a Santa Ula y, en el último momento, cuando se disponía a hacerlo, recordó que se había dejado una libreta en la Pensión Ribera, donde se había hospedado los tres últimos días y que estaba en una de las casas colgadas de la vertiente donde el Urgo hacía uno de los acostumbrados meandros que tanta fama le daban de río esquivo.

El viajero venía de Ordial y en sucesivos coches de línea había ido haciendo un recorrido caprichoso que evitaba entrar en el Páramo, guiado por la vana intención de bordear la planicie delimitada en la mitad meridional de su enclave en la Provincia por los dos ríos que a la vez la escoltan en toda su vertical longitud, en el Oeste el Urgo y en el Este el Sela.

Esa planicie, que acaso era la que mejor auspiciaba la denominación de Llanura, compatible con la de Páramo y Territorio en el uso de los indistintos nombres que a Celama dan sus habitantes, ofrece un desnivel notable en la altitud de los dos extremos de Norte a Sur sin que se pierda su condición de plataforma y sin que en ningún momento, de un lado a otro, se difumine la perfecta impresión en la igualdad de la superficie, también entre el Este y el Oeste.

La idea de bordear la línea perimetral de Celama, siguiéndola con las lógicas dificultades de una demarcación no tan estricta como el viajero intentase constatar, no iba a tener otra razón, como el propio viajero anotó en alguno de sus apuntes poco relevantes, que la de una reserva menos táctica que moral, al parecer relacionada con otras infundadas previsiones que anticiparon alguna ensoñación, un retraimiento más temeroso que estratégico que quiso corroborar a posteriori, en el sustrato de algunos cuentos que había escuchado o de las historias que leyó.

De esa ruta bordeadora, que, al parecer, discurrió con mayor longitud por las demarcaciones del Suso que del Yuso, no iba a dejar constancia concreta el viajero.

Apenas algunas consideraciones parciales que ya, desde la perspectiva con que en su domicilio de Ordial planeó y delimitó el viaje, tuvieron indiscretas referencias, como si en la conciencia de la ficción y en la previsión de los hechos imaginarios existiera un atisbo de inquietud que acaso en algunas ensoñaciones anticipara el clima de la fantasmagoría y un temor que no aliviaba la reserva de quien desde las ventanillas de los sucesivos coches de línea que casi ni rozaban las fronteras del Reino podía adivinar un temblor de hectáreas bajo las cadenas que amordazaban su antigüedad.

7

La indecisión del viajero para acabar siendo fiel a las rutas delineadas que iba a emprender en cualquier caso desde Santa Ula, que, como capital de Celama, estaba situada en el centro del Territorio, lo que le permitiría ir hacia el Norte de Los Confines en un recorrido suficiente para luego volver desde el otro lado, por los Pagos de Onda y Morgal hacia arriba, y por Los Llanares, Hontasul y Sormigo hacia abajo, se reavivó de nuevo cuando se percató de haber olvidado la libreta en la Pensión Ribera.

El chófer del coche de punto que al pie del puente le indicaba la dirección de Santa Ula, una vez que tomasen la carretera comarcal de Olencia, no pareció extrañarse cuando al viajero, cuyo escueto equipaje podía hacerlo sospechoso o, al menos, dudoso de su condición y cometido, le dijo que tenía otro servicio y que en el tiempo en que recobrara lo olvidado podía, si le avisaba, volver a recogerlo.

Esa mínima circunstancia de un descuido, la certeza de que la libreta había quedado en la Pensión Ribera, fue suficiente para que durante otros tres días el viajero abandonase la idea de ir a Santa Ula e iniciar desde allí su recorrido sin que cualquiera de las direcciones limitara su intención, sabedor también de que por el núcleo central de Celama, entre el Pago de Grajal hacia arriba y el Pago del Cejo hacia abajo, tenía Santa Ula la concomitancia de una suerte de pueblos irradiados por su capitalidad comarcal y que, en el conjunto del Territorio, con pocas salvedades, mostraban mejor aspecto y modernidad en sus edificaciones, como retales del propio tejido urbano que expandía Santa Ula con el crecimiento de una manta menos extendida que desperdigada.

En la libreta del viajero, donde las notas sugerían los síntomas de sus posibles averiguaciones cuando el recorrido se llevase a cabo, y siempre más como indicios que como certezas, ese centro geográfico daba equivalencias, de uno a otro lado, a Fulvio y Mambia, Arvera y Dalga, Orión y las alquerías de Vericia, Ozoniego y Ningra, con una referencia muy señalada a Barmatal, donde estaban las ruinas del castillo, en el que antiguos señores de linajes menores y trastocados habían depuesto su memoria feudal en la resquebrajadura de lienzos y almenas derruidas a las que asomaban inquietas las lagartijas del Páramo.

Otros predios y heredades animaban la intención del viajero, que los sumaba a los que en los alrededores de

Santa Ula se devanaban con menos desgaste, con Anterna a la cabeza y Leroza, Carmil y Predio en sus variantes y Rito, Nolda, Orillo y Pobladura no muy lejos, y hacia el Este, sin diluirse en lo que la mirada del viajero lograse adivinar como otra extensión paralela, la franja de los Pagos de Almudia con el Cordal en su punto de mira.

8

El hecho de que el viajero volviese a perder la libreta sin ninguna posibilidad de recuperarla fue el acicate que le llevaría a un limbo de despreocupación, pensando que el extravío se compaginaba con la incipiente pérdida de una voluntad que orientaba la deriva en que comenzaba a sentirse y que le ofrecía la indecisión de no reincidir en la planificación del viaje, ahora que Celama estaba más cerca que nunca y que alcanzar sus hectáreas supondría desvelar el recato de su ocultación.

De ese sentimiento comenzó a llenarse la conciencia del viajero, de la administración que podía provenir del vacío que trastocaba el propio sentimiento imaginario que reducía a la irrealidad lo que Celama concentrase en su existencia, dejando de ser su condición imaginaria el mayor aliciente para su viaje y posible desvelamiento, al otro lado de las nieblas que emboscaban lo que parecía el paisaje de un sueño.

Fue ese sentimiento, en aquellos días en que siguió en la Pensión Ribera, el que avivó lo que la indecisión tenía de duda, lo que el apremio de la llegada al Territorio ofrecía de incertidumbre y también de temor, en una geografía de la que ninguna topografía daba cuenta y en un espacio que se difuminaba, inconcluso y espectral, cuando la curiosidad del viajero quiso avistarlo tras las demarcaciones que iba adivinando en su perímetro desde la ventanilla de los coches de línea.

Lo cierto es que Celama tenía un contraste previsible en sus adivinaciones y lo que llevaba anotado, no sólo en la libreta definitivamente perdida, también en algunos cuadernos y en los márgenes de los contados libros que auspiciaban las ficciones de sus historias y cuentos, era suficiente para respaldar el contenido de esa geografía comprimida entre el Este y el Oeste de los ríos y señalada en los límites del Norte y el Sur por los extremos de Los Confines y Ogmo, donde el perfil de las hectáreas resultaba, en ambos casos, caracterizado por los mismos rasgos de su desgaste: la erosión, los depósitos geológicos que afloraban en las rañas, las escorrentías lentas y los costosos drenajes internos.

En cualquier caso, las sensaciones del viajero no sólo avalaban las contradicciones de sus sentimientos, también una suerte de apuro que lo retenía sin mayor convicción que la de verse desasistido.

Y era como si el resultado de aquella indecisión que provenía de su voluntad enferma, sin que fuera la primera vez que la padecía, fuese el sustrato de ese desamparo en el que, sin todavía lograr reconocerlo, dada la inquietud y extrañeza que le reportaría, existiese una correspondencia casi tan imprevista como inadmisible, con el desvalimiento que en lo imaginario irradiaba aquel Reino que no había logrado la aureola de lo legendario, pero sí una épica del trabajo y la supervivencia que podía contarse y escucharse, como si la propia pobreza de su ficción rezumara en las Hectáreas y en la vida que prolongaba la caducidad del tiempo y las cosechas como una prolongación de su agonía.

9

Fue el abatimiento lo que determinó finalmente la renuncia del viajero a su viaje.

Nada pudo remover su voluntad enferma, ni siquiera las previsiones que podían predecir lo que algunos avistamientos procuraban, un orden mental que sostenía el recuelo de aquella obsesión por el Territorio, como si en la incitación de conocerlo se despejara el anhelo de llegar a él, fuese cual fuese la vía para alcanzarlo, sin orillar siquiera la inmersión onírica por donde lo imaginario suele denotar cualidades fantasmagóricas que auspician algunas visiones perturbadoras.

Regresar a Ordial, reconocer la derrota que suponía prescindir de tantas incitaciones y preparativos, tuvo en los primeros días ese desaliento que se contrapone a los afanes incumplidos y también una inmerecida frustración, ya que en el pensamiento de Celama existían frutos de una cosecha personal que el viajero creía haber recolectado en los términos en que en la ficción de ese pensamiento procuraban las anotaciones de lo que sobre el Territorio había leído y la transmisión de lo que le hubiera llegado en algunos testimonios, los escasos pero reveladores ingredientes narrativos de la no menos escasa bibliografía, la recopilación que de los cuentos y las historias había efectuado.

Fue curioso comprobar al cabo del tiempo, cuando ya quienes acompañábamos al viajero desde la amistad que marcaba distintas distancias y connivencias, cómo resultaba factible aquella reconciliación de sus expectativas y descubrimientos, aunque el viaje hubiera sido imposible y en el reposo de las Hectáreas radicaran las emociones que mejor pacificarían su espíritu.

Era como si en las derivas que correspondieron a su obsesión, una vez apaciguada la tensión de su renuncia, y aquilatado el conocimiento de un Reino que en su misma inexistencia obtenía la cualidad más verdadera de su presencia, entre la dimensión imaginativa que la obsesión incrementaba, se sustanciase de veras aquella irrealidad tan propia de lo que el Reino mereciese como condición del arte y, en tal sentido, como verdad narrativa.

No eran muy reiterativas las referencias a los topónimos de aquella incierta geografía que, en su momento, marcó algunas de las indicaciones que podían orientar la dirección del viaje, y con frecuencia había una mezcla que detallaba la confusión de los términos, los lugares, las lindes y las heredades que en las historias y los cuentos tenían el orden parecido a los nombres propios de sus habitantes y personajes y, sin embargo, las palabras que pronunciaba el viajero tenían la convicción y resonancia que más podían parecerse al sonido originario de esos habitantes y personajes, lo que en las invenciones del Territorio acumulaba un eco que el viento de Los Confines llevaba al extremo Sur de Ogmo, las llamadas y los avisos que circundaban los baldíos y las encrucijadas, el Este y el Oeste de los ríos y la Llanura.

Si se pudiera decir que el viajero no tuvo el desaliento ni el temor que le impidieron consumar su viaje, evitar la renuncia de llegar a Celama sin necesidad de vislumbrarla, podríamos asegurar que le habíamos acompañado por las rutas que su propio destino nos fue marcando, y así evitar la duda de su inexistencia y abandono o el recurso de tener que justificar su conocimiento exclusivamente en la experiencia imaginaria que da sentido a su invención, una precaria contrariedad que el viajero no admite.

—Nunca supe si contaba con el permiso para entrar en el Reino o no fui capaz de solicitarlo —dijo en una ocasión el viajero justificando su actitud—. Tampoco sé si merecía o no la pena. Ni me arrepiento de no haber entrado, ni estoy contento de no haberlo hecho. Hay quien fue y jamás volvió. En cualquier caso, los cuentos y las historias dan fe y corroboran mi frustrado empeño.

I. Corro de infancia

El Niño de la Nieve

Érase que se era, dijo doña Lama, que fue la que contó aquel cuento, un día de invierno como este que nos cayó encima.

La noche trajo la nieve, el día la continuó.

Cuando noviembre se pone bravo, no hay nieve más rabiosa y persistente, será porque a la primera va la vencida.

En la aldea de Murada, donde el Norte de Celama pisa la raya, vivía un joven matrimonio y tenían un hijo de siete años. No voy a decir el nombre de la madre ni del padre porque en el cuento no hace falta, el del hijo tampoco, como luego se verá.

No era un día para salir a la Hectárea, ni para ir a ningún sitio, pero los padres se habían comprometido a llevar dos sacos de harina a un vecino de la aldea de Olongo, a unos tres kilómetros de distancia. Cargaron el macho y fueron los dos, pensando que, tal como estaban las cosas, cuatro manos serían más apropiadas.

El hijo quedaba en casa, como tantas veces hiciera, y además con el encargo de dar de comer a las gallinas, para mayor entretenimiento. Ir no fue tan difícil como volver, y eso que volvían sin carga, el macho más suelto, sin la incomodidad de arrearlo y vigilarlo.

Nevó lo que Dios nos dio a entender y las horas se prolongaron o dejaron de pasar.

Otra idea corriente, y para mi gusto menos desvariada, es que con la nieve no sólo la tierra se borra, también el tiempo, o el tiempo se congela, que sería lo mismo. Oscurecía cuando entraron en casa. El marido llevó el macho a la cuadra, vio las gallinas dormidas en el gallinero, la mujer atizó el fuego, antes siquiera de llamar al hijo.

Ni un minuto tardaron en darse cuenta de que el hijo no estaba. No había huella de él, nada faltaba en la casa, ni la poca ropa de abrigo y calzado que tenía. Cuando estuvieron seguros de que de veras no estaba, tras recorrer hasta el último rincón, pensaron que el chico, asustado o miedoso, habría salido a buscarlos. La preocupación creció con el llanto y, antes de sentirse desesperados, ellos mismos salieron a la nieve y, de la mano, ahora que la borrasca alcanzaba la cima de la noche y volvía a desplomarse en ella, fueron dando vueltas y vueltas, sin perder la referencia de la casa y el corral, llamando al hijo a voces. No había pasado una hora y ya estaban desesperados, ateridos, rotos, sin aliento y sin voz.

Esa misma noche salió todo el pueblo de Murada.
Al día siguiente vinieron de todos los pueblos de alrededor.
El Norte de Celama se llenó de gentes que buscaban al niño. La nieve no cedía. El invierno se hizo más largo que nunca.
Buscó, al fin, toda Celama, nadie consintió en quedarse en casa, todas las distancias se recorrieron, todas las Hectáreas, en todos los Pozos se miró.

Un mes más tarde, ya nadie decía nada: el silencio no era el aviso de la desgana o el cansancio, era la señal más piadosa de la resignación, porque lo lógico era que el niño hubiese muerto aterido y el cuerpo descansara ahora bajo la propia nieve.

Un invierno completo con esa ausencia misteriosa, con esa desgracia, sería suficiente para que los jóvenes padres se hundieran en el desconsuelo. Sucedió así. La primavera venía retrasada, el deshielo, la lluvia borraban la nieve, el terreno afloraba con la vejez que lo constriñe, sabiendo como sabemos en el Territorio lo antigua y apremiada que es la gleba.

Ahora el desconsuelo alimentaba la esperanza de que apareciese el cuerpo. Unos padres no pueden soportar que la ausencia se consuma con el secuestro que no deja huella, que no devuelve nada. Y nada hubo. Se cumplió la primavera, todo el mundo en Celama regresó a los campos, con menos ruido y comentario para no hacer más dolorosa la búsqueda, y hasta la última esquina de la Llanura se revisó.

Cuando las cosas suceden así, lo que se piensa es que el cuerpo de un niño de siete años, no muy desarrollado, además, como era aquél, puede arruinarse de modo que la propia tierra lo sustraiga, sin más huellas visibles.

El verano corroboró la desesperanza y el otoño empezó a predecir lo que afirma esa vieja verdad de que el tiempo alimenta el olvido.

En Celama ya se había vuelto a hablar de otras cosas, y la desgracia de Murada motivaba más suspiros que comentarios. Los padres apenas habían podido salir a las Hectáreas, pero los parientes y vecinos se habían hecho cargo de las labores.

Fue en octubre cuando un niño del Sur, de la aldea del Broco, hizo en casa un extraño comentario que, a lo largo del mes, coincidió con el que hicieron otros niños y niñas de las más dispares y lejanas aldeas de la Llanura. Se supo que el del Broco había sido el primero cuando, tal vez con menos discreción de la precisa, comenzó a correrse la voz de que el Niño de la Nieve musitaba en el sueño de otros niños de su edad, con la mayor dulzura y sin provocarles temor alguno, que estaba bien, que iba a volver, que ya sabía todo lo que en la vida y en el mundo puede saberse.

El comentario del niño del Broco había sido casual, mientras comía con sus padres, sin dar importancia a lo que decía. Los otros fueron parecidos aunque, según crecieron la curiosidad y la consternación, los niños empezaron a asustarse y algunos se negaron a repetir lo que habían dicho. Todos mentaban al Niño de la Nieve y todos decían que su voz era dulce y feliz cuando anunciaba que estaba bien, que iba a volver y que ya había aprendido lo que en la vida y en el mundo puede aprenderse.

Hubo cuidado para no decir nada a los padres.

Nadie en Celama cree más de lo preciso, aunque la creencia sea un seguro de vida en las tierras pobres. Aquello causaba preocupación, más que fe, y que llegase a oídos de los padres no sería para alivio de su dolor, antes bien para alimento de una vana esperanza, cuando ya esa esperanza no tenía motivo.

De todos modos, el mismo día del invierno que precedió al de la desaparición del Niño un año atrás, cuando la nieve caía igual y lo que podía presagiarse apenas se distinguía, vio la madre a dos niñas del pueblo que estaban quietas ante la casa, cogidas de la mano, sin que la nieve les importara, como esperando a que alguien saliese. Salió ella y, apenas la vieron, le gritaron: mañana vuelve, y escaparon corriendo, entre risas alborozadas.

Mañana era exactamente el día de la desaparición, un año después.

No entendió muy bien la madre lo que dijeron las niñas pero, eso sí, al instante desapareció de su corazón la angustia y sintió una paz que la reconfortaba.

La nevada repetía el peso de la maza blanca que golpea Celama en el corazón del invierno.

Era un día de luz lechosa y anacarada, uno de esos días inmóviles que rompen para siempre el tiempo de la Llanura.

La madre andaba inquieta por la casa, el padre no era capaz de levantarse del escaño de la cocina. Cuando ella salía o no miraba, bajaba la frente al antebrazo y se oía a sí mismo sollozar.

Ella no le había dicho nada de su encuentro con las niñas, la verdad es que no hubiese sabido qué decirle, y la paz que la reconfortaba la mantenía como un secreto que no se entendía del todo pero que, al fin, en cualquier momento sería desvelado con la mayor alegría.

Llegó la noche y se acostaron. Ninguno de los dos pegó ojo, y ambos respetaron igual silencio.

Fue a medianoche, cuando la nieve era más intensa, cuando se pudo escuchar una leve llamada en la puerta.

Es él, dijo la madre, y el padre pensó que aquella mujer había enfermado, que la desgracia mataba la razón, del mismo modo que había amargado la felicidad del matrimonio.

La llamada volvía a repetirse.

Bajaron los dos.

El Niño estaba en la puerta, cubierto de nieve, con las mismas ropas con que desapareció.

Lo abrazaron, lo besaron, hicieron todo lo posible por que su cuerpo recuperara el calor que la nieve y la noche le habrían robado.

La verdad es que no parecía preciso. Era el mismo Niño, saludable y alegre, acaso con los dedos de más de la estatura del año que hubiera cumplido, y una lejanía en la mirada que, cuando se sentó a la mesa, requerido por la madre para que tomase un tazón de leche caliente, hizo sentir a los padres el pálpito de su pérdida, la extrañeza de quien vuelve sin poder ser el mismo.

—Todo lo sé... —dijo el Niño de la Nieve, acariciando el rostro de la madre, limpiándole las lágrimas mientras, a la vez, aferraba la mano temblorosa del padre—. Las cosas del mundo y las cosas de la vida, pero nadie debe preguntarme nada, porque donde estuve no es un reino de los hombres. Cuanto antes se olvide lo que me pasó, mejor. Sólo a vosotros os iré contando algunas cosas para compensaros del sufrimiento de este año. Lo que diga redundará en vuestra felicidad, aunque algo habrá que no contribuya a ella, pero en ningún caso deberéis apenaros...

Flores del fantasma

—¿Dónde estamos, Calina...?

—Donde usted diga, don Enadio.

—¿Quién lo sabe...?

—En Modazal, más cerca de la Hectárea de mi tío Bemino que de la de mi tía Aurora.

—¿A qué distancia del pueblo, de la escuela? Que lo diga Seriro.

—Yo no la sé calcular, don Enadio.

—Haz un esfuerzo y que te ayude Lito.

—Si salimos a las once y son las doce, con el tiempo que venimos perdiendo cogiendo plantas y flores, unos pocos kilómetros.

—Calina dice que en Modazal y tiene razón. Son tres kilómetros y medio para ser exactos. Ahora Dorencio tiene que contarnos lo que sabe de Modazal.

—Que hubo un pueblo.

—¿Qué es eso de que hubo un pueblo...?

—Que lo hubo y dejó de haberlo.

—¿Y dónde está? Ahora os veo más callados de lo debido. ¿Dónde? Venga, Calina, que algo sabrás.

—Lo que usted quiera, don Enadio.

—Lo que yo quiero es que me digas algo.

—Pues lo mismo que usted dijese.

—¿Cuántas flores cogiste? Ven a enseñármelas.

—Me parece que la que más.

—No le haga caso. Mire las mías.

—Las vamos a ver todas, Docela. Pero tenéis que guardarlas con cuidado, que son muy delicadas.

—Anisines, alfilerillos, azulinas y una arveja.

—Cila perdió una andriala.

—Me la quitó Gobino.

—No le haga caso, don Enadio.

—Bueno, bueno, que nadie se queje y que nadie acuse. Veo que todos habéis cogido muchas. Luego vamos a clasificarlas. Ahora lo que quiero es que hablemos de Modazal. Limina alza la mano, señal de que quiere contarnos algo.

—Lo que se sabe, que murió.

—¿O sea que un pueblo puede morir como una persona...?

—No creo que lo mataran.

—Calla, Sindo, que tú tienes la imaginación desatada.

—A no ser que lo mataran otros pueblos por la razón que fuese...

—¿Por ejemplo...?

—Porque no les gustaba o eran enemigos.

—Bueno, deja que siga Limina.

—Yo lo oí en casa.

—¿A quién...?

—A mi abuela Tepa. El sitio se llama Modazal y el pueblo se llamaba Belaldo. Era un pueblo pequeño. El día que murió, murieron todos los que lo habitaban. También murieron los bichos.

—Eso no puede ser.

—Es lo que dijo mi abuela.

—Igual oí yo en casa.

—Pues yo no me lo creo.

—Piti no se lo cree. ¿Es que te parece completamente imposible?

—Aquí no hay huella alguna, don Enadio. Una piedra, una señal, algo quedaría.

—Bueno, no dejas de tener razón. Sería lógico que algo quedara. Belaldo no sólo muere, también desaparece. No hay rastro de él.

—Lo hay, en tanto en cuanto jamás bicho alguno se acercó. Podemos venir nosotros, viene la gente a verlo, pero aquí un bicho no se acerca, ni a la fuerza se le puede traer. Será que los bichos olfatean lo que hubiese.

—¿Eso quién lo dice?

—Lo dice mi padre, se sabe que es así. Ni perro ni hormiga, ni una lagartija siquiera.

—También hay quien dice que un día al año, que es el día que fue la fiesta del pueblo, se oye algo, un suspiro, un ruido...

—Eso es mucho inventar.

—El caso es que en Modazal nadie siembra.

—Se sembraría si el terreno lo mereciera.

—No se siembra por respeto. Y lo que dice Ripo de los bichos es toda la verdad. No se acercan por miedo.

—Resulta que sabéis mucho más de lo que pensaba. Dejad que hable Tolina, que también parece que quiere decir algo.

—No era un pueblo el que muriera. Belaldo no era un pueblo.

—Ésa sí que es una novedad. ¿Y qué era...?

—Era un hombre.

—Ni le haga caso, don Enadio. A Tolina se le cruzan los cables. O no se le entiende nada o todo lo cuenta al revés.

—No os metáis con ella. Acláranos eso y dinos cómo lo sabes.

—Este hombre era malo y en ningún sitio lo quisieron. De todos los lugares lo echaron por malo, por mala persona. Entonces dijo que haría un pueblo para él solo y vino aquí, a Modazal. El pueblo fueron primero cuatro piedras, luego cuatro casas. El hombre se llamaba Belaldo.

—¿Y murió aquí?

—No murió, se mató.

—Esta chica siempre cuenta lo peor que se le ocurre, don Enadio, no la crea. Dice que a las lagartijas hay que cortarles el rabo para que no insulten a Dios y a los jilgueros serrarles el pico.

—Eso no lo digo así. Una lagartija sin rabo es como un pecador arrepentido. El jilguero canta dolido cuando tiene el pico demasiado afilado.

—¿Cómo puede hacer un hombre un pueblo para él solo? Eso no hay quien se lo crea.

—No sé, Piti, yo sólo hago que escucharos y no acabo de salir de mi asombro. Me puedo creer cualquier cosa si el que la cuenta la cuenta bien contada.

—Así lo cuenta mi tío Albano.

—Pues mi tía Ceria lo cuenta de otro modo.

—Se mató el hombre, se mató el pueblo. Eso dice mi tío.

—De la misma manera que matas a la lagartija cortándole el rabo o enfermas al jilguero si le sierras el pico.

—¿Y cómo lo cuenta tu tía Ceria, Mardina, que eres la única que no abres la boca...?

—Dice que a Modazal vino un huido. Era el mismo Páramo que ahora vemos. El huido se durmió y soñó que llegaba al pueblo del que era. Ese pueblo se llamaba Belaldo y el sueño se hizo verdad. Vivió feliz en su pueblo lo que el sueño duró. Acabado el sueño, se acabó el pueblo y murió el huido, que venía el pobre muy herido, herido de bala. El Páramo sigue siendo el mismo. Los bichos no se acercan porque huelen la sangre y tienen miedo. El huido soñaba según se iba desangrando.

—Eso es una mentira como la copa de un pino. Rastro no habrá pero sangre ninguna.

—No lo sé, Piti. Todo lo que contáis es interesante.

—Yo no me atrevía, pero ya que cualquiera lo hace, diré la verdad.

—No le haga caso, la verdad que pueda decir Piti es la mayor mentira que pueda escucharse.

—¿Vas a llamar mentiroso a don Cirardo...?

—¿Quién es don Cirardo?

—Un viejo que hablaba despacio, ya murió. Hablaba despacio y andaba al hablar porque no era capaz de estarse quieto.

—¿Amigo tuyo...?

—Amigo de Piti en tanto en cuanto lo ayudara a liar los cigarros, porque le temblaban los dedos y no podía. De Piti y de Sindo. Los únicos que se salvaron de que les diera algún coscorrón.

—Ni pueblo ni hombre, sólo el nombre: Belaldo, eso sí. Ninguna otra cosa que pueda imaginarse. Eso contaba don Cirardo.

—No lo entiendo.

—Nadie lo entiende, don Enadio.

—Será que no se quiere.

—No hubo un pueblo, no hubo un hombre, hubo un fantasma.

—Lo dijo Sindo, yo no.

—El fantasma de Modazal. Los temblores de don Cirardo el propio fantasma los había causado. Se pierde un niño, se extravía una res. Cualquiera sabe que el fantasma es un espíritu invisible. El niño nunca más pudo estarse quieto, el viejo tampoco.

—¿Nadie quiere decir nada más? Los más parlanchines deben de ser los que menos flores cogieron. ¿Calina, Lito, Docela, Gobino...?

—Don Cirardo amenazaba al que fuese a contarlo.

—No es bueno contarlo todo.

—Sólo hay que contar lo que se pueda.

—Venga, Sindo, Piti, vosotros los primeros. ¿Qué flores encontrasteis?

—Un anís.

—Una arveja.

—Las preferidas del fantasma.

El sol de la nieve
o el día que desaparecieron los niños de Celama

1

Los niños de Celama desaparecieron un diecisiete de febrero de mil novecientos sesenta y cuatro.

Fue un invierno de nieve intermitente, y la mayor nevada cayó en aquellos días y aquellas noches que precedieron a la desaparición de los niños.

La nieve cubrió el Territorio.

La mancha blanca no se posa en las Hectáreas con esa ductilidad con que normalmente se descuelgan los copos que la van formando mientras la expanden.

La mancha blanca se aferra con la helada, y no es la sábana que sobrevuela en el lecho que la recibe, es una manta densa que aprisiona el paisaje como si lo contrajera.

Por eso dicen que la nieve en Celama no asegura lo que afirma el refrán de que año de nieves, año de bienes, ya que el hielo endurece el yermo y en la entraña de la tierra se solidifica el temblor aterido que dificulta cualquier siembra y posterior fructificación.

La víspera del diecisiete de aquel febrero, la nieve estaba cumplida, lo que quiere decir que ya había nevado todo lo que en aquellos días iba a nevar: mucho y con mucha calma, lo suficiente para que los niños llevasen tres días sin ir a la Escuela.

El diecisiete amaneció claro.

La nieve cumplida, Celama abrigada en la manta blanca.

Un amanecer desperezado que las ralas neblinas fueron abriendo entre el viento que las movía, y el aire gélido y en seguida quieto que sujetó la atmósfera mientras la claridad obtenía el brillo de lo que se iba convirtiendo en un cielo radiante.

El sol llegó pronto.

La luz se hizo tan poderosa que la Llanura aunaba el mismo destello de un espejo de plata, cuando la superficie se había transformado en algo parecido al cuenco de una bandeja, tan limpia y reluciente que sus reflejos resultaban cegadores.

El sol de la nieve parece el límite de la contradicción. Podría decirse que se hiela su fuego sin perder nada de su esplendor, que la llama que lo alimenta se materializa en un cristal biselado, o que el propio sol se desprende de sí mismo y se derrama en una explosión apacible que lo hace florecer en la reverberación.

Celama no se mueve.

Esos días tan raros, esas mañanas tan extraordinarias, la inmovilidad es la aliada de un silencio que no pertenece a nadie, quiero decir que en esa resplandeciente hermandad de la nieve y el sol se produce el silencio de las Hectáreas que no respiran, de la tierra que ve diluida su conciencia, y la quietud del paisaje ahorra todas las distancias, no hay un murmullo en las esquinas del adobe, ni en las berzas arrecidas del huerto, ni en los corrales.

Los animales domésticos permanecen adormecidos.

Las gallinas jamás ponen un huevo en esos contados días, y algunos gatos se esconden debajo de las camas, acobardados por el resol que pudiera deslumbrarlos.

2

Dijo don Bando, el párroco de Omares, que la desaparición no tuvo otro sentido que el de ser un milagro más del Niño Jesús del Argañal.

Lo cierto es que don Bando llevaba un tiempo diciendo cosas chocantes, sin que nadie en Omares las comentara y, sobre todo, comenzó a alargar las misas y consagrar y comulgar en alguna de ellas hasta seis veces seguidas. La misa más larga, la que determinó la decisión de dar cuenta al Obispado, fue la de la fiesta patronal, el día del Cristo de la Adarga, cuatro horas en las que la homilía ocupó hora cuarenta y cinco, con aseveraciones como las siguientes:

—El Cristo mira de frente lo que de lado no se ve. El que baja los ojos se delata, y la culpa de Omares es la de no haberle abierto la puerta a quien llevaba la adarga como el propio emblema del corazón. Los israelitas tienen su penitencia, allá ellos con sus equivocaciones, pero que esto pase en Celama no es de recibo. Aquí no hay Cristo que valga, cuando del verdadero se trata. Por aquí pasaron los romanos y no se detuvieron. El Páramo no es tierra de misericordia, y de nada vale andar con pamplinas, pues ni el cielo se reconoce, ni hay confirmación ni se cumple por Pascua Florida, ni Cristo que lo fundó. La puerta del Sagrario la tengo cerrada con tres llaves y un candado, y el que quiera comulgar tiene que traer, además del saco de los pecados, un certificado de buena conducta expedido en el Gobierno Civil. Se acabaron las monsergas y las recomendaciones, a don Bando ya no le toma el pelo ni el mismísimo comandante del Puesto. El Cristo es el Cristo, y Dios ya se puede andar con mucho cuidado.

Los niños acudieron a la llamada del Niño Jesús del Argañal, y lo hicieron de la siguiente manera, según don Bando.

Se levantaron todos al tiempo, cada cual en su casa y en su pueblo, los pequeños vestidos por los mayores, las niñas con las mejores prendas, todos con las botas limpias y sabiendo que la mañana era soleada pero que había mucha nieve, o sea que convenía abrigarse.

Llegar al Argañal, a la Ermita del Niño, fue más fácil de lo que parece. La nieve brillaba y estaba dura, se podía resbalar por ella. De suyo, la comitiva de los niños, el tropel que formaban al estar juntos, comenzó a deslizarse con la mayor suavidad y cuidado, sin que ninguno tropezara o se cayera, si exceptuamos a Sindo y Amelina, que venían de Medil y de Las Gardas y no se contuvieron al ver dos liebres cegadas por el resol, y corrieron tras ellas hasta darse un planchazo, lo que luego les afeó el Niño del Argañal.

—No es piadoso el que se disipa y entretiene. Los niños que me gustan no corren a tontas y a locas. A las liebres hay que dejarlas sueltas, por muy buenas que estén guisadas...

Era una auténtica gracia del cielo, dijo don Bando, ver la procesión de los niños por las Hectáreas, todos cogidos de la mano y con Tino Ampero y Matilde Corradina al frente, también cogidos, como el capitán y la capitana de aquella tropa que tenía por mariscal al propio Niño, que los estaba esperando a la entrada de la Ermita.

El Niño Jesús del Argañal vestía la camisita de oro y los bombachos perlados y las chinelas de brillantes y llevaba la capa pluvial de bordados y pedrería y una corona adornada por la cenefa de los milagros. En la mano izquierda sujetaba la bola del mundo, y en la derecha el bastón de mando de los mariscales de campo.

—Como bien sabéis los niños de Celama, yo no soy el Niño Jesús de las beatas empalagosas y los feligreses cursis. Soy el Niño de la milicia y del ordeno y mando. Ahora vais a poneros firmes y a entrar en la Ermita, que es mi Cuartel, en fila de dos. Cerraré la puerta, porque el día vamos a pasarlo juntos, con la promesa de que luego nadie se irá de la lengua. Son varias las noticias que debo comunicaros. A Celama hay que darle un buen repaso, no me gustan un pelo muchas de las cosas que en ella se ven.

A los niños nada se les pudo sonsacar.

Lo que habían prometido de no irse de la lengua lo cumplieron a rajatabla.

Otra cosa es lo que yo pueda saber, siempre en el más estricto secreto, el de la confesión, de lo que sucedió ese día, un milagro más del Niño Jesús del Argañal, aseguró don Bando.

Mientras más discretos seamos, mejor, siguió diciendo don Bando a los parroquianos de Omares. Celama no tiene que irse del pico en este asunto que debiera considerarse como un secreto militar. Es verdad que los niños desaparecieron, pero nunca en mejor compañía.

3

Es la marcha de los niños por la nieve, con el sol que la ilumina como si sobre ella se derramara y, a la vez, como si brotase de su interior igual que una linterna escondida, lo que mejor ilustra la imagen de su desaparición.

Hasta ese momento, cuando emprenden la marcha, cuando caminan sin otra atención que la depositada por la euforia en el suministro de la felicidad de verse juntos y despreocupados, lo que cuenta don Bando parece cierto.

Los niños se levantaron, cada cual en su casa y en su pueblo, se arreglaron teniendo especial cuidado los mayores con los pequeños, y fueron saliendo para encontrarse y formar la tropa que tanto podía gustarle al Niño Jesús del Argañal, si de un milagro se tratase, pero no era de un milagro de lo que se trataba, el suceso no es milagroso.

La historia puede contarse así, al menos hasta ese momento en el que todos están juntos, eufóricos, felices, como tantas veces lo estuvieron cuando en los recreos pudieron jugar con la nieve.

También el hecho de que fueran cogidos de la mano tiene el sentido de lo que pudiera haber de unánime en aquella aventura, como si la circunstancia se pareciese a lo que más de una vez se ha contado como la Cruzada de los Niños en algunos siglos y países en que una gran desgracia motivó que los niños salieran a recabar auxilio o pedir justicia.

A veces fue una gran desgracia, pero en otras ocasiones se trató de una huida: los niños de la Cruzada cumplían las órdenes de los padres que encarecían su marcha para que el Mal que presagiaban no les afectase. La huida era para salvarlos pero, al fin, también para implorar la ayuda con que subsistir y la llamada a la atención del mundo que de algún modo repercutiese en los propios padres, que iban a perecer en su abandono, cuando llegara el Mal.

Tantos niños juntos, perdidos por los caminos, haciendo las leguas interminables entre distantes países y fronteras, como si el ejemplo de la infancia fuese el deambular a que los sometía un destino que no debiera ser el suyo, porque los niños no lo merecen, un ejemplo de pródigos y necesitados.

El sol de la nieve los hizo desaparecer.

En Celama se escucha con frecuencia que en días como ése, en el esplendor blanco, se alcanza la inmovilidad absoluta del espacio y el tiempo.

Y en la resonancia del silencio, que produce el eco de la nada como una música submarina en la que no hay notas ni melodías, la invisibilidad es una fuerza que destila de la atmósfera, de tal manera que alguien que camina en la desorientación de esas Hectáreas inundadas se puede hacer invisible.

Los niños desaparecieron.

Los niños se hicieron invisibles.

Iban cogidos de la mano, caminaban dichosos y decididos, como si supieran adónde iban o quién los esperaba, o como si nada les importase lo que les pudiera aguardar, ya que no había que tomar ninguna decisión, ni guiar los pasos, ni siquiera mirar a un lado o a otro.

Todo era lo mismo en la placidez de aquel mar de nieve que no tenía olas.

Las Hectáreas radiantes que asimilaban el radiante cielo, cuando en tantas otras ocasiones se había dicho que el Territorio semejaba la ruina del cielo.

Los niños no se engañaban en la percepción de aquel esplendor que alimentaba su euforia y su felicidad en cada sonrisa y en cada paso.

La invisibilidad no reportaba ninguna molestia, antes al contrario, resultaba un aliciente de la plenitud con que se perdían, como si la desaparición fuese también el efecto de esa disolución del espacio y el tiempo en las Hectáreas derretidas.

4

Don Antimio Veda, el maestro de Barmatal, aportó una teoría sobre los niños desaparecidos que con muchas reservas llegó a exponer en el Casino de Santa Ula.

No he querido sonsacar a los niños, Dios me libre, dijo don Antimio bajando la voz y dándole la espalda a Esquilo, el camarero del Casino, que siempre tenía la oreja alerta.

Los interrogatorios se hicieron prudentemente en el Cuartel, y de lo que la Comandancia haya dado parte a la autoridad competente nada se sabe y en nada nos afecta ni corresponde.

Pero los niños hablan, dicen cosas, y por discreta que sea la oreja del maestro, mucho más que alguna de las que hay en este local, remarcó para que Esquilo lo oyera, se escucha sin remedio y algo puede irse sacando en limpio, porque, quieras que no, estás con ellos la mayor parte del día, en clase, en el recreo, cuando parece que ni siquiera te ven.

Los niños hablan entre ellos de sus secretos, allá en la Comandancia se las entiendan, yo no tuve que ir a declarar, ni fui testigo de otra cosa que de la ausencia de mis alumnos aquel día de febrero.

Cuando me pareció que ya no venían, convencido de que la nieve, a pesar del sol y de la buena mañana que amaneció, era la causa de que no lo hicieran, dejé apagarse la estufa que había encendido.

Los niños se escondieron. Ésta es la conclusión a la que he llegado. No hay milagro ni misterio alguno.

La idea de don Bando es una idea interesada, como todos sabemos, propia de la Santa Madre Iglesia, que siempre antepone sus intereses al sentido común. El Magisterio Español tiene la obligación de ser puramente cívico y no dejarse llevar por fantasías y entelequias. La ciencia, el buen saber, la lección de las cosas...

Antes de establecer elucubraciones de otra laya, conviene considerar lo que dicta el sentido común propiamente dicho, la sabiduría racional que, por otra parte, es a lo que más estamos acostumbrados en Celama. Ésta no es precisamente una tierra de quimeras, y el que quiera inventar un cuento puede hacerlo, pero advirtiendo que de un cuento se trata.

Se escondieron.

Cada cual en su casa, donde menos pudieran los padres imaginarse. El hecho de que en seguida se hablase de la desaparición, de que no se viera a ninguno en ningún sitio, facilitó que fuese más difícil encontrarlos, buscarlos siquiera en la casa de cada cual. A ninguno se nos ocurrió. Era más sencillo pensar en lo más alarmante.

Yo no sé cómo demonios pudieron ponerse todos de acuerdo para hacerlo. De lo que sucede entre los niños poco se sabe que ellos no digan, los niños se comunican de la manera más impensada y, a veces, cuando te das cuenta presientes que algo hay entre ellos, como si estuvieran conchabados para dar la lección o cometer todos el mismo error en la operación aritmética.

Algo percibe el maestro que los demás ignoran, porque si así no fuese mal maestro sería.

Ese diecisiete de febrero estuvieron escondidos.

Luego, cuando cayó la noche y fueron volviendo a casa, la alegría de encontrarlos, de volverlos a ver, hizo que nadie pensara en lo que podía haber sido una travesura.

Los niños no dijeron nada, los padres tenían la mala conciencia de que se hubieran perdido o, lo que es peor, de que los hubieran llevado, y sobre esto ya sabemos que hay muchas opiniones.

El caso estaba denunciado en la Comandancia.

Toda Celama alborotada.

Lo que lloraban las madres equivalía al estupor de que no existiera la mínima explicación al suceso.

5

Lo que lloraban las madres se comprende mucho mejor que lo que hicieron los padres.

Primero irse percatando de que los niños de cada casa no estaban. Ni habían bajado a desayunar, ni se habían quedado dormidos, a lo mejor con la idea de que la nevada propiciaba uno de esos días de asueto que el invierno regala.

En darse cuenta de ello tardaron un buen rato.

Las madres hacendosas iban a lo suyo, las labores domésticas de cada mañana, mientras que los padres, que sabían que con la nieve el día se presentaba más descansado, no acababan de emprender ningún trabajo.

Entre mirar por la ventana, otear lo que la nieve había cubierto en el corral, la longitud de los carámbanos en los aleros y el filo helado de alguna herramienta tirada en el zaguán, se pasaba el tiempo, eso sí, más lento que nunca al encender otro cigarro y sacarle mayor regusto a la nicotina, mientras la desgana entumecía el cuerpo casi con tanta intensidad como el frío en las estancias.

Eran los padres los que asomaban la gaita para comprobar más tarde, desde las puertas de las casas, lo que la nieve suponía en el destello de los callejones, la luz primera que ya la rociaba como la simiente de una plata tan dura como brillante.

Y eran ellos los primeros en ver a los demás, unos y otros asomados a los portales y con la misma confianza con que tantas veces se habían animado o compadecido.

El día, sea el que sea, no puede empezar de otro modo que de ése: asomando para que la claridad o la nube dé el santo y seña que en Celama incita al trabajo.

No tardan en oírse los primeros ruidos, cualquier tractor, la cosechadora, el eco lejano de los motores en los Pozos, según la estación que trae y lleva la maquinaria y las herramientas. También lo poco que queda del cansancio de los animales del trabajo, como si el pasado de Celama repercutiera en el ruido de la palanca que arrastra la mula en la noria, un eco de la antigüedad que apenas pervive en Los Confines, donde el Territorio extrema todavía la pobreza del secano y el esfuerzo del agua hereda la obsesión de sangrar la tierra, que allí aún no llega por las acequias.

Así empieza cualquier día, pero el del diecisiete de febrero de mil novecientos sesenta y cuatro no tenía ninguno de los ruidos que alientan el trabajo, y por eso los hombres asomaron sin otra pretensión que la de corroborar lo que ganaba la nieve a favor suyo.

Los niños no venían a desayunar, seguro que se les habían pegado las sábanas, y cuando alguna de las madres confirmó que de ninguna manera acudían después de haberles llamado varias veces, al principio con cierta condescendencia porque el día acaso no permitiera que fuesen a la Escuela, el sol rayaba la nieve pero el hielo la había hecho peligrosa, una plancha resbaladiza en la que los más arriesgados podían romperse una pierna, volvieron a llamarlos sin ninguna contemplación, hasta amenazando.

Allí no comparecía nadie.

Y fue entonces cuando, unas y otras, en este y en aquel pueblo, en esta y en aquella casa, empezaron a preocuparse y a descubrir que no estaban.

Los niños ni se habían quedado en la cama ni respondían, ni había la mínima señal que atestiguara adónde habían ido. Lo que quedaba eran las camas deshechas. Vestirse se habían vestido, no cabía duda. La ropa correspondiente, los calcetines, las botas. Estaban, eso sí, las carteras de la Escuela, con los libros, los cuadernos, las plumas y los lapiceros.

También tenían hechos los deberes, al menos los más diligentes.

El llanto de las madres fue lo que se pudo oír cuando, en uno y otro sitio, hasta abarcar Celama entera, se supo que no había niños en ninguna parte.

Los padres no acababan de darse por enterados. Tardaron en hacer algo razonable, alguna primera reunión, pueblo por pueblo, los comentarios que se les ocurrieran y esas previas consideraciones en que se intenta quitar hierro al asunto, cuando la preocupación todavía no se tiñe de inquietud e impaciencia.

Las voces de alerta de las madres se iban haciendo voces de alarma.

—Ay Dios, ay Dios...

En el resplandor de la nieve la quietud de los padres aportaba la somnolencia que tenía ese sabor de nicotina y humo, como si siguieran dormidos de pie bajo los dinteles, la colilla pegada a los labios, mientras el eco de los nombres de los hijos, en la llamada de las madres llorosas, se perdía en la inmensidad de las Hectáreas, como se seguiría perdiendo a lo largo de aquella jornada interminable.

6

Un día, tiempo después de aquel suceso, cuando en Celama las cábalas y las opiniones ya habían amainado, se presentó en la Comandancia de Santa Ula Vladimiro Entero, el sujeto más estrafalario que por entonces moraba en el Territorio.

—Vengo a ver a la autoridad competente para aclarar de una vez por todas el asunto de los chavales... —le dijo al número que estaba en el puesto de guardia.

—Si tienes dos copas, Vladimiro... —le advirtió el número, que lo conocía de sobra—, es mejor que primero te despejes. El comandante no está para bromas.

—Las copas las tengo guardadas, nunca empiezo por ellas el día, mejor lo acabo. Ahora se trata de poner orden en este desorden que trae a Celama de cabeza. Vladimiro Entero es el que sabe la verdad, porque fue testigo de ella.

—¿Y a qué esperabas para contarla, habiendo pasado el tiempo que ha pasado...?

—Estaba amenazado.

Silvio Mendra, el comandante, recibió con desgana a Vladimiro.

—Lo que tengas que decir que no dure tres minutos... —le conminó—. Hay asuntos urgentes. El Territorio no gana para sustos, y la Guardia Civil tiene que velar por la tranquilidad y el entendimiento. Tres minutos contados.

—A los niños se los llevó el Pirata del Yermo.

—¿Urdiales?

—El mismo.

—Nunca he podido enterarme, en los años que llevo en Celama, si Urdiales es el Pirata o el Sacaúntos.

—El Pirata. Urdiales es el Pirata. El Sacaúntos se llamaba Mediero, y digo que se llamaba porque ya no hay ninguna razón para pensar que sigue vivo. Nadie lo reclama para meter miedo, los chavales de Celama se parten de risa si lo oyen mentar.

—Bueno, bueno, pues cuéntame lo del Pirata.

—Tres minutos es poco.

—Tienes fama de pesado, Vladimiro. Y además las copas te ponen espeso.

—Le acabo de decir a Delfín, el número de la puerta, que estoy amenazado, por eso no vine antes. De muerte.

—¿Por el propio Pirata...?

—Por el Grumete, que es el que le lleva las cuentas. Urdiales perdió la tripulación por culpa de la gripe aviar, cuando navegaba por los Pagos del Cindio. En Ogmo se quedó solo con Belarmino el Grumete. Un chico que con él se hizo mayor y aprendió las peores mañas y tretas. Le lleva las cuentas y le da las peores ideas.

—Entonces lo de los niños fue una ocurrencia suya.

—Fue mía, y bien que me arrepiento. Yo le debía unas cuantas copas al Pirata, y a la Taberna de Remielgo vinieron a cobrármelas.

De Vladimiro Entero hay que decir, para que todo esto no parezca descabellado, que es un aparecido, lo que le viene muy bien al cuento de la desaparición de los niños.

No se trata de un aparecido de los que regresan de ultratumba, ya que Vladimiro jamás fue a ningún sitio que no esté entre las Hectáreas, ni hay huertos que menos le gusten que los funerarios. Es un aparecido, o como tal se le considera, porque aparece cuando menos se le espera, siempre de improviso y a veces sin que en muchos meses se haya sabido nada de él.

—Vengo a lo que vienen aquellos a quienes nadie aguarda... —suele decir al presentarse—. Ahora lo que conviene es que entre todos los presentes se me costee una botella. El hambre se puede domesticar, la sed no.

El hecho de que un aparecido viniese a dar razón de la desaparición tenía su gracia, y al comandante Silvio Mendra, que era quien había redactado el informe del suceso en su momento, le causaba cierta curiosidad el atrabiliario personaje, ya que era el único que hablaba de otros personajes del Territorio no menos atrabiliarios que él, y no por ello menos reales.

7

El Pirata del Yermo, bien lo sabe usted, dijo Vladimiro Entero, ni tiene la pata de palo ni su ojo izquierdo es de cristal. La pata es ortopédica, y si la arrastra porque se le quedó tiesa no es por otra razón que por no haberla engrasado a su debido tiempo. La pierna la perdió en el Frente del Castro Astur: se la arrancó un pepinazo.

El parche del ojo lo lleva para darse pote, un pirata sin parche es como un pan sin miga. Puede que de chico tuviera el ojo vago y por eso se lo taparan, no digo que no. Ahora el caso es que no ve un burro a dos pasos: las dioptrías y la vista cansada van haciendo su labor y, a no tardar, tendremos un Pirata Ciego vendiendo los iguales.

Las Hectáreas son muy dañinas para los ojos. El sol que por agosto les saca el filo más cortante, el mismo óxido que la brisa te mete en los ojos si te descuidas y andas por el secano, que es por donde suele ir Urdiales. O ese otro resplandor de la nieve, en algunos días del invierno, que no sólo te abrasa la pupila sino que, si no tienes cuidado, te quita de en medio.

Yo mismo dejé de existir más de una vez en el resol, de un modo no muy distinto a como me sentí perdido, con la cabeza ida y el cuerpo desmadejado, al arrimo de una hoguera. Con tres copas de más, en cualquier caso, no digo que no.

Pero no voy a desperdiciar los tres minutos que me concedió, no se preocupe, las urgencias de Celama no quedarán desatendidas por culpa de Vladimiro Entero. Nadie podrá decir que la Benemérita dejó de hacer lo que debía porque Vladimiro es un pesado, ni hablar del peluquín...

Aquí en Celama hay que espabilar tanto o más que en cualquier otra parte del mundo. Éste no es un rincón del universo, ya lo comprobará cuando lleve más tiempo viviendo en él. El universo no tiene rincones, es uno y al tiempo.

Se comprende que los números de la Benemérita, y en mayor proporción los mandos, tengan que aclimatarse al destino que les ordenan, el esfuerzo de hacerlo va en el sueldo y en la obligación, no me cabe la menor duda. Pero no vaya a equivocarse, aquí la tranquilidad del predio está mortalmente amenazada...

Vuela un pájaro, y ya ve que hay pocos, y no es difícil que te cague en la cabeza. Los curas siguen usando hisopos pequeños para ahorrar agua bendita. A las acequias es mejor no acercarse, el que se cae no se salva, ¿cuánta gente piensa usted que sabe nadar en Celama...? Yo soy testigo de un ahogado al que el agua no le llegaba a media pierna.

Tampoco conviene fiarse de los bichos que andan sueltos por el Territorio. Ni siquiera con las matrículas ni el certificado de vacuna es suficiente. El animal que escapó lo hizo la mayoría de las veces porque el dueño le dejó la puerta abierta. No sólo se ven perros asilvestrados, también gallos y gatos y conejos. Los que pasamos la mayor parte del tiempo a la intemperie sabemos lo que aquí se cuece en el tanto por ciento mayor de lo que conviene callar.

Usted me puede llamar cuando quiera, me tiene a su disposición. Luego, si le apetece, tomamos un vino. La Celama que yo más pondero es la que no pertenece a nadie. La que conocen los que andan escondidos, ya me entiende.

Yo hay noches que me quedo quieto y aguanto la mirada en el firmamento hasta ver la vara del Carro Triunfante y llega el Sólido del Alba y amanece. Luego me dejo dormir...

8

—Pero vamos a ver, Vladimiro, ¿tú a qué viniste, a tomarme el pelo...? —inquirió el comandante Silvio Mendra, que escuchaba asombrado—. Te doy tres minutos y lo único que has hecho ha sido irte por las ramas.

—No se impaciente, ahora empiezo a declarar. O si ya no le parece oportuno, tomamos un vaso y vuelvo mañana.

—Venías a denunciar al Pirata y a Belarmino. Dijiste que fueron ellos los que secuestraron a los chavales.

—Le pido que no malinterprete mis palabras. El Grumete me la tiene jurada y en ningún caso se trata de una denuncia, sólo de una aclaración, para que se sepa la verdad de una vez por todas y a Celama se le quite el dolor de cabeza. Denunciar denunciar me denunciaría a mí mismo, que fui quien dio la idea.

—Vete al grano.

—Estoy amenazado.

—Ordeno detener al Pirata y a Belarmino y os hago un careo.

—No duro ni veinticuatro horas. Belarmino me cruje. Y Urdiales puede morir del disgusto. No soportaría que un compinche se fuera de la lengua. Las copas que llevamos bebidas mano a mano tienen más longitud que los días de los años bisiestos. Urdiales y yo hicimos juntos la mili en Armenta: dos furrieles de infantería. Eso une más que el matrimonio.

—Al grano.

—Todo empezó en la Taberna de Remielgo. Yo ya no estaba en mi ser. Al Pirata le dolía la ortopédica. Nada duele más que lo que falta, que aquello que no es nuestro. Tampoco el Grumete tenía la mejor noche. Desde la gripe de Ogmo, sin tripulación ni ganas, la piratería es un desdoro y, lo que es peor, no te respetan. De las aventuras del Pirata del Yermo nadie se acuerda. Del miedo de los abordajes, del saqueo en la Costa de las Hectáreas, cuando Urdiales navegaba hecho un gallo y en los pueblos del Territorio la gente se acostaba temerosa y el hígado no había enfermado...

—Estabais borrachos en Remielgo. ¿Qué más...?

—Yo a verlas venir, debiendo lo bebido. A Urdiales se le cayó el parche. El pobre hombre se restriega el ojo cuando le pica, y sin parche se muere de vergüenza. Cuando Remielgo le dijo a Belarmino que la cuenta global de lo bebido corría a cargo de ellos, según indicación mía, el Grumete se puso furioso y me cogió por las solapas. Fue entonces cuando se me ocurrió el plan.

—Esto puede costarte algo más que un disgusto, ten cuidado con lo que declaras, estamos hablando de un delito penal.

—Penoso, mi comandante, qué quiere que le diga. Yo no estaba en mi ser, tampoco me resignaba a no tomar otra. Les dije que el plan consistía en levantar a todos los chavales de Celama y pedir el correspondiente rescate. Llevando a todos parecería menos comprometido, como si ellos mismos se hubieran puesto de acuerdo o de una rareza se tratase, no se puede entender que la chavalería entera se esfume, tendríamos esa circunstancia a nuestro favor.

—¿Y les gustó el plan...?

—El Grumete recelaba. Urdiales no acababa de entenderlo, el ojo lo traía frito y la ortopédica no le daba cuartelillo. Voy a decirle una cosa del pobre Pirata. El mal que tiene es como el de los mutilados; piezas, órganos, carencias. Una maquinaria averiada. Nunca podré olvidar una noche en las Hectáreas del Cejo en que nos enseñó el hígado, y no sé cómo fuimos capaces de vérselo. Era una víscera de un color rojo oscuro, nada agradable de mirar y, sin embargo, muy reconfortante en el aprecio. La víscera saludó a los presentes, a cada uno por su nombre, y las palabras parecían secreciones propiamente dichas, con muchísima educación. Un hígado licenciado.

—Voy a enchironarte, Vladimiro.

—No lo haga, mi comandante. El plan falló. Los chavales que recogimos empezaron a hacernos cuchufletas. Belarmino se acordó de mi madre, fíjese usted adónde llegaban la implicación y la estrategia. Hasta me pareció escuchar al hígado del Pirata: sálvese quien pueda...

—¿Vas a declarar algo más...?

—Yo no tengo nada contra nadie, pero me preocupa que Celama ande patas arriba y que este asunto haya dado tantos quebraderos de cabeza. Le solicitaría que llamase a Belarmino para leerle la cartilla y lo obligara a pagar lo que quedó a deber en Remielgo. A Urdiales hay que dejarlo en paz, cualquier día hay que cortarle la ortopédica y trasplantarle la víscera. De los chavales, qué quiere que le diga. Algunos se marearon, otros, además de la rechifla, se dedicaron a tirarnos piedras.

—Tomamos un vaso. Uno sólo. Lo que sobrepasaste de los tres minutos, te lo apunto para la próxima.

—Siempre pensé que la Benemérita está al servicio de los necesitados...

9

—Del cielo vino una nave... —había contado el Niño Enfermo de Zomiar, el único niño de esa aldea de las cercanías del Oasis de Broza en aquellas fechas del sesenta y cuatro—. Yo no era la primera vez que la veía, pero otras pasaba por encima de los tejados a todo gas y se perdía en seguida.

Era un niño que nació enfermo y que en aquel día del diecisiete de febrero llevaba recluido en casa doce años. Asomaba a la puerta de la calle o a la puerta del corral, y apenas en algunas señaladas ocasiones de la primavera o el otoño lo sacaba la madre a la linde de la Hectárea más cercana para que tomara el aire.

La enfermedad del Niño era del corazón. Nadie decía otra cosa, tampoco se preguntaba. Todo el mundo tenía la convicción de que se trataba de una enfermedad incurable.

El Niño se llamaba Melino.

Lo habían visto algunos especialistas, había estado internado en el Hospital de Misericordia de Ordial, y crecía como una flor de invernadero, flaco, pálido, con los ojos saliéndosele de las órbitas y más listo que el hambre.

No había otro niño ni en Los Confines ni en las estribaciones del Oasis más listo que él, y puede que en toda Celama no fuese nada fácil encontrar a quien a su edad lo superara en las operaciones aritméticas, la geometría y los conocimientos astronómicos, que eran su mayor afición.

Se pasaba el tiempo estudiando, leyendo, haciendo cálculos, entretenido con las enciclopedias que le regalaban, o dibujando en los infinitos cuadernos que guardaba debajo de la cama.

Melino desapareció aquel día.

La nieve de Zomiar tenía ese punto de acero bruñido que la distingue del brillo plateado con que en el resto de Celama la cincela el sol en tales ocasiones, un resplandor de metal limpio en cualquier caso, aunque de la misma plancha deriven los matices de ese fulgor en que alcanzan las Hectáreas la más luminosa quimera.

—Vino una nave del cielo... —dijo el Niño Enfermo de Zomiar, el único de los niños de Celama que contó algo de aquella experiencia y que, además, dibujó varios cuadernos y rellenó otros con cuentas y cálculos que no se podían entender.

De todos los padres, fueron sin duda los de Melino los que más tardaron en convencerse de la desaparición del Niño, ya que no podía caberles en la cabeza que, en sus condiciones, con la debilidad y la medicación, hubiera ido a ningún sitio o lo hubiesen llevado con los demás.

—Era una nave que parecía un huevo, con tubos de escape, marcha atrás, pedales de goma, frenos de varilla, rampas alrededor y muchas ventanillas. No hacía ningún ruido, nunca lo hizo las otras veces que la vi pasar. Vino y se posó, y al hacerlo se desparramó igual que un huevo frito. Y entonces de la yema del huevo salió una antena muy alta y escuché que me llamaban. Yo estaba asomado a la ventana de mi habitación. La nave posada en la nieve tenía la clara más blanca que la nieve misma. El sol me cegaba...

Estamos esperando a Melino Camo, de doce años, vecino de Zomiar, dijo Melino que había escuchado, imitando el altavoz que lo reclamaba. Le rogamos que sin pérdida de tiempo se embarque en la nave. Todavía tenemos que recoger a otros niños, vamos a emprender el vuelo en seguida. Éste es un viaje estratosférico que la Compañía del Zodiaco regala a los niños de Celama. Vamos, Melino, ni siquiera hace falta que te calces ni que te quites el pijama.

En un cuaderno de Melino estaban perfectamente dibujados el huevo frito, la antena, los tubos de escape. Luego, en otros dibujos, había estrellas, muchas hojas con las estrellas repetidas.

—Es lo que se podía ver desde las ventanillas. La voz de la antena iba diciendo cómo eran y cómo se llamaban, algunos nombres me sonaban de los libros, otros no. En la yema hacía calor, pero se estaba muy a gusto. Los niños que fueron subiendo se iban sentando alrededor, y entre todos hacíamos un corro.

La Compañía del Zodiaco, volvía a imitar Melino el altavoz que los acompañaba, quiere recordar también a los niños de Celama que es la primera y la más solvente en los viajes estratosféricos y siderales. En el transcurso de este viaje, los niños recibirán una bolsa de palomitas galácticas y una gaseosa supersónica. Conviene que los niños permanezcan quietos y a ser posible con las manos cogidas, no vaya a darse el caso de que la nave tropiece con algún asteroide o un Pájaro Cibernético se pose en ella.

En otro cuaderno, el Niño Enfermo de Zomiar había escrito unas cuantas frases sueltas que mostraba a sus padres como el *Diario de Navegación de la Nave Ovoide*. A los padres les pareció incomprensible. La astronomía, a la que el Niño era tan aficionado, podía haberle afectado a la cabeza, y el hecho de imaginárselo por la estratosfera incrementó la inquietud y la preocupación por lo sucedido.

Diecisiete, me embarco.

El huevo alza el vuelo. En la yema no se puede mojar el pan.

Cambio palomitas por burbujas con Diamantina, una niña rubia de Guañar.

Vemos la Estrella Garabita.

Nos enseñan el cielo de Celama.

Toval dice que quiere ponerse al volante de la nave, que su padre tiene un coche de punto en Cinera.

Hay que dormir un rato.

Tengo un poco de miedo y ganas de hacer pis...

10

Era un cargamento de niños ateridos.

Lo descubrió Fidio el de Ozoniego y es él quien lo cuenta hasta donde puede o se le ocurre, si es posible llegar a entenderlo.

La noche anterior al diecisiete de febrero, a altas horas de la madrugada, con el cielo límpido y una luna de cuarzo colgada en lo más alto, uno de los Camiones de la Ruta abandonó el trayecto habitual para cruzar Celama, por la carretera comarcal que viene de Olencia, y fue arribando pueblo por pueblo, del Este al Oeste del Territorio y del Norte al Sur.

Los Camiones de la Ruta no suelen circular de noche, por eso resultaba más extraño que aquél lo hiciera, y hubo al respecto alguna opinión contradictoria: pudo ser un camión camuflado, la misma cabina, la misma caja, igual lona para cubrirla, todo preparado para que quien lo descubriese no dudara de que era de la Ruta.

A pesar del frío, a pesar de la helada, la noche de Fidio era la del insomne o la del sonámbulo que se va a la cama sin que nunca en ella despierte, cualquiera que sea la estación del año y el tiempo que haga.

A Fidio, que llevaba toda la vida con este avatar nocturno, le habían diagnosticado que el sonambulismo y el desvelo eran en su caso patas del mismo banco, de tal manera que uno y otro podían sucederse en una y otra noche: una sin pegar ojo y otra sumido en la afección de

65

un sueño anormal que no lo privaba de algunas funciones exteriores.

Las noches de insomnio las pasaba yendo y viniendo, por el pueblo y las Hectáreas. A veces trabajaba o emprendía un largo recorrido que duraba la noche entera, y entre los kilómetros que iba acumulando bien podía decir que Celama se le quedaba pequeña.

En las noches sonámbulas el ir y venir no tenía destino, pero también podía llegar muy lejos y hasta hacer alguna labor. Nunca tuvo un mal tropiezo, ni un accidente, y pudo caminar al pie de la acequia o de la presa sin el menor traspié, tampoco resbaló en la nieve helada, como la de aquella noche previa al diecisiete.

De sus conversaciones de sonámbulo hay muchas interpretaciones, los encuentros casuales propiciaban tanta curiosidad como interés, ya que mucha gente consideraba que en la conciencia del sonámbulo existía cierta capacidad de adivinación, o la posibilidad de desvelar algunos secretos esparcidos en la noche por el sueño de los durmientes y que él podía percibir.

—Soy Fidio, hijo de Yocasta y Melquíades, el tercero de seis hermanos. No estoy despierto, por lo cual ruego a quien me encuentre que se avenga a acompañarme si quiere o a dejarme pasar, pero que en ningún caso me despabile. Cualquier aviso brusco puede dañarme. Buenas noches tengan ustedes...

La costumbre de ver a Fidio en cualquier lugar y a las horas más intempestivas hizo que la curiosidad se transformara en un respeto convenido que muy pronto derivó en desinterés, con la única excepción de algunos borrachos de Remielgo o, en el caso más pesaroso, de Cibelina Cordal, una chica de Leroza que estaba enamorada secretamente de él y lo cortejaba haciéndose pasar por sonámbula.

66

—¿Ves Celama como una aparición o como un tormento...? —podía preguntarle un borracho.

—La veo prístina y reconciliada, lo que no podría decir ni de tu mujer ni de tus hermanos...

—Dame la mano... —le solicitaba Cibelina— y acaríciame el pecho, que lo tengo arrobado.

—No me tientes, que estoy dormido y no quiero pecar de pensamiento y obra.

El camión venía por la carretera de Ozoniego, había dejado la comarcal, cosa extraña. Traía los faros apagados, lo que resultaba más sospechoso todavía. Avanzaba despacio por la nieve, con las cadenas puestas, las ruedas hacían más ruido que el motor.

Fidio lo vio pasar.

Estaba más sorprendido que asustado, lo que no se sabe a ciencia cierta es si era una de sus noches de sonambulismo o de insomnio.

11

Ozoniego, Padiermo, Vericia y Mingra eran los últimos pueblos en los que el camión completaba su cargamento.

Después volvería a la comarcal en el trayecto de la Ruta, para alcanzar Santa Ula y perderse en la dirección de Ordial y el Castro Astur, si tomaba la dirección habitual y correcta.

Lo que hizo Fidio fue correr tras el camión, con el pálpito de que algo extraño sucedía.

La luna perlaba la carretera y en la recta de aquellos pueblos que encaminan el Sur de Celama se ajustaba la flecha de un arco tensado en la claridad y el hielo.

La dirección era como un destino que sobrepasaba las intenciones comerciales del transporte.

Fidio sentía que su inquietud se acrecentaba, no encontraba explicación a lo que aquel vehículo pretendía, avanzando con la lentitud y la obcecación de quien no tiene duda, dejando al paso las esquirlas de la nieve helada sobre el asfalto, esparcidas con la presión de las cadenas.

Cuando el camión se detuvo a la salida de Ozoniego, Fidio entró al corral de su casa, cogió la bicicleta y volvió a salir a la carretera, con el tiempo apretado de vislumbrar que el conductor y un ayudante acababan de subir algunos bultos a la caja, la cerraban y amarraban la lona.

Los bultos se habían movido y casi podía asegurar que en el trance de cargarlos se escuchaba algo muy parecido a un llanto.

Fue con la bicicleta tras el camión y, en algún momento, se acercó a la trasera de la caja.

Nada se oía que no fuese el ronroneo del motor y el ruido aplastado de las cadenas en el asfalto nevado. La lona que cubría toda la caja estaba bien sujeta.

Fue en Mingra donde pudo comprobar, asustado y tembloroso, lo que en los pueblos anteriores no había logrado ver, ya que en las paradas podían descubrirlo y estuvo oculto hasta que el camión reemprendió la marcha.

Había tres niños al pie de la carretera.

Le pareció que estaban precariamente vestidos, probablemente con los pijamas con que debían de dormir.

La escena fue muy rápida. El camión se había parado a su altura, y de la cabina bajaron presurosos el conductor y el que podría ser su ayudante, cogieron a los niños, que ni siquiera rechistaron, y los cargaron en la caja como si de unos bultos livianos se tratase.

Al tiempo de abrir la caja y alzar la lona, Fidio pudo vislumbrar un movimiento unánime y tembloroso en el cargamento, del que en los recientes kilómetros de su seguimiento había pensado que podía tratarse de animales vendidos clandestinamente, y al ver que eran niños tuvo que esforzarse para superar el estupor.

De la complicada operación para soltar la bicicleta y encaramarse a la caja, cuando ya el camión iba por la comarcal y aumentaba, hasta donde buenamente podía, la velocidad, dado el estado de la carretera, es difícil hacerse una idea.

El Fidio sonámbulo tenía carta blanca en el riesgo y el equilibrio, ya se ha dicho que nunca dio un traspié. El Fidio insomne mantenía intactas todas las habilidades de la vigilia, ni la lejanía ni la cercanía del sueño le habían supuesto jamás un desaguisado.

Así lo cuenta.

Desató la lona, la alzó y vio el cargamento de niños ateridos. Los ojos como cabezas de alfileres brillantes, un castañeteo de dientes que resonaba como una carraca y algún indeciso gemido en la oscuridad.

Decidió quedarse con ellos, le hicieron sitio y los saludó con entusiasmo para sosegarlos:

—Soy Fidio, hijo de Yocasta y Melquíades, el tercero de seis hermanos. Buenas noches tengan ustedes...

De pronto el camión se detuvo.

No fue un frenazo inesperado ni se deslizó en lo que pudiera parecer una improvisada maniobra. Se detuvo y quedó quieto en medio de la carretera. Podía haberse quedado sin gasolina.

Fidio ya debía de saber lo que haría cuando el conductor y el ayudante vinieran a levantar la lona y abrir la caja. Los niños estaban ahora bajo su responsabilidad, eran suyos y nadie iba a hacerles nada que él pudiera evitar.

Un sonámbulo no necesita tener averiada la voluntad y el cuidado, y un insomne puede afinar el sentido de la vigilancia y la decisión porque en el desvelo se aprenden muchas cosas.

Eso decía Fidio.

Pero el camión además de quieto quedó abandonado, y cuando pasó un tiempo suficiente Fidio saltó de la caja y comprobó que las puertas de la cabina estaban abiertas y que no había nadie.

—Ahora hay que dar parte, para que vengan a recogeros. Voy a dejaros bien guardados, con la lona otra vez echada y sin que nadie se mueva.

El camión estuvo allí quieto todo el diecisiete de febrero. El sol recalentaba la lona. Los niños se fueron animando, desentumecidos, confiados, entretenidos con las bromas que se les ocurría gastarse.

No parece que volvieran a casa por su propio pie. Probablemente los devolvió el camión, del que nadie pudo asegurar con certeza si era de la Ruta o camuflado.

Fidio se durmió antes de dar cuenta en ningún sitio.

El sonámbulo no despertaba y el insomne había caído rendido después de estrellarse con la bicicleta en su propio corral.

Aquellos niños ateridos podrían haber saltado de la caja del camión cuando el sol de la nieve tenía las Hectáreas cubiertas con el resplandor helado de su propio espejo.

También podrían haber corrido juntos desde la Ermita del Niño Jesús del Argañal o haber salido de los escondites sin hacer caso a Vladimiro Entero, que los llamaba con mucho interés por encargo del Pirata, o haberse reunido tras el veloz viaje sideral de la Compañía del Zodiaco.

Se habían animado bajo la lona y, entre juegos y ocurrencias, los más osados decidieron alzarla, y lo que vieron fue el vacío de la luz y el hueco de la mañana y un término de infinitas constelaciones que titilaban en el fulgor nevado.

Cualquiera de ellos podría contar lo que en uno y otro sitio había sucedido, pero nada tenía demasiada importancia, lo que de verdad los animaba, con la euforia con que los niños juegan sin que nadie les requiera ni existan obligaciones y deberes, era la inmensidad que amparaba lo que se les ocurriese, el espacio que no tenía límites entre el sol y la nieve y el tiempo inexistente que ofrecía la única medida del recreo.

12

También se podría hablar de Estanislao el de la Flauta, a quien no daban miedo ni el invierno ni el verano y a quien en Celama se le tenía por alguien de la misma cuerda de los músicos fabulistas.

No sería la primera vez que Estanislao viniera por la linde de las Hectáreas o por cualquier camino o al pie de la acequia y, sin asomar en ningún pueblo, comenzara a tocar la flauta, con la misma melodía que se escuchó en las verbenas más antiguas y en las bodas y los bautizos.
También en algún que otro funeral, cuando el muerto era aficionado y a los curas que los celebraban les daba lo mismo la flauta que el armonio, ya que eran de esos escasos curas que no reparan en las músicas de la vida o la muerte.
Todo suena a lo que se quiere escuchar, dijo una vez uno de ellos, y permitió que en lugar de tocar la campana a difuntos interpretasen un pasodoble en el campanario los Ciclones de Carrocera, la mejor orquesta del momento.

El difunto bailaba todos los sábados, en la Sala Montesinos de Olencia, el primer pasodoble, el que abría pista. Lo bailaba casi siempre con Colomina, una moza a la que la cojera poliomielítica no le restaba garbo ni habilidad al hacerlo, antes al contrario, le daba una compostura y un brío especiales.

El difunto y Colomina no fueron novios, sólo pareja.

Ella bailó sola en la Plaza del pueblo cuando los Ciclones tocaron el pasodoble en el campanario, luego no entró a la iglesia.

—A Dios puede que no le moleste el agarrado —dijo sin resentimiento—, pero yo no doy el brazo a torcer. La última pieza nada tiene que ver con el responso.

Estanislao tocaba la flauta, y de uno y otro pueblo iban saliendo los niños, haciendo fila tras él, alegres y despreocupados como la propia melodía.

A los padres les encantaba ver aquella algarabía, aunque hubo alguna ocasión en que las madres más melindrosas llegaron a inquietarse viendo cómo Estanislao se los llevaba, y desaparecían en el horizonte de las mieses o por el surco de las remolachas o más allá de los maizales.

¿Sonó la flauta aquella madrugada del diecisiete de febrero...? ¿Era el propio Estanislao o se la robó algún tunante con intenciones ocultas...? ¿Adónde fueron los niños tras la música que en otras ocasiones los llevaba de paseo, entre el bullicio y la despreocupación...?

Yo no afirmo nada que no sea lo que vengo diciendo desde que pasó lo que pasó, decía Obsidia la comadrona a quien quisiera escucharla, encogiéndose de hombros y entrecerrando los ojos, ni me entretengo con más comentarios, porque la manía de contar el cuento de los niños desaparecidos no es de recibo.

Ahora que ha pasado tanto tiempo, es lo que nos faltaba. Una historia que quien más quien menos se ocupó de olvidar, porque, lo diré de una vez por todas, a nadie le interesa recordarla.

¿Los niños estuvieron felices, fuera donde fuera, aquel dichoso día, con el sol de la nieve como una antorcha que iluminaba Celama entera...? Pues bendito sea Dios...

Lo único que digo para poder acabarlo es lo que ya advertí en otro momento, y de eso puede tomar nota quien le dé la gana.

No hubo niños desaparecidos, hubo padres dormidos.

Ese día, los padres no se despertaron.

Sería el sol de la nieve, la modorra del invierno, el cansancio que se mete entre las sábanas y te pega a ellas.

Sería lo que fuese.

Entre otras cosas, y como coartada para no hablar ninguno de ellos más de la cuenta, la mala conciencia de despertarse después de un día como aquél, sin haber estado donde debían, cuidando a los hijos, que es lo que deben hacer los padres.

Los niños tuvieron la mayor libertad del mundo. Estaban solos, estaban juntos, no había nadie que los vigilara ni requiriera. No tenían obligaciones, ni recados.

La libertad de aquel día hizo la felicidad de todos.

Y Celama resplandecía, eso en cualquier caso puede asegurarse.

Yo que llevo tanto tiempo ayudándolos a nacer, puedo decir que los padres dormidos facilitaron el que los niños despiertos fueran felices, porque la felicidad de los niños no necesita siempre del cuidado de los padres.

Los Avisos

Del tiempo de este cuento nadie se acuerda, dijo la vieja Zarza, que era la que mejor lo sabía. No es un cuento que se contara mucho en Celama y, sin embargo, cuando alguien se atrevía con él causaba mayor atención que ninguno.

Por alguno de esos años que se olvidaron, dijo la vieja, apareció un día un Niño Cojo que no era de ningún sitio, ni daba la impresión de ser un pobre, ni siquiera de estar perdido o abandonado.

Era un Niño Cojo que venía bastante bien vestido y con un zurrón a la espalda. En tres pueblos del Páramo lo vieron, y en los tres hizo lo mismo pero con distinto resultado.

Estuvo primero en Pobladura, una tarde de otoño bastante destemplada, paseó un poco y fue a sentarse en el poyo que Tremor Bado tenía a la puerta de su casa.

Cuando Tremor y su mujer Melindra llegaron del campo, casi al oscurecer, vieron al Niño en el poyo, se extrañaron pero no dijeron nada. El Niño Cojo siguió quieto y sentado. Luego, cuando ellos entraron, al cabo de un rato, llamó a la puerta. Abrió Melindra y también asomó Tremor.

—Nada quería que ustedes no me preguntaran... —dijo el Niño Cojo—, y ya que no lo hicieron, bien sea por falta de curiosidad o de interés, esto quiero dejarles como Aviso, si a ustedes no les importa.

Entonces vieron que del zurrón sacaba una piedra, un canto tan redondo, terroso y feo como una patata. Melindra dudó en cogerlo, pero a Tremor Bado le pareció poco menos que una burla y cerró la puerta sin decir ni media palabra.

Algo parecido sucedió en Vericia con dos viejos que se llamaban Rueldo y Nacar, sólo que éstos, indignados, insultaron al Niño Cojo tras rechazar la piedra.

Distinto fue en Sormigo.

Allí el Niño Cojo llamó en casa de Horno y Lagar, que se habían casado hacía muy poco. Era de noche y el invierno amenazaba con una de esas heladas rabiosas que congelan Celama.

Primero hicieron entrar al Niño, luego le dieron de cenar, después le dijeron que allí pasaría la noche y le prepararon la cama. También le preguntaron quién era, de dónde venía y por qué estaba cojo. El Niño se calentó en la lumbre y tomó un tazón de leche.

—Soy de donde Dios quiere... —dijo el Niño Cojo—. Vengo de cualquier sitio donde se precise caridad. Cojo estoy porque estoy dolido por el corazón ingrato de los hombres, y así da más pena andar por el mundo.

Horno y Lagar callaron discretos.

A la mañana siguiente, antes de irse, el Niño entregó la piedra como Aviso y ellos, sin pedir explicaciones, besaron la piedra con gran contento del Niño que, en el invierno de Sormigo, parecía un pájaro pinto mientras se alejaba.

Al pie de la lumbre de la cocina donde Zarza contaba, hacían corro por lo menos seis nietos.

—¿Por qué la besaron...? —quiso saber el más espabilado de ellos.

—¿No besa el pan el mendigo cuando se le da la limosna...? —preguntó la Vieja—. Se besa por respeto y agradecimiento y, por el mismo agradecimiento y respeto, se escucha en silencio, ya que los cuentos del mundo a lo que enseñan es a pensar y no a recriar curiosones.

Los nietos miraban arrobados a la abuela, y Zarza alzaba los ojos que el glaucoma sellaba con un filo verdoso en las pupilas y asentía inquieta según iba contando el cuento, como si algo de todo aquello le hubiera sucedido a ella misma.

Pasaron los años, dijo Zarza, y ya se sabe que no hay mejor manera para que todo se olvide que los años pasen.

Cuando otra tarde de otoño Tremor Bado y Melindra volvían a casa en Pobladura, vieron a un Joven Manco que parecía esperarlos a la puerta, no sentado en el poyo como aquel Niño Cojo sino de pie y muy nervioso, yendo de un lado a otro. También traía un zurrón.

—Miren ustedes... —les dijo el Joven Manco—, ya no va a haber más oportunidades, esta piedra es el mismo Aviso que en su día no quisieron recibir, y ahora aún es posible.

Y mientras les hablaba con mucha convicción y urgencia para que lo atendieran, había sacado la piedra del zurrón y volvía a mostrarla. Melindra llegó a cogerla pero Tremor, de un manotazo, la hizo caer al suelo.

—De piedras como ésta... —dijo indignado— está el Páramo lleno.

Entraron en casa y le dieron con la puerta en las narices al Joven Manco.

En Vericia, Rueldo y Nacar ni siquiera quisieron abrirle la puerta.

—¿Quién va...? —preguntaron con desgana mientras el Joven se mojaba fuera, pues la tarde era de lluvia.

—Miren ustedes... —decía el Joven Manco—, vengo a darles de nuevo el Aviso que en su día rechazaron, advirtiéndoles que no habrá más ocasiones.

—Con las piedras del erial —gritó Rueldo— cultivo cada mañana la desgracia de ser labrador, o sea que ya puede buscar otro modo de tomarme el pelo.

Hasta Sormigo llegó el Joven Manco con una mojadura de espanto. Horno y Lagar lo acogieron como años atrás habían acogido al Niño Cojo.

—¿Qué pena tienes —le preguntaron— que tan abatido llegas?

—La pena de comprobar que la caridad se desconoce y que el recelo y la desconfianza pesan más que la esperanza y la fe en el corazón de los hombres. Es poco lo que por el Páramo puede hacerse... —corroboró, sin lograr contener las lágrimas—, ya que son los menos los que aprecian el Aviso que pudiera salvarlos.

Horno y Lagar se asustaron mucho.

—¿Es que va a haber alguna desgracia, más allá de la que a todos nos compete por vivir en este Valle de Lágrimas...? —quisieron saber.

El Joven Manco recogía el zurrón.

—Dios prueba y, cuando llega el caso, aprieta... —dijo.

—En nombre de aquel Niño... —pidió entonces Lagar—, haz el favor de conceder a esta tierra una tercera oportunidad.

—Lo diré donde debo... —afirmó el Joven, limpiando las lágrimas—, pero nada puedo prometer. En el cielo, como

en el mundo, mandan los que gobiernan. El Niño Cojo
—aseguró muy triste— acabó extraviado, con el zurrón de
las piedras lleno a rebosar, ya que el vuestro fue el único
Aviso que en Celama quisieron. Pesa mucho el zurrón...
—aseguró, cargándolo a la espalda—, tanto como todos
los pecados de Celama juntos, y mucho más de lo que a
cualquier gobierno pudieran pesarle los ministerios.

La mano de la abuela se adelantó hacia los nietos sen-
tados en el suelo y se movió indecisa a la izquierda del
corro.

—Hay uno o una que no escucha, y el que no escucha
no entiende... —advirtió enojada—. En el Páramo hubo
niños que lo único que pudieron saber, en los cuentos lo
aprendieron. Al que no preste atención le zurro la badana.

Se hizo un silencio todavía más espeso. La lumbre
crepitaba.

—Era yo... —dijo el nieto más espabilado—, porque
me daba miedo escuchar, ya que el Cojo y el Manco igual
no me dejan dormir luego.
—Señal de que no te enteras, porque el cuento es precisamente para dormir bien siendo bueno, caritativo y justo, ya que de eso se trata, o sea que escucha y estate atento,
porque todavía no acabó.

Vino entonces un Viejo Tuerto, siguió Zarza, de esos
que miran donde no deben, o que dejan de mirar donde
debieran. Un Viejo Tuerto, en suma, al que Tremor y Melindra ni siquiera quisieron ver, ya que persiste en Celama
la idea de que si un tuerto te mira es la desgracia la que te
ve. Total, que la dichosa piedra del Aviso que el Viejo
Tuerto traía la mandaron a la porra Tremor y Melindra, de

modo que el Viejo vio que el Aviso no tenía remedio. Igual suerte corrió en Vericia con Rueldo y Nacar, dándose además la circunstancia de que la piedra golpeó el ojo sano del Viejo cuando aquéllos mandaron el Aviso a la porra.

—Con otra cosa nos venga el Destino... —dijeron ambos contrariados— y no con una piedra del erial, que ya es mala suerte sortear esta tierra de cantos y rañas donde cada cosecha es una purgación.

—Salisteis fiadores a la encomienda del Páramo en su totalidad... —dijo el Viejo Tuerto más tarde a Horno y Lagar—, pero tal fianza de nada sirvió: los Avisos no causaron efecto ni a la tercera, que es cuando va la vencida, la voluntad de la mayoría es firme, no hay nada que rascar. El Aviso, así se hace constar ahora, era para atenerse a la gran Desgracia que ha de sobrevenir, ya son tres generaciones de mensajeros, de modo que no es posible más piedad: el Niño Cojo, el Joven Manco y el presente Viejo Tuerto somos lisiados emisarios del mismo Aviso e igual condena. Este Páramo ya no tiene enmienda, se acabó lo que se daba.

Fue entonces cuando los nietos miraron a la abuela como si no pudiesen creer lo que contaba y aquél fuese el final del cuento.

En el resplandor de los ojos de la Vieja Zarza había un fulgor verdoso: un raro reflejo en la atrofia de la papila óptica.

Ella percibió esa mirada atónita e incrédula de los nietos, carraspeó, guardó silencio unos instantes, suspiró al tiempo que el fuego crepitaba con mayor inquietud.

No recéléis, puercoespines, dijo sin que ellos entendieran. Celama es mucha Celama para que los Avisos con ella acaben, siempre queda gente que cumple lo que la mayoría no hace, un buen corazón o dos son suficientes para salvar el Territorio: apagar el incendio, rescatar los enseres, lo que la gran desgracia traiga, pero en la vida como en la muerte, el que no corre vuela, hay que espabilar.

II. Rumbo de los viajes

El ruso

A Verino lo esperó su madre como Penélope esperó a Ulises, pero la madre de Verino no tejía y destejía para alargar la espera, entre otras cosas porque se había quedado ciega, y además porque a nadie le urgía el regreso, antes al contrario, en el regreso de Verino nadie creía doce años después de su partida y tras la comunicación del Mando Divisionario, en la que se le había dado por muerto o definitivamente desaparecido allá por los alrededores de alguna ciudad rusa de la República de Ucrania.

La espera de la vieja Ercina estaba alimentada, sin embargo, por una carta de Verino que ni el mismo Mando Divisionario debió de conocer y de la que, por supuesto, tenían noticia todos los habitantes de Hontasul.

En Celama habían sido tres o cuatro los reclutados, con el engaño de un destino aventurero, en aquella División que ayudaría a los alemanes en Rusia. Ninguno de ellos había vuelto.

Era una carta escrita desde un hospital de Járkov, donde al parecer estaba recluido a consecuencia de una herida mal curada en el muslo izquierdo, tras haberse extraviado en la retirada de las tropas alemanas y convivir como desertor con los partisanos rusos, al menos eso daba a entender.

—No sé si dice que va a morir o que viene... —comentó angustiada la vieja Ercina, indicando temblorosa los renglones de aquella carta que, por lo escueta y dramática, vaticinaba casi el estertor de quien la había escrito.

—Lo que parece decir es que, en cualquier caso, alguien vendrá en su nombre para que usted no se quede definitivamente sola, si él no puede. Allí da la impresión de que Verino encontró un compañero a quien no le importa volver para que no pierda del todo a su hijo.

—Qué historia más rara... —dijo la vieja Ercina—. ¿Qué hijo dejaría de serlo para que otro lo sustituya? Es hijo único el que no tiene hermanos y Verino lo fue por la gracia de Dios y de mi esposo, aquel hombre que me lo hizo la misma noche que al despertarse sintió que el corazón se le acababa y a mi lado quedó, muerto de repente con la conciencia del deber cumplido.

Todavía existe en el camino de Loza, a tres kilómetros de la carretera de Hontasul a Sormigo, una lápida que alguien labró con menos destreza de la necesaria y en la que pueden leerse con demasiada dificultad un nombre extraño y una fecha desvaída. Está medio enterrada entre la cuneta y la linde de la Hectárea donde la vieja Ercina tuvo la Noria que un día atendió su marido, antes de la noche en que se le acabó el corazón.

—Nadie en Hontasul da demasiada fe de ella... —decía Leda a su prima Osina, una tarde que la buscaban mientras cortaban altamisas.

—Porque de la historia del ruso nadie quiere acordarse. En el pueblo, muerta Ercina y muerto aquel hombre que vino de tan lejos, todo fueron dudas y figuraciones.

—Con la yema del dedo... —dijo Leda cuando descubrió la lápida y, después de limpiarla, buscó las toscas hendiduras que componían las letras— algo puede leerse, pero es un nombre tan raro... La fecha sí que se borró.

Las dos muchachas estaban arrodilladas en la cuneta, embebidas en el hallazgo que refrescaba la memoria de una historia incompleta.

—Dice Boris Olenko... —leyó Leda, y su prima Osina dejó que guiase la yema de su dedo índice por las letras desvaídas hasta cerciorarse.

—¿Es de veras un nombre ruso...? —quiso saber.

—De Ucrania... —informó Leda, recordando lo que había oído—. De otra Llanura que, como ésta, tiene el límite de dos ríos que, en vez de llamarse Urgo y Sela, se llaman, si no me equivoco, Dniéster y Don. Dicen que muchísimo más grande y menos pobre.

Habían pasado dos años desde que la vieja Ercina había recibido aquella especie de carta testamentaria que alimentaba, a partes iguales, la esperanza y el sufrimiento.

En la madrugada de un doce de noviembre, con la planicie helada y la atmósfera corrompida por el frío, vino un hombre por el camino de Loza y, al llegar a la altura de la Piedra Escrita, se detuvo un momento, dicen que sacó del macuto que cargaba a la espalda un papel arrugado y, después de consultarlo como si se tratase de un plano, cruzó hacia las Hectáreas del Podio, en línea recta a la casa de la vieja, que era la primera en las estribaciones del pueblo.

—Ese hombre, según le oí a mi madre —dijo Leda—, vestía un abrigo muy largo, llevaba un pasamontañas y tenía la barba y el bigote muy crecidos. Tu madre se acuerda menos porque era la más pequeña, pero todo el mundo en Celama supo en seguida que se cumplía lo que la carta de Verino anunciaba, aunque a la vieja Ercina, como era de esperar, aquello le causó al principio más dolor que alegría.

El hombre llamó a la puerta del corral.

Traía las manos enfundadas en unos guantes de lana y calzaba botas de media caña bien claveteadas.

Parece que la vieja Ercina estaba dormida y tardó mucho en despertar. La vista ya la había perdido por completo pero dominaba a la perfección los espacios de la casa y el corral, hasta los últimos rincones. Cuando tomó conciencia de que llamaban, se incorporó en la cama, y cuando escuchó la voz del hombre supo, a ciencia cierta, que Verino había muerto, duda que siempre había guardado en secreto como alimento de una inútil esperanza, y sintió miedo, un miedo tan extraño que llegaba a paralizarla y hacerle dudar si debía contestar a aquella llamada de alguien a quien también secretamente se había acostumbrado a esperar.

—El hombre hablaba sin mucho acento, aunque con frecuencia decía cosas y palabras que no podían entenderse. Estaba claro que la amistad con Verino no sólo le había servido para aprender el idioma, sino también para conocer todo lo que de Celama Verino recordaba.

—La llamaba madrecita... —dijo Osina, que de nuevo intentaba guiar la yema del dedo índice por las letras borrosas—. Así la llamó desde aquella misma madrugada hasta el final. La tía Leda dice que es el diminutivo familiar de los rusos.

—Mi madre se lo oiría en alguna ocasión. Es verdad que la llamó así aquella madrugada, cuando Ercina se levantó y bajó las escaleras para abrir la puerta del corral.

Se había puesto una toquilla sobre los hombros y bajaba inquieta, con más lentitud que nunca.

—¿Quién llama...? —inquirió, sin albergar la más mínima duda sobre la identidad del que lo hacía.

—Ábrame, madrecita... —suplicó el hombre—. Soy el hijo que viene de parte del hijo. Casi un año llevo de viaje para llegar a esta tundra, que tanto se parece a la mía.

El hielo de la madrugada seguía corrompiendo la atmósfera y probablemente la tundra era en la memoria del hombre el mismo Territorio helado que derrotaba la distancia, quiero decir que el destino de tan largo viaje no parecía corresponderse con las fatigas del mismo, porque Celama formaba parte de la misma memoria.

Boris Olenko siempre reconoció, en aquellos años que vivió en la Llanura, el aroma originario de los desiertos que cultivaban la intemperie con parecidos vientos y un gemelo cansancio en los horizontes, apenas diferenciado por la sombra de los abedules.

—Ella se resistía a abrirle... —dijo Leda—, porque tanto tiempo y tanta confusión la habían hecho tan temerosa como desconfiada. En el pueblo respetaban y atendían a Ercina sin que se percatase, para no abrumarla. Mi madre y la tuya decían, a la vista del cambio que se produjo en su carácter con la llegada del hombre, que nadie supo nunca lo que pudo pasar en el corazón de la vieja, porque la soledad y el sufrimiento son las mejores prendas del secreto.

—Se hizo a la idea de que era de verdad su hijo... —comentó Osina, que no lograba completar el apellido con la yema del dedo.

—El hombre vivió esos años como hijo y como ruso, trabajó las Hectáreas y la siguió llamando madrecita. Nunca tuvo muchas amistades ni era demasiado elocuente, pero alguna que otra vez, en el Casino de Sormigo o en las tabernas de Loza y Hontasul, bebía como los más aficionados y sólo en un carro era posible llevarlo a casa.

»Tampoco tardó mucho tiempo en saberse que estaba enfermo... —continuó Leda—. Cuando hay nieve y se escupe sangre no hay modo de disimular. Los tres años que Ercina lo tuvo de hijo cambiaron su carácter y luego, como dice mi madre, a la felicidad de tenerlo le sucedieron la pena y la melancolía de haberlo perdido, igual que había perdido al hijo verdadero.

El hombre parecía no tener fuerzas para seguir llamando.

Intentó apoyarse en el vano de la puerta y suspiró para contener el desfallecimiento y no dar muestras del mismo. Los últimos kilómetros de la Llanura habían agotado sus pasos, pero sabía que debía sacar fuerzas de flaqueza porque la ilusión de la llegada, tras tan largo viaje, tenía que acomodarse al optimismo de estar cumpliendo una promesa o una expiación.

—Ábrame, madrecita... —repitió de nuevo—, que soy el hijo que viene de parte del hijo.

—Dime si murió... —inquirió la voz trémula de la vieja Ercina.

—En mis brazos... —confirmó el hombre.

—Entonces espera a que me seque las lágrimas y, mientras lo hago, vete decidiendo lo que vas a decirme en seguida, porque de esto sólo vamos a hablar ahora, cuando todavía no te he abierto ni te he visto la cara. Nadie viene desde tan lejos por razones materiales ni tampoco por una promesa sentimental, yo soy lo suficientemente vieja como para saber algo del corazón humano. Lo suficientemente vieja y lo suficientemente curtida, y ni un día dejé de pensar inquieta en la carta de Verino. ¿Me estás escuchando...?

El hombre había acercado el oído a la puerta y apoyaba las manos abiertas sobre ella.

—Sí, madrecita... —confirmó.

—Pues lo que tengas que decirme, dímelo ya —le urgió la vieja Ercina controlando a duras penas la emoción y el dolor de sus palabras, que vaticinaban la presunción más oscura que durante tanto tiempo había corroído su corazón—. No me engañes y, por Dios, hazlo antes de que empiece a quererte como a él lo quise.

Los guantes del hombre acariciaron las esquirlas del hielo en la madera de la puerta y el esfuerzo de la caricia preludiaba su desplome porque era como un movimiento inanimado, el rastro insensible de una huella aterida por donde su conciencia llegaba a congelarse.

Fue entonces cuando la vieja Ercina escuchó sus desolados sollozos y tuvo la seguridad de que ese llanto de arrepentimiento se compaginaba con lo más oscuro de su presunción, aquel secreto que venía turbando el sueño de sus noches, cuando el rostro rejuvenecido de Verino musitaba su nombre y de sus labios brotaba un hilo de sangre.

—Vamos, no te dé miedo... —le urgió, mientras comenzaba a abrir la puerta con el corazón invadido por la piedad.

—Madrecita... —suspiró el hombre, a punto de derrumbarse—, a lo que vengo es a pedirle perdón por haberlo dejado morir.

Leda y Osina guardaban silencio.

Por el camino de Loza se levantaba un viento ralo y en la lejanía de la carretera de Hontasul podía predecirse el ruido de los Camiones de la Ruta.

—¿Por qué lo enterrarían aquí, estando el Cementerio de Santa Trina tan cerca...? —preguntó Osina.

—Por la religión... —dijo Leda—. Boris Olenko era ortodoxo, como casi todos los rusos.

—¿Y a Verino...? —inquirió Osina, como si en ese instante el recuerdo del hijo verdadero de la vieja Ercina le resultara un enigma que el tiempo y la distancia envolvían sin remedio.

—A Verino lo enterró la vieja con ella... —dijo Leda muy seria—, porque un hijo sólo puede enterrarse en el corazón de la madre que lo pierde.

El mar de las Hectáreas

Emigró Tano Valdivia como otros tantos lo hicieran. Las Hectáreas del Cejo no daban lo necesario y, en la familia, había más hijos de los debidos. Emigró por el mismo conducto por el que en el Territorio emigraban los que se iban más lejos: una ruta con parecidos pronunciamientos y lo más barata posible hasta llegar a Vigo, en el límite marino de la provincia gallega de Pontevedra, y luego el pasaje en la clase más ínfima para hacer la navegación a México, en uno de aquellos barcos de la Compañía Morelos que atracaban en el Puerto de Veracruz después de haber derrotado por más millas marinas de las precisas.

Algo de eso decía Tano Valdivia en la primera carta que llegó al Cejo, seis meses después de que hubiera marchado.

Nada que les meta miedo pienso contarles, queridos padres, aunque no me resisto a mentar la desgracia que tuvimos en Foncebadón, donde al carro en que íbamos mi compañero Cirino y yo se le salió una rueda, de modo que se fue el carro a pique y de milagro lo contamos, tirando los bueyes hacia un lado, arrastrado el carro a la cuneta y el abismo, Cirino dando voces y yo que, antes que otra cosa, quería salvar la impedimenta, no fuese a ser que hubiese que emigrar con lo puesto. Cirino se rompió el brazo, yo me rajé la pierna, no sé si decirles que ese puerto de Foncebadón es el más asesino, si consideramos que la niebla no deja ver, los bueyes se descarrían y asustan, la noche te coge cuando todavía no lo coronaste, y luego la bajada a Molinaseca también resulta de aúpa. El brazo roto de Cirino era el mayor pesar del viaje, ya pueden imaginarlo. De la raja mía no hay que preocuparse: la herida estaba limpia y ya con la primera cura sobraba...

La familia agradecía aquella prolija descripción, aunque de ese tramo complicado para arribar al Bierzo había noticias suficientes en Celama y los detalles no venían muy a cuento: el Bierzo no era ni mucho menos el fin del mundo, al menos en la aventura de quien emigrase al otro lado del Océano, el Bierzo era como un vergel colindante del que con frecuencia hablaban los viajantes que llegaban al Territorio desde las rutas del Noroeste.

¿Del mar qué quiere que le diga, madre? Ya que fue usted muy especialmente la que tanto me lo encareció, voy a contarle lo que buenamente pueda. Fíjese bien, madre, que el mar no tiene comparación posible, nada que valga para que yo le diga lo que se me ocurra. Si le dijese que el mar es el total cuadruplicado de las Hectáreas de Celama acertaría y, a la vez, estaría mintiendo, no es comparable. Lo que no tiene es tamaño propiamente dicho, imagínese que mirara usted Celama por el ojo de la cerradura, algo parecido por la desproporción. Un barco en el mismo apenas pudiera parecerse a la nuez más pequeña del nogal más grande, pero no me ponga en el aprieto, por Dios se lo pido. El día que llegué a Vigo y el hombre que guiaba el coche me indicó lo que era el mar, que ya se veía bien visto, yo lo que no pude fue contener el miedo que me dio, de tal manera que al mirarlo me puse a temblar, porque una cosa es lo que se te puede ocurrir pensando en él, y otra muy distinta verlo y, al tiempo, decirse a sí mismo: ese impedimento hay que salvar para ir al otro lado, entendiendo que en el otro lado está el otro mundo.

Era como si el trance de llegar a ese otro mundo tuviera para Tano Valdivia una importancia comparable al trance de haber llegado a Vigo, ya que esa primera y larga misiva, probablemente escrita en el mismo Puerto de Veracruz o en algún lugar cercano, daba razón detallada de los avatares del viaje peninsular y apenas impresiones del mar y la derrota de sus millas: nada especial de ese primer encuentro con el otro mundo y, al fin, la otra vida, que sería lo primordial de la aventura del emigrante.

Ya les digo que lo de Foncebadón fueron las primeras penalidades. En Ponferrada quedó Cirino, el brazo hecho una pena. Yo tenía la duda de seguir viaje o esperarle un poco. Había un arriero que se llamaba Luengo que me animaba a que fuera con él, porque me resultaría más fácil el Cebrero y en las posadas de la otra parte alguno de los suyos podría llevarme a Arosa. No le fue difícil convencerme, a Cirino no le dije nada y ese pesar todavía no se me quitó. Este Luengo debió de fijarse en lo desvalido que andaba, ya dice usted, madre, que si uno del Cejo va al Confín, en tan pocos kilómetros se extravía y por el modo de verlo, solo y desorientado, se sabe de dónde viene y lo poco que vale para moverse. Figúrense lo que yo podía parecer cuando Luengo me miró: estás alelado, chaval, estás bobo, me decía, o espabilas o no vas a ningún sitio. Por las posadas de la otra parte perdí el rumbo, también las pocas pesetas, no me obliguen a contarles más de lo debido, no me amuelen, igual quieres dormir una noche y, si te descuidas, duermes un mes, de tan cansado como estás, este mundo es una pena, del otro todavía no les conté nada, pero todo se andará, no se impacienten...

Seis meses es un tiempo razonable para aguardar las primeras noticias. Ningún familiar en Celama recela del destino del emigrante en menos tiempo: a la emigración hay que darle, como poco, esa confianza, ni siquiera pasa nada porque los seis meses sean siete u ocho.

Tano Valdivia cumplió con la previsión. Lo único especial era que en esa primera misiva se iba sin remedio por los Cerros de Úbeda: nadie en la familia, padres, hermanos, quedó medianamente satisfecho con las noticias del más allá, todo lo que hubiera sucedido en el viaje era *peccata minuta* en comparación con lo que podría ser el hallazgo de la llegada.

Lo disculparon pensando que Tano era un tarambana y, a la hora de escribir como a la de hablar, más caprichoso de lo debido y capaz de aburrir a las piedras. Su padre, que llevaba en la cama casi un año con fiebres tifoideas, leyó la carta y la dejó caer como una enseña desanimada: nada que pague el tiro, dijo, ninguna noticia de veras, todo fantasías y bobadas.

A la madre le gustó lo del mar.

El hecho de que la segunda carta llegara un año y medio más tarde ya no es sintomático de los avatares y penalidades de la emigración, sino claramente de esa torpe condición del tarambana que conllevaba la otra condición del disipado. Su padre había muerto, dos de sus hermanos se habían casado, su madre suspiraba día y noche, pensando que en aquellas ramas espesas del nogal marino su hijo pequeño había perdido el sentido, hasta tal punto que ya ni de ellos se acordaba.

Me va bien, estoy sano, un catarro, una gripe, nada que no remedie la sulfamida, y la morriña con el orujo o el pulque, que es lo que aquí toman. Acá el que no corre vuela, al que Dios se la da San Pedro se la bendice, el más tonto hace de un ladrillo un machete, a los de fuera nos llaman gachupines. El país es muy grande y no hay manera de conocerlo entero, el mismo tamaño la serranía que el llano, nomás lo mismo si lo viéramos al revés y del Norte al Sur los mismos pendejos, lo digo en broma, la gente es tan buena como allá, no me tomen el número cambiado. Ahorita mismo me recuerdo de todos ustedes, que es como aquí se habla, más posibilidades no es posible, si el mar no nos alejase sería el mismísimo paraíso. Hablando de otra cosa: se acuerdan que les conté la desgracia de Foncebadón, no les dije que el carro se fue a pique a la altura del pueblo de Manjarín, la gran pena es pensar que Cirino no pudo venirse. Disculpen ustedes que todavía no les mande una dirección para que me escriban, cambio cada poco y no me ubico, lo que no quiere decir que las cosas no me vayan de miedo, tampoco podría negar que vaya mal de amores, en cuanto puedo no me ando por las ramas, ya que este mundo, aparte de los peligros, es otro mundo y el Territorio se ve por estos pagos muy antiguo. Madre: le conté lo del mar. Siempre que puedo voy al puerto, lo que le dije lo corroboro: una inmensidad, no hay Hectáreas comparables. Cuídese, que ya se me está haciendo usted viejita...

El que en los tres años siguientes nada se supiera de Tano fue la razón de que, en la proporción de ese tiempo, se fraguara la lógica proporción del olvido, si se exceptúa a la madre, que no perdía ocasión para calcular las imposibles Hectáreas, cuadruplicadas o no, donde su hijo parecía haberse perdido sin remedio.

De los emigrantes mexicanos de Celama llegaba alguna noticia y jamás en ellas se hacía referencia a Tano, aunque ya hacía tiempo que la madre se había preocupado de requerir a los familiares. No había justificación razonable para la falta de cartas y en el comentario ocasional de hermanos, cuñadas, parientes y conocidos, se hacían cábalas sobre la enfermedad o la desgracia que justificasen la desaparición. Hasta que un día llegó una escueta misiva fechada en San Luis de Potosí.

Ni se me espanten ni me hagan finadito que acá el tiempo es de otra manera, donde Celama dura lo que dura y en estos pagos no hay medición, un día un suspiro, un mes un lamento, un año un entresueño. De salud, bien, de ánimo regio. Lo mejor de todo será que no se preocupen, el hijo no está perdido, faltaría más, cualquier momento vuelvo a darle el mayor abrazo del universo a mi mamacita. No se pregunten qué hago, no sean boludos, ya les comenté que por acá el más tonto hace de un ladrillo un machete. ¿Qué habría de hacer...? Machetes, y con ellos lo mismo me limpio los dientes y ahorro los palillos. Estense muy tranquilos, porque lo que está claro es que a Tano Valdivia no le tose nadie. Tampoco vayan a creer que me hice estanciero, aunque como el pájaro ufano del corrido vaya picando de flor en flor y a veces hasta caiga alguna gachupina. Soy muy hijo de mi padre, ya se sabe. Mamacita: más que por nadie, por usted suspiro, no se me haga más viejita de lo que debe porque un día todavía quiero besarla en la frente.

La madre leyó la carta cientos de veces. Le frustraba tanta palabra y tanto no decir nada, pero la agradecía infinito.

Hermanos, cuñadas, parientes y conocidos se hicieron a la idea de que el tarambana había perdido definitivamente el juicio.

Desde aquella misiva, aquel boleto como lo llamaba Tano disculpándose de la premura con que escribía después de tanto tiempo sin hacerlo, el olvido fue la aureola del emigrante, sobre todo cuando, ocho meses más tarde, murió la madre.

De los emigrantes mexicanos de Celama ninguno dio fe de Valdivia, nadie sabía nada de él en Potosí, en Aguascalientes, en Jalisco, por el Yucatán.

Que cuatro años más tarde llegase el definitivo boleto de Tano ni siquiera fue una noticia, apenas una desganada curiosidad. Parecía estar fechado en Toluca de Lerdo, y digo parecía porque la referencia estaba medio tachada.

Soy el mismo pero mayor. Los años no pasan en vano. La vida se hizo más dura y peligrosa. Dicen que al que madruga Dios le ayuda, no soy de tal idea. Esta vida del que se fue es más triste cuando la edad se echa encima, no quisiera disimularlo. Lloro como un descosido las lágrimas más amargas, las del que está más solo que la una, tan lejos. Ay, Celama mía, si fuera capaz de cantar un bolero, si el alma no se me derritiera. No me atrevo a preguntar si vive mi mamá, si mi papá existe, si las Hectáreas son las mismas, si en el Cejo es igual la primavera. Me pongo emotivo, qué carajo. Sepan que a todos los quiero y que, por mucho mundo que se vea, no hay pueblo como el de uno, allá donde esté y haya viajado lo que haya viajado.

Balbo Valdivia, que era el mayor de los hermanos, sacó la conclusión, ya bastante desganada, de que aquella carta, aquel mísero boleto, era la vergonzante confesión del fracaso de Tano y, casi seguro, de su enfermedad, de la desgracia que lo tenía hundido en la melancolía que precede a la desolación y el desastre. También le pareció que se trataba de la despedida.

Fue entonces cuando Nito Valdivia, el hijo pequeño de Balbo, decidió emigrar.

Esperemos, decía su padre, que no siga el ejemplo del tarambana, aunque de salida no hay otro conducto: carretera y manta hacia Vigo y el primer barco que se ponga a tiro, aunque la idea es que vaya a la Argentina, a Mar del Plata, donde hay primos segundos de mi mujer.

Nito fue y volvió en seguida.

Era un mozo despierto, emprendedor, decidido, por eso extrañó tanto verlo regresar tan pronto, de modo que resultaba imposible que hubiera llegado más allá de la propia costa, como así sucedía.

Y, además, no volvía solo: lo acompañaba un ser encorvado y menesteroso que arrastraba los andrajos como el peso de la roña portuaria. Un ser que no alzaba los ojos del suelo y que, cuando el coche que los traía paró en la Plaza del Cejo, bajó con muchísimas dificultades y, ante la mirada incrédula de todos, dio seis pasos desvariados hasta que logró orientar el camino de casa, a cuya puerta habían salido Balbo y los suyos.

El harapiento acababa de dar un grito extraño, caía al suelo, nadie se decidía a acercarse.

Fue Nito quien llegó a él y volvió a alzarlo con mucho esfuerzo. Quienes presenciaron la escena aseguran que fue en ese instante cuando al pobre desgraciado le dieron las primeras convulsiones.

Se estaba muriendo en brazos de su sobrino, venía muriéndose desde hacía algunos kilómetros.

—Es Tano... —gritó entonces Nito, como una llamada de auxilio y desesperación que nadie era capaz de entender—. Es mi tío Tano... —repitió, mientras el cuerpo del mendigo se estremecía.

Había sido en Vigo, por las callejas del puerto, donde Nito había encontrado a su tío.

Era un pobre famoso en la rula y los desembarcaderos que antes, según supo, había sido estibador y había trabajado en otras labores portuarias, hasta que un accidente arruinó su salud.

En las tabernas y en las pensiones de la marinería era todo un personaje, que contaba con la aureola del desgraciado de tierra adentro, que con sólo ver el mar ya se mareaba.

—En vez de la emigración hiciste la carrera del señorito... —le decían los taberneros, que todavía, al cabo de tantos años, no le habían perdido ni el aprecio ni la conmiseración.

Del puerto siempre salía algún barco y alguien podía hacerse cargo de alguna misiva para remitir desde allá, desde la orilla que jamás se atrevió a alcanzar.

Esa orilla a la que Nito Valdivia llegaría tiempo después, probablemente recordando la mano temblorosa de aquel pobre que le pidió limosna cerca de la dársena.

—El mar es como mi tío dijo a la abuela en las cartas, ahí sí que acertó: las Hectáreas cuadruplicadas.

El mundo de las navegaciones

¿Qué era el mundo para Liviano Ariga? Nada que no se pudiera contar, nada que no tuviera para existir lo que tienen de sustancia los relatos, quiero decir que los viajes de Liviano se sustanciaban en su voz mientras eran contados, y la fascinación del viajero crecía suelta en el relato, no como si la memoria fuese la prueba que alimentaba el recuerdo de lo que vio y sucedió, más bien como si esa prueba estuviese en la imaginación que dinamizaba aquellas travesías, los mares y los desiertos.

Liviano Ariga había dejado hacía mucho tiempo las Hectáreas, en realidad casi nunca estuvo en ellas o, si lo hizo, las Hectáreas no existieron, quiero decir que el viajero no las veía como eran, las veía como le daba la gana.

—¿Vas o vuelves...? —le preguntaba el primero que encontraba por el camino, de madrugada.

—Bueno, bueno, según se mire... —contestaba, y la nube de su ojo izquierdo desnortaba la mirada como un obstáculo en la pupila—. Pudiera decirse que voy, si entendemos que entre el Océano Glacial Ártico y el Océano Índico hay un salto de liebre. Otra cosa es que venga de Manchuria, de arriba, de los Montes Jinggang. Entonces la liebre puede hacerse daño en una pata y, a lo mejor, de Chanchung no paso.

—Es que me dijeron que estabas en las Filipinas.

—Joder las Filipinas. Aquí en Celama se abarca el mapamundi con una alegría que ya ya. Donde estaba era en

Indonesia, de ahí la equivocación. Parece cerca, pero vete a saber. De un sitio a otro hay más Celamas que contadas, con el agravante de que no hay otra posibilidad que el barco. Aquí la liebre no vale. Mar de Joló, Mar de Célebes, el propio Mar de China con sus riesgos ancestrales...

—¿Qué riesgos son ésos, Livi? Porque tú viajero lo eres como el que más, pero nunca tuviste media torta.

—Peligros, amenazas, conflictos, extorsiones. La China está llena de trampas, no en vano la llaman la China milenaria. Piso aquí y no sé dónde me hundo. Ese Mar es un tiberio. Vas quieto en proa, bien pertrechado, porque ya sabes dónde te la juegas, todavía no sabes con quién, pero sí dónde, y de pronto el ultimátum. Hay que virar, por esas aguas siempre conviene estar virando...

—¿Y es mejor Indonesia que Filipinas...?

—Según se mire. Lo que es Sumatra y Java, para mí sí. Yo en Yakarta o en Palembang estoy como en casa. Borneo me gusta menos, pero, claro, sobre gustos no hay nada escrito. Las Filipinas es que son otra cosa. Mucha Manila, mucha Manila, pero no acaba de convencerme. Mindanao un poco más, pero no tanto. Es que cada cosa en su sitio, y el gusto de cada uno que siempre es caprichoso.

—O sea, que hoy todavía no se sabe si vas o vienes.

—Joder, no saquemos conclusiones tan temprano. Madrugaste y ya sabes lo que vas a hacer. Menuda suerte la tuya. Yo ahora echo un pito, si me lo das, saco la brújula, observo la dirección, y empiezo a hacerme una composición de lugar. La labranza no es lo mismo que la exploración. Cuando labras, la tierra está quieta; cuando viajas, se mueve.

A Livi se le oyó decir que el mundo era la totalidad, no el cuarto y mitad de cualquier país.

El mundo, decía también, es la piel completa del bicho y, por eso, el que se conforma con menos es un pusilánime.

—Esto de Celama no es nada, pero nada de nada…
—afirmaba taxativo—. Y la provincia menos, y el país no
digo. El que se conforma con lo que mira es tonto de remate. Otra cosa muy distinta es que muchos estén mirando lo mismo siempre, cada cual con su destino, pero conformarse, hacerse a la idea de que aquello es lo mejor
porque es lo único, una temeridad. Y lo digo porque hay
una verdad universal y es que el mundo es de todos, de
todos en su totalidad, no un cacho de aquí y otro de allí.
El que quiera verlo y cogerlo, que vaya y lo coja, el que no
quiera, que se quede donde está. Yo no lo cojo, yo lo atra-
po. Bastante me importa Santa Ula cuando estoy en Puja-
na, o Anterna cuando paseo por Bagdad. Del Mar Arábigo
al Golfo de Bengala el agua es verde. Joder, una chalupa,
no hace falta otra cosa. Bordeas Goa, Comorín, Ceilán, se
hace de día, hay un banco de peces, qué gusto, qué pena
que se acabe…

Los trabajos de Liviano eran casuales.

Desde que dejó las Hectáreas se puso a echar una mano
donde más falta hiciera, un día sí, otro no.

Vivía con su madre y todos teníamos la impresión de
que era ella la que lo vestía y alimentaba, porque doña Dita
era dueña de ese fuelle que la viudedad multiplica, sobre
todo cuando el marido que se perdió era un tarambana y
el hijo único andaba tras la estela del marido en algún
barco que igual surcaba las Azores que los Mares del Sur.

De vez en cuando desaparecía. Y nunca a doña Dita se
la veía preocupada. Las desapariciones de Livi no solían ser
muy largas. Los regresos acrecentaban las expediciones. La
totalidad del mundo la traía, una y otra vez, en el bolsillo,
por mucho que ya no le quedara un pantalón que no tuviese los bolsillos rotos.

Nadie en Celama despilfarraba más palabras que Livi, porque contar todo aquello de sus viajes llevaba tiempo. A la madre resignada, y tal vez orgullosa porque doña Dita jamás ponía mala cara, se le preguntaba con frecuencia:

—¿Ya volvió...?
—Ya... —respondía ella, complacida.
—¿Y dónde estuvo, si puede saberse...?
—En Karagandá.

—Bueno, eso dijo mi madre, la pobre —contaría después Livi—, ella ni sabe dónde está Karagandá ni las Islas Molucas, pero el total de la expedición no se le puede decir por no preocuparla. Vengo de África y ahora el mundo me parece más pequeño que nunca, ahora el mundo es una avellana. Otras veces os dije que una patata, un pimiento, un pepino, un melón. Una avellana, basta. África, el Continente Negro por excelencia. Todo de un golpe, imposible, pero cuarenta y seis días bien aprovechados son muchos. Si tengo que elegir, siempre cojo lo que está más lejos. El Cabo de Buena Esperanza, el de las Agujas, Durban. Se me hizo de noche. Del Trópico de Capricornio ya me había olvidado. Estaba en popa, me presta más navegar en proa pero esa noche estaba en popa, en los barcos no se puede estar siempre donde se quiere, a veces echas una mano donde se precisa. La luna de esos trópicos no sólo se diferencia de la de Celama por el tamaño, también por la condición: una luna derretida como un zumo. La miro y me duermo. Cuando despierto ya es de día. ¿Dónde estoy? Joder, por mucho que se haya viajado, por mucha brújula que lleves, no puedes saberlo todo y en cada momento. Es el Canal de Mozambique, aquello de allí Madagascar, Manja a la vista, una chalupa y a remar hasta la costa. De Manja no quiero deciros nada, en los viajes hay misterios que jamás debieran revelarse. De sobra se sabe que no soy supersticioso, pero de aquello que me pasó en Riad, en Persia, por el otro Trópico, el de Cáncer, hubo en Celama más comidillas de las necesarias, algunas en la Taberna de Remielgo, que es el sitio de la Llanura donde siempre se habla más de la cuenta y en las peores condiciones, y además de enterarse mi madre se supo en el Consulado, de lo que se dedujo que me suspendieran el visado no sólo en Persia, también para la Arabia Saudí. Se ven cosas, faltaría más, y hay un pacto de honor que sella el silencio, un compromiso de si te he visto no me acuerdo. Manja, Serinam, Majunga, el Cabo Ámbar. La punta de almendra, la mismísima punta, una vez que se le dio la vuelta. No vayáis a pensar en Los Confines, al mundo lo empequeñece la mirada pequeña del que no sabe ver más allá de sus narices.

Luego Liviano enfermó.

Una fiebre rara, decía doña Dita. Tanto movimiento, tanto ir y venir, un hombre que no para porque, desde niño, se vio que Celama no le valía.

—Fiebre del trópico... —dictaminó el propio Livi, muy convencido de la dolencia.

Por supuesto que aquellas tifoideas no iban a acabar con él. Los viajes jamás lograron que se resintiese su salud. Liviano estaba predestinado a morir de viejo, aunque desde que quedó huérfano dejó de ser el mismo. Fue curioso comprobar cómo las navegaciones perdieron el exotismo y el universo redujo las fronteras.

—Estoy comparando lo que vi con lo que tenemos, y voy llegando a la conclusión de que todo, absolutamente todo, tiene en el Territorio algo que ver con aquello, cada sitio, cada rincón, cada milla, cada escarpadura. Joder con Celama, le pones el mar y no la conoces. Lo que pasa es que ahora que nadie me espera siento mayor necesidad de volver en seguida...

Pero eso sucedía mucho tiempo después, cuando Liviano empezaba a quejarse del reuma o, al mirar por la ventana una mañana de otoño y cierzo, decidía no salir. La orfandad le estaba infundiendo un notorio desánimo.

Con su madre viva, jamás cejó en el empeño.

—¿Y dónde anda Livi, doña Dita, que hace días que no lo vemos...? —preguntaba alguien.

—En Abisinia...

El último viaje

El viejo Rivas se moría en el Argañal.

Era una muerte lenta y contradictoria que ya duraba veintiséis días. Los dos médicos que le visitaron coincidieron en el diagnóstico: los pulmones del viejo ya no daban más de sí y lo que quedaba era aliviar un final irremediable que no podía demorarse.

—Ahora o nunca... —dijo aquella mañana, cuando Celda, la hija mayor, entró en la habitación con la palangana de agua tibia y la toalla—. Llamas a Benigno a Omares y que venga con el coche...

Celda no pudo contener las lágrimas y, mientras el viejo intentaba incorporarse con un penoso esfuerzo que le hacía boquear, dejó la palangana y salió corriendo de la habitación casi sin voz para llamar al resto de la familia.

El viejo Rivas había logrado sentarse en la cama y había alcanzado el bastón que colgaba del cabezal. Entraron las tres hijas con Celda más asustada que ninguna, y tras ellas asomaron dos de los yernos.

—Te dije que llamaras a Benigno, cabeza de chorlito... —gritó el viejo alzando amenazante el bastón—. Todas me sobráis menos Menina, que es la que mejor me viste. Y vosotros, que ya veo que hoy no salisteis al campo, esperad fuera para ayudarme a bajar.

Los yernos se miraron indecisos, incapaces luego de entender el gesto urgente y desesperado de Celda y Henar, que nada más salir de la habitación prorrumpieron en un llanto indignado.

—Sois los hombres los que tenéis que sujetarlo... —dijeron ambas—. Que se muera fuera de la cama será la mayor vergüenza que pueda pasarle a esta familia.

Los yernos volvieron a mirarse cohibidos, y cuando Zarco tomó la decisión y Herminio le siguió, las mujeres duplicaron el llanto mientras en la habitación se escuchaba, entre ahogos, la voz del viejo Rivas que las insultaba.

—Que venga Benigno con el coche... —se le oyó repetir— u os rompo el bastón en las costillas, malas pécoras.

Zarco se acercó exagerando el gesto contemplativo de quien busca un razonamiento tan pertinente como inútil, y Herminio se mantuvo en la media distancia exagerando una mirada suplicatoria.

Menina vestía a su padre con notable destreza, aunque el esfuerzo era excesivo para ella sola, porque el cuerpo del viejo sucumbía en su propio peso.

—Ayudadla, galopines... —ordenó a los yernos—. Ya que no fuisteis al campo, echad al menos una mano. Las bocas que comen en esta casa siempre justifican lo que comen.

—No hay razón para que usted haga esta locura, estando como está... —acertó a decir Zarco, dispuesto a ayudar a Menina.

El viejo Rivas tenía ya puestos los pantalones y Herminio alcanzó las botas, que estaban debajo de la cama.

—Ahora o nunca… —repitió el viejo intentando acompasar la respiración mientras Menina guiaba su brazo derecho por la manga de la camisa—. Nunca me resigné a que la muerte me pillara donde le diese la gana.

Hasta que Benigno llegó de Omares con su coche de punto, el viejo Rivas permaneció sentado en la cama. Celda y Henar sollozaban a los pies de la misma, intentando sin remedio que atendiera a la súplica de volver a acostarse, y Menina le había cepillado la chaqueta y derramaba sobre su cabello un poco de colonia para peinarle.

—Así me gusta… —dijo el viejo complacido—, que me pongas guapo, como conviene viajar. Tu madre, después de tantos años, no tiene por qué verme llegar hecho un carcamal. Y vosotras callaos, que me aturdís con esa puñetera murga. En vez de tanto lloro, traedme una copa de orujo, que me parece que voy a necesitarla.

Los yernos bajaron al viejo Rivas, que mantenía el bastón en la mano y lo golpeaba en los peldaños para indicarles que necesitaba un reposo. Menina iba delante de ellos y Celda y Henar seguían sin poder contener el llanto, observando la penosa operación desde lo alto de la escalera.

Benigno había aparcado el coche al pie del portal, y cuando vio al viejo Rivas en los brazos de los yernos fue hacia ellos por el zaguán dispuesto a echar una mano.

—Ese Ford —le dijo el viejo— es el mismo en que tu padre llevó a una novia y a un novio al tren de Olencia hace casi tantos años como tú tienes.

—Son vehículos eternos, don Venancio. Apenas hubo que cambiarle las ballestas y rectificar cuatro cosas del motor.

Benigno ayudó a colocar al viejo Rivas en el asiento trasero, y a su lado se sentó Menina.

—Vosotras dos... —dijo el viejo señalando a Celda y Henar, que lloraban sin consuelo— podéis venir si acabáis el concierto. Para echarme a perder el viaje con esa llantina no os quiero, así que ahora mismo decidís...

Celda se sentó junto a Benigno y Henar detrás, al lado de Menina. Los yernos querían subir al pescante, pero no se atrevían a hacerlo.

—Caronte tiene plazas para todo quisque... —consintió el viejo Rivas—. Y ahora, Benigno, vamos a ver algo de lo que más me gusta de Celama, aquella Noria de Romayo donde cuando era chaval planté un cerezo.

Era media mañana y la brisa de la primavera que llegaba retardada al Argañal todavía mantenía el frescor del rescoldo de los hielos.

El viejo había consentido que bajasen el cristal de la ventanilla y la brisa batía su rostro con esa lumbre fría que aliviaba y agobiaba su respiración en igual medida.

Los kilómetros de la Llanura mantenían una lentitud que el Ford de Benigno exageraba, como si el vehículo tuviese conciencia de la finitud del caprichoso viajero.

El propio Benigno conducía con una especie de indecible desgana, sintiendo en la precaria velocidad el destino del tiempo y las Hectáreas que fluían con la misma indolencia con que se va borrando lo que se pierde.

Todos guardaban un extremado silencio en el interior del coche, y los yernos ni siquiera se atrevían a mirar desde los pescantes. Sólo los ahogos del viejo Rivas moteaban la desolación del viaje, un eco gutural en la caverna de los pulmones, un desfallecimiento que le hacía boquear.

—Allí está la Noria, y aquél es el cerezo... —indicó Benigno al pie del polvoriento camino que conducía a un oasis bastante desamparado.

—La flor se helará como siempre... —dijo el viejo Rivas—. El año que se logre el fruto, el Páramo será el paraíso y los bienaventurados bajarán a mirarlo y nos lo dirán luego a los que estemos en las calderas de Pedro Botero, que seguiremos sin creerles. Vamos al Lozo, que quiero ver aquellas vides que plantó mi padre...

Celda y Henar retomaron el llanto.

Menina había acercado la mano derecha a las de su padre, que sujetaban sin fuerza el bastón entre las rodillas. Las acarició y sintió en ellas el mismo frío de la brisa que avivaba el rescoldo de la mañana. Los ojos del viejo Rivas encontraron la mirada siempre ausente de Menina, la que más le recordaba a aquella otra que la ausencia de tantos años jamás había reconducido al olvido.

—Mi niña muda... —musitó sin lograr que sus manos le obedeciesen para devolver la caricia.

El Ford surcaba un camino polvoriento y los yernos se defendían con dificultad de la ingrata tolvanera. Se divisaban algunos Pozos en la distancia y, en las Hectáreas yermas, las vides abandonadas que todavía durante algún tiempo continuarían dando algunos frutos malogrados.

—Así se pierde lo que no se cuida... —dijo el viejo contrariado—. No llegues al Lozo, Benigno, que no quiero mirar lo que mi padre aborrecería.

El Ford se había detenido. El llanto de las hijas era más desesperado.

—¿Y adónde vamos ahora, don Venancio...? —quiso saber Benigno.

—Lo que queda hasta el Morgal de memoria lo sabes... —dijo el viejo—. A estas dos pesadas las dejamos en el cruce de la carretera para que se callen de una puta vez y los maridos las lleven a casa. Quería ver antes esa Piedra del Rayo que hay en la Linde de Serigo, pero me parece que no me queda tiempo...

Celda y Henar se bajaron en el cruce amenazadas por el bastón del viejo y los yernos aceptaron contritos lo que las dos hijas consideraban el mayor desatino de aquel hombre, incapaces de contener el llanto y hundidas en el dolor y la indignación.

—Llamáis a don Fidel para que, si quiere, bendiga lo que dejo: este despojo humano que todavía llevo puesto... —ordenó con acritud—. Y lo que me sigáis llorando de vuestra cuenta queda, porque no hay cosa que más me joda en el mundo. Anda, Benigno, que para los tres kilómetros que restan al Morgal puede que ya no tenga aliento.

Se había recostado en el asiento mientras el Ford retomaba una marcha ligera con la que Benigno pretendía salvar los baches que asediaban la carretera comarcal.

Menina volvía a acariciar las manos de su padre, que acababan de soltar el bastón.

Los ojos del viejo Rivas surcaban la Llanura con la misma mirada con que el navegante surca las encrespadas aguas intentando divisar el faro que guíe su destino en el regreso de la costa.

—Páramo de mi vida... —musitó con los ojos extraviados en el erial que la mañana alzaba como una ola de piedra y sufrimiento.

La voluntad del viajante

Un día como tantos otros, cada dos meses o dos meses y medio, llegaba Galbo Cilleda con su coche de lastrada carrocería, un raro híbrido en cuya rectificación primaba la necesidad del viajante, sacrificando la propia naturaleza del vehículo, y aparcaba en la Plaza de Santa Ula, entre el festejo de la chavalería que celebraba alborozada el regreso de Galbo y la novedad de aquella máquina, que no tenía comparación con las que se iban viendo por el Territorio.

Aparcó, como siempre, frente a la Fonda Corsino, espantó a los chavales, dio la última chupada a la colilla del puro que tiró por la ventanilla antes de bajar y, al hacerlo, con la manija de la puerta todavía en la mano, miró al balcón de los Cuéllar, en la casa de enfrente, donde la hija de don Silván, la viuda, podía estar vigilando su llegada tras los visillos.

Poco a poco haría Galbo las operaciones profesionales que garantizan que un viajante de comercio salvaguarda, antes que cualquier otra cosa, la preciada mercancía que compone su muestrario. Lo que quiere decir que Galbo fue sacando los baúles del coche y metiéndolos en la Fonda Corsino con extremo cuidado y sin ningún alarde de esfuerzo, como si mover sus pertenencias fuese un acto más mental que físico. Ya dentro de la Fonda, probablemente el propio Corsino, o su hijo Telurio, lo ayudarían a subirlos a la habitación.

Nada especial, nada raro o extraño en una de las numerosas llegadas de Galbo Cilleda a Celama, donde llevaba por lo menos siete años viniendo.

A lo mejor ese detalle sibilino de la mirada al balcón es un plus que adorna la llegada de ese día, tan parecido a todos los anteriores, pero definitivo: siete de marzo de mil novecientos treinta y cuatro.

De las miradas de Galbo y Delfina Cuéllar había constancia, de las suspicacias también, pero nadie los había visto jamás juntos. Delfina preservaba su viudedad como podía, el marido se le había muerto pronto y, todo hay que decirlo, con suerte para ella, porque en menos tiempo era imposible haberla hecho más desgraciada, y además se mantenía joven y esbelta. Galbo no era precisamente un galán pero, por encima de los años indefinibles y de la calva masacrada por la huella de los más turbios e inútiles crecepelos, conservaba el porte del viajante, la prestancia de quien vende involucrando la figura.

Galbo llegó a Santa Ula aquel siete de marzo a media mañana, miró al balcón de Delfina, el visillo se movió con la intención con que la palma de una mano se cierra o se abre, descargó los baúles y aquélla podía haber sido una jornada más en la vida del viajante de comercio de Almacenes Consistoriales, Efectos Varios, Calle de las Juderías número treinta y seis, Armenta. Al menos ésa era la declaración de identidad del profesional, tal como aparecía en ambos laterales del coche, y nadie en Celama llegó a dudar de aquella declaración de principios que ya avalaban siete años de profesión.

Galbo Cilleda tomaba nota de los pedidos, de los efectos varios, y puntualmente esos pedidos se cumplimentaban. Nadie contrastaba su figura, tan apuesto y decidor, con la de los otros viajantes que a Celama venían con sus productos sustanciales: ferreteros de cuño abrupto, cantamañanas de los ultramarinos y los tejidos y novedades, gentes exiguas del nitrato y los abonos minerales.

Había en Galbo una aureola de lo efímero y lo banal, de la elegancia y el menosprecio, un sentido de la vida que se correspondía con el secreto de la ostentación y la intimidad, la lencería y el perfume.

En realidad, nadie sabía a ciencia cierta, más allá de sus clientes, lo que Galbo portaba en sus baúles, y existía la sensación de que nunca portaban lo mismo, de que el misterio de un comercio soterrado contribuía a la imagen de un profesional misterioso que hacía que algo de la vida de Celama, probablemente lo más inconfesable, existiera gracias a él.

Aquel siete de marzo, tan parecido a otros tantos de su voy y vengo, fue el definitivo, porque Galbo Cilleda falleció en la Fonda Corsino, exactamente a las once y veinticinco de la noche de su llegada, las veintitrés horas veinticinco minutos de ese día siete para ser más exactos.

No es muy relevante que confiese que a Galbo yo no lo conocía demasiado. Alguna partida en el Casino de Santa Ula, más copas de las debidas, precisamente en el remate de alguna de esas partidas y, eso sí, una larga conversación, años atrás, un día de invierno en el que nos quedamos más solos en el propio Casino.

Nevaba fuera, y él aceptaba mis tagarninas como el regalo de aquel dios que mató a los súbditos a base de darles la pócima con el arrope:

—Si Dios fuera uno y trino, sería el único en trinar.

—No me concierne lo que a Dios importa.

—La transcendencia la mido por la calidad del apresto. El Dios de mis intereses es un Dios de lana y la lana, ya se sabe, pelo de oveja.

—Distingo como puedo entre la deidad y lo sagrado. Una se me escapa, lo otro me va.

—Yo es que soy republicano.

—¿De la de ahora...?

—De la propiamente dicha, de la República en el sentido de cuerpo político de una nación.

—El cuerpo jamás me llevó al alma. Nunca tuve la oportunidad de oler el alma en el sufrimiento del cuerpo.

—Debe de ser por esa solvencia que los cuerpos tienen sobre las almas. La de saberse ciertos mientras que ellas son inciertas. De ahí vienen mis convicciones republicanas. Un buen cuerpo para estar en su sitio. A ser posible, un cuerpo glorioso.

—Yo no creo en Dios y, sin embargo, me gustan a rabiar los dioses. Cada uno para lo suyo: un dios donde lo necesitas. Lo sagrado, que le decía.

—De todas formas, no me confunda, se lo suplico. Soy viajante. Viajo efectos. La República, por mucho que quisiera, no me cabe en un baúl.

—Aquí lo sagrado es el signo de la miseria, quiero decir que el dios de Celama es el de la indigencia, aunque con las copas que llevamos igual no acierto a nombrarlo.

—¿Y qué hacemos con él...? Yo lo tengo por mucho, no se crea que por republicano lo menosprecio. Dios es mucho Dios después de tantos siglos, sea el que sea. Lo que pasa es que no hay un Dios de los viajantes, ni siquiera un Santo Patrono. Para mí, Dios es una buena pirueta de la imaginación, lo primero que inventaron los humanos cuando pensaron que hubiera alguien más elegante por encima de ellos.

—Dioses de andar por casa, uno para cada cosa. El dios del rincón, el del corral, el de la escalera, el del escaño, el del vasar. También un dios del bolsillo y otro del pañuelo.

—Mejor un buen gobierno representativo, fuerte y homogéneo. Dios no es capaz de gobernar donde la pasión humana impera.

—El de la pulga y el del ratón...

—Beba y déjese de tanto Olimpo. ¿Esto es lo que dos seres humanos pueden compartir cuando ya no hay otra cosa? La amistad, la sinrazón, la inteligencia, los sentimientos. Esta tierra que llaman Celama nos hizo hijos del mismo destino en una noche de invierno. ¿Se fijó en cómo está nevando...?

—De tal modo que nada somos, si puede entenderse que la nieve es la nada que viaja al mundo para quitarle la arrogancia.

—Eso que dice me gusta mucho. Ninguna soberbia queda en Celama. Se acabó lo que se daba. Le ruego que brindemos por la República, a efectos puramente testimoniales. Tampoco me importa impetrar a alguno de sus dioses menores, sea el de la risa o el del tabaco. Por cierto, ¿le queda todavía alguna tagarnina...?

Galbo Cilleda estaba expirando.

Un cuerpo atravesado en la cama, sudoroso y convulso, con el corazón deshecho. La calva brillando bajo la bombilla como un erial donde jamás hubo una buena cosecha.

El propio Corsino me ayudó a incorporarlo y buscarle una postura más adecuada. Telurio estaba en la puerta, junto a los baúles amontonados.

Galbo recuperó cierto sosiego pero era, sin remedio, esa bonanza que limita con el final, la que proviene de una inmediata lucidez que ayuda a apreciar la compañía, porque nada hay más duro que la conciencia de estar muriéndose sin que nadie acuda.

—De casualidad nos dimos cuenta... —informó Corsino, apesadumbrado—. Tantas veces no baja a cenar, en tantas ocasiones sale sin decir ni mu. Aquí Telurio que escuchó algo raro...

—Nada que no fuese un ahogo... —dijo Telurio—, porque las toses de don Galbo revolucionan la Fonda. Yo escuché antes de entrar y lo que vi no podré olvidarlo: un hombre hecho un ovillo con la almohada a los pies.

Les ordené que salieran y esperasen fuera. En la escalera y el descansillo aumentaba el bullicio, pedí silencio.

Los pocos alivios que Galbo precisaba tenían ya más que ver con lo que quería decirme, porque en seguida que se percató de que estaba a su lado me asió del brazo, suspirando anhelante, con la mano derecha que era la única que le respondía. Algo quería indicarme con los gestos y la orientación de los ojos, antes de que pudiera hablar.

—Los baúles... —musitó con gran esfuerzo. Asentí, calmándole—. ¿Cuántos hay...?

Vi tres.

—Cuatro... —dijo, y la ansiedad y el esfuerzo casi eran suficientes para que alzara la cabeza de la almohada—. Cuatro, cuatro... —insistió—. El que falta lo guarda Telurio, pero no me fío de ese pobre diablo. Usted debe encargarse de hacerlo desaparecer.

No me aclaraba. La voz de Galbo era el fruto de un enorme esfuerzo, su respiración difuminaba las palabras.

—El cuarto lo entierra... —musitó, cerrando la mano en mi brazo con una presión descontrolada.

—Así se hará... —confirmé, indeciso—. Me encargo, no se preocupe.

Aquello parecía lo más importante. El rostro de Galbo se relajaba, cerró los ojos, la respiración se sosegó un poco. Corsino y Bolupia, su mujer, asomaron a la puerta.

—¿Ya...? —quisieron saber.

Negué con la cabeza y les hice cerrar.

—¿Por quién me toma...? —musitó entonces Galbo, sin abrir los ojos, con la voz clara y relajada. Pensé que empezaba a delirar.

—Por Galbo Cilleda, viajante de comercio... —se me ocurrió decir.

—Ni Galbo ni Cilleda... —afirmó, y abrió un ojo como una contraseña que alentaba la complicidad de la confesión—. Viajante, sí, igual que republicano, como ya en su día le dije.

—Nadie es del todo lo que aparenta... —aseguré sin especial convicción.

—Los Almacenes Consistoriales no existen en Armenta, ni en el treinta y seis de la Calle de las Juderías darán razón de mí. Vendiendo los efectos que quedan... —dijo, y de nuevo el esfuerzo contrarió la claridad de las palabras— se me puede hacer un sepelio, por modesto que sea. El coche está embargado y no tardarán en reclamarlo. La tierra de Celama me vale como cualquier otra. Ahí... —indicó con el dedo índice muy tembloroso—, en la cartera, en la chaqueta, está la auténtica documentación. No soy un prófugo, no se asuste. Cambié de nombre y de vida tantas veces como me fue necesario, pero por causas ajenas a la ley. Casi siempre mujeres, ya ve qué pena.

—Todo se arregla, no se excite, esté tranquilo.

—Dos extranjeros se entienden mejor que dos naturales. Pero del cuarto baúl... —pidió y no logró contener el ahogo, regresando las convulsiones—, del cuarto, por lo que más quiera, por lo más sagrado...

Las veintitrés horas veinticinco minutos, como ya dije.

La calva de Galbo Cilleda o, para ser exactos, de Valmidio Expósito Siracusa, recobró en el instante de la muerte un raro brillo de alquitrán, que hasta llegó a manchar la almohada.

Ni que decir tiene que la Fonda estaba más alterada que nunca, aunque no era la primera vez que moría un cliente, al menos un estable había fallecido en las navidades de hacía tres años, en una de esas solitarias nocheviejas en que los estables de las Fondas y Pensiones del mundo descubren en el espejo la inquieta figura que aguarda el momento en que la soledad, ya insoportable, quiebre el cristal y la vida.

A Telurio lo encontré en la Plaza.

—Ya sabes lo que hay que hacer... —le dije.

Ni siquiera se atrevió a mostrar su extrañeza. La cabeza de Telurio gobernaba su existencia con demasiadas dificultades, y no dejaba de ser raro que una persona como Galbo hubiese puesto en sus manos algo de especial importancia.

—El baúl lo bajas cuando no te vean —le ordené.
—Ya lo tengo en el coche... —me dijo sin mirarme.
—Pues para cumplir la voluntad del difunto, lo que hay que hacer es enterrarlo.
—Mejor ahora que más tarde... —opinó.
—¿Es que sabes conducir este vehículo? —inquirí asombrado, yendo tras él hacia donde el coche de Galbo estaba aparcado.
—Don Galbo me enseñó... —reconoció Telurio—. De cuatro años a esta parte, alguna que otra noche con él me iba por Celama. Los efectos del baúl se comerciaban

de noche. Yo esperaba donde correspondiera, y don Galbo iba y venía.

Arrancó sin problemas.

Poco antes de sentarme a su lado, miré al balcón de los Cuéllar. La luz estaba encendida y el visillo se movía. No había nadie en la Plaza. Los de la Funeraria de Anterna tardarían en llegar o, a lo mejor, no lo harían hasta la mañana siguiente. Cualquier cacho de tierra, en el mismo Argañal, serviría para que Valmidio dejara de ser Galbo para siempre.

—¿Dónde vamos a enterrar el baúl? —pregunté a Telurio.

—Lo más lejos posible... —dijo, sin poder disimular el placer que le suponía conducir el vehículo—. ¿Quiere que lo tiremos al Urgo?

—Sal de Celama por la carretera de Olencia, no seas botarate. ¿No eres capaz de figurarte que el baúl puede flotar...?

De los cuatro baúles del viajante, era el más pequeño. Los kilómetros que hicimos por la carretera de Olencia me parecieron infinitos, sobre todo porque daba miedo ver a Telurio sin dejar quieto el volante, como si para gobernar el coche necesitara moverlo a uno y otro lado, de modo que la carretera también se movía igual que una cinta que no lograba desenredar en las manos.

La noche de marzo estaba calmada, apenas la brisa inquieta con el soplo húmedo que vaticinaba la lluvia.

Bajo la luna, el baúl mostró, cuando lo sacamos, la evidencia de su desgaste, el cuero mal atezado, las correas casi rotas, ese avatar del cofre que cumplió un destino de innumerables arrastres.

—¿Sabes lo que hay dentro? —le pregunté a Telurio cuando lo llevábamos.

—Como hay Dios que no.

—¿Y te gustaría saberlo?

—Como hay Dios que tampoco... —dijo nervioso—. Con los pecados de cada uno cada cual debe pechar.

—Los pecados de Celama... —afirmé—. ¿Cómo puedes ser tan bobo? Los pecados no se guardan en un baúl.

—Yo lo entierro como don Galbo quiso, y me llamo andana. Si usted quisiera mirarlo, es cosa suya.

—Qué voy a querer... —dije—. Entiérralo y acaba. Cumplimos la voluntad del viajante y nos vamos con viento fresco.

Trabajó un buen rato en la orilla del río, hasta hacer un hoyo. El baúl no era muy pesado.

El agua bajaba mansa y en la superficie el palor de la luna difuminaba un reflejo de seda y légamo.

Algún raro tesoro encontraba finalmente el destino para que el secreto fuese sellado como Valmidio había querido.

—¿Qué te contaba el viajante cuando lo llevabas de noche...? —le pregunté a Telurio, sin que él pudiera disimular las ganas de conducir el coche el mayor tiempo posible.

—Nada... —dijo, mohíno—. En la libreta apuntaba los efectos, y a veces hasta daba una cabezada después de ordenarme adónde íbamos. Sólo una vez dijo que en Celama hay más sufrimiento que dicha y menos placer que trabajo, pero que en realidad así es el mundo, y ni siquiera los viajantes pueden remediarlo.

Una vuelta a la deriva

El mismo día que Rufo Leza se licenció del Servicio Militar, su padre Baro Leza lo esperaba con los otros dos hijos, Alcino y Rapo, en un bar de Olencia donde lo habían citado.

A Olencia llegaba Rufo en el tren, con el macuto y la cabeza pelada. Media docena de camaradas de fatigas cuarteleras, también licenciados y pelados, lo despidieron en la Estación haciendo la pantomima de pasar revista, alzando las respectivas botellas de coñac a la orden de presentar armas.

—¿Y esta cabeza llena de trasquilones...? —inquirió su padre molesto, después de abrazarlo, mientras sus hermanos se burlaban.

—La última trastada del sargento Miranda, padre... —confesó Rufo, aturdido—. Esta noche nos fue encerrando uno a uno en el calabozo y, a oscuras, aprovechándose de lo que habíamos bebido, nos trasquiló.

—A un sorche no hay por qué tenerle respeto, pero un soldado ya no es un quinto ni un recluta. No se puede acabar de cumplir con la patria con esa cabeza.

—Tampoco el sargento va a poder arrancar la moto... —aseguró Rufo con gesto vengativo—. Esta mañana le metimos tres kilos de azúcar en el depósito de la gasolina.

Baro Leza secundó las collejas que Alcino y Rapo propinaban al hermano, mientras pedía al camarero que volviese a llenar las copas.

—Bueno... —decidió—, viniendo como vienes, vamos a empezar por la peluquería. Un arreglo nos vendrá bien a todos. Hoy os quiero guapos porque lo que vamos a celebrar no es tu licencia, sino algo mucho más importante.

Rufo bebía incitado por los hermanos, que no cejaban de bromear con su cabeza. El coñac del viaje alargaba el espesor de la resaca y la somnolencia de un vagón medio vacío donde acababa de estallar la cuerda de una bandurria. Los camaradas voceaban y roncaban y el músico, más borracho que ninguno, observaba la púa entre los dedos.

—Lo primero —ordenó Baro después de vaciar la copa— nos enseñas la documentación. Queremos ver la cartilla y el carnet que te dieron en la División Acorazada. También alguna de esas fotos en que conduces un tanque.

Rufo puso los documentos sobre la barra. En ellos el recluta mostraba la misma cabeza, todavía más pelada, y unos ojos atónitos. Alcino acercó la fotografía de Rufo asomando en el carro de combate, con la misma cabeza ahora disimulada por una amplia boina. Baro y Rapo en seguida se la quitaron de las manos.

—Vamos a ver lo que de veras aprendiste... —dijo Baro satisfecho, devolviéndole la fotografía a su dueño—. El carro de combate se cambia por un seis caballos y, hasta que aquí estos dos pardillos no se saquen el carnet, se le encomienda al experto de la División Acorazada. El coche no tiene los mismos pedales que el carro, pero se le puede pisar mucho más.

Rufo no acababa de entender. Baro había pedido al camarero que llenara otra vez las copas y, cuando vació la suya, secundando el brindis del padre y los hermanos, volvió a escuchar en la amodorrada lejanía de la madrugada el estallido de la cuerda de la bandurria.

—Lo que celebramos —dijo su padre, que sacaba del bolsillo interior de la chaqueta una cartera repleta de billetes nuevecitos— es que se acabó la miseria.

Era la hora de comer, pero la familia todavía tuvo tiempo de arreglarse al completo en una peluquería del centro de Olencia donde Baro exigió el mayor gasto posible de colonia y el peluquero se hizo cruces ante la cabeza de Rufo, jurando que se trataba de uno de esos casos en que el peine y las tijeras sienten más miedo que respeto.

En el Restaurante Coyanza comieron el padre y los hijos uno de esos menús descabellados que luego es imposible recordar, entre otras cosas porque el capricho es la guía menos fiable de la gula, sobre todo cuando no se tiene mucha idea de lo que se pide.

El vino regó la comida con igual prodigalidad con la que el agua venía regando el secano de Celama, y los cafés y las copas y los puros pusieron el banquete en ese límite en que la satisfacción desvaría entre el sopor y el desaliento.

—Éste es el rancho que quiero para mis hijos... —comentó satisfecho Baro Leza pidiendo la cuenta—. De escabechados y mendrugos y de híbridos y cañorroyos ya estamos listos. La miseria se acabó de igual manera que se acabó Dios en mi conciencia el día que vuestra madre se ahogó en el Pozo. Estos billetes —indicó, mostrándolos esparcidos— van a servirnos para quemar todo lo que nos dé la gana.

Rufo no terminaba de entender lo que sucedía.

127

El ánimo agitado de su padre era el mismo que el de sus hermanos, y él apreciaba aquella felicidad disparatada, sumándose a ella con igual inclinación y parecida inconsciencia, calculando que en la cartera de su padre había un dinero llovido del cielo como jamás hubiera podido soñar, un dinero que ni siquiera físicamente podría imaginar, ya que la idea que Rufo tenía del dinero era la de un bien tan escaso que ni materialmente llegaba a apreciarse, se hablaba de él pero no se le veía.

—Ahí lo tienes... —dijo poco después Baro Leza, con la colilla del puro apretada entre los dientes y las manos en los bolsillos del pantalón, indicando el vehículo que estaba aparcado en una bocacalle de la Plaza del Ayuntamiento de Olencia—. Un seis caballos, de tercera o cuarta mano, que eso es lo que menos importa, pero rectificado y con las ruedas nuevas. Si algo bueno aprendiste en la División Acorazada, éste es el momento de demostrarlo.

Rufo se puso al volante y Alcino y Rapo se sentaron atrás, escoltando a su padre. De nuevo repetían las collejas y las bromas.

—Sales de Olencia... —sugirió Baro—, pero no en dirección a Celama, porque hasta que no lo quememos todo no hay que volver. Primero un buen paseo por la carretera de Valma para comprobar que funcionan las bielas, y luego ya diremos...

Rufo había escupido la colilla del puro. El coche arrancó a la primera y su hermano Rapo tuvo que advertirle que aquello no era un carro de combate. El guardabarros se enganchó en el del vehículo que estaba aparcado delante y, en la maniobra, se dobló.

—Ni lo soñaba... —musitó Rufo, acomodándose en el asiento, sujetando con dificultad los nervios que le hacían temblar los dedos de las manos—. Un coche para pisarle lo que a uno le dé la gana.

—Por la recta queremos verte, recluta... —le dijo Alcino—. Lo que tu padre anduvo en mula se lo tienes que hacer olvidar esta tarde. Se acabó la miseria y, además, no hay Dios...

Rufo tardó unos minutos en hacerse con el coche, pero cuando hubo probado las marchas y acomodado el embrague sintió que llevaba toda la vida con aquel vehículo en sus manos.

La brisa aliviaba el sopor y la emoción despejaba la fiebre de la resaca, que hurgaba en su memoria como si las horas del tren no se escindieran de las últimas del Cuartel, que eran las más oscuras de todas.

Tomaron la carretera de Valma y, por la recta, el coche dio todo lo que podía dar de sí. Luego, con mayor sosiego, fueron quemando kilómetros mientras los hijos gritaban y cantaban enardecidos y el padre dormitaba feliz entre ellos.

—Que lo que nunca valió nada —dijo Baro Leza, alzando los ojos cuando volvían por la misma recta— valga ahora lo que vale es la mayor contradicción del mundo. Las Hectáreas del secano se multiplican con el regadío y yo no me resigno a tener lo que nunca tuve, porque la costumbre de la pobreza lima cualquier ambición. Y a vuestra madre, por mucho que cambie la suerte, no la vamos a sacar viva del Pozo.

Rufo había oído aquellas palabras a su espalda como el rumor de una queja o una plegaria y escuchó la voz de su hermano Alcino, que llamaba al orden al padre.

—No se nos ponga llorón... —le recriminaba—, porque si decidió que la corriéramos sobre el llanto. La miseria se acabó, y allá Celama con su suerte.

—Písale otra vez, Rufo... —suplicó Rapo—, que a cien por hora si atropellamos un gato podemos mirar lo que se cuece en el más allá.

A media tarde estaban en el Casino de Olencia y, cuando ya llevaban descorchadas media docena de botellas de champán, el padre dijo que era el mejor momento para echar una cana al aire.

—La vuestra os la administráis vosotros, porque la mía a la fuerza tiene que ser distinta... —corroboró Baro Leza después de sacar la cartera y repartir los billetes en cuatro montones—. Aquí al lado hay una timba y ésa es la cana que más me interesa, porque por una vez en la vida quiero jugar sin reserva, hasta que dé de sí lo que hay. Llevaos el coche y ese dinero para cada uno. Con que me recojáis a la hora de cenar me vale.

Los tres hermanos obedecieron al padre y, cuando bajaban más inseguros de lo debido las escaleras del Casino, comenzaron a discutir lo que iban a hacer. Rufo se amoldaba con más facilidad a lo que cualquiera de los otros propusiera, pero entre Rapo y Alcino no era fácil el acuerdo.

—Si hasta la cena hay cinco horas... —decidió Rufo mientras caminaban hacia el coche, comenzando a aburrirse de la disputa de sus hermanos—, tenemos tiempo de sobra para ir al Lexinton de Villalumara.

—No aguantamos, Rufo... —opinó Alcino.

—Yo prefiero que me la meneen en la Pícara... —dijo Rapo.

—El que quiera seguirme que me siga... —zanjó Rufo—. Lo que ordena el capitán jamás lo discute la tropa.

Los reclutas acababan de ponerse al servicio del capitán y las mínimas diferencias de la orden las saldaron, antes de subir al coche, en el Bar Beldorado, donde, después de evaluar la disparatada generosidad que el padre había tenido con cada uno, decidieron comenzar a beber whisky para no seguir haciendo más mezclas perniciosas y, con ánimo de aliviar el largo viaje hasta el Lexinton de Villalumara, compraron una botella.

—Todo lo que bajes de cien —le dijo Rapo a Rufo cuando el coche tomó la carretera comarcal para hacer los cinco kilómetros que los llevarían a la general, en dirección a Dolta y Villalumara— es tiempo que perdemos, y en un día como éste el tiempo perdido no se descuenta, se traga.
—Si la miseria se acabó —convino Rufo apretando el acelerador a fondo—, es que el mundo no era el que nos dijeron. Si ves un gato, avisa, de los árboles me ocupo yo.

Por lo que se sabe de aquella tarde, y de la noche que enlazaría el regreso en la madrugada a Celama, no hubo mucho sosiego en los hijos de Baro Leza, quiero decir que los kilómetros de ida y vuelta a Villalumara los sacudieron al límite de las posibilidades del seis caballos, con dos momentos apurados, uno en un peligroso adelantamiento y otro precisamente en el intento de atropellar a un gato que burló el vehículo en el último instante, sin que Rufo lograra acelerar y frenar con suficiente eficacia, de modo que el coche derrapó hasta el límite mismo del arcén y la cuneta.

—Los chicos venir vinieron cocidos —dijo doña Lima, la dueña del Lexinton— y, para qué vamos a negarlo, se fueron peor, con no menos de cuatro lumumbas por barba.

Las chicas que los atendieron, nada especial tuvieron que objetar. Eligieron, eso sí, las más caras: Cristal, Celosía y Marimba. Lo único que comentó la mulata fue que al pelado, al que se había licenciado de la mili, se le disparó la pistola antes de desenfundar, pero eso está a la orden del día tanto en reclutas como en veteranos, servir a la patria no garantiza la puntería.

Era ya de noche cuando los tres hermanos volvieron al tramo de la carretera comarcal que los llevaría a Olencia y fue en ese momento, al alcanzar la ribera del afluente del Sela, cuando a Rapo se le ocurrió que, lo mejor que podían hacer para despejarse, sería darse un baño en el río. El tiempo no acompañaba demasiado y el agua estaría especialmente fría en la noche otoñal, pero la idea de despejarse hizo mella en los tres y Rufo sacó el coche de la carretera y lo metió entre los chopos.

Los tres se desnudaron y corrieron hacia el agua con la misma determinación, dando voces y gastándose bromas sobre la penosa apariencia de sus respectivas herramientas. Sin encomendarse a Dios ni al diablo se tiraron al agua, y el primer grito de auxilio lo escucharon dos paisanos que venían de la cercana Venta de Valma.

—Uno salió por su cuenta... —dijeron, sin acabar de entender aquella absurda locura, por mucho que hubieran bebido—, y a los otros dos los cogimos de milagro, porque el recluta pudo agarrarse a una palera antes de que la corriente lo llevara y el hermano no se soltaba de su pie. Celama, por mucho que la rieguen, siempre tendrá gente de secano, y el que no sabe nadar lo mejor que puede hacer es ver pasar el agua desde la orilla. Si hay un pozo traidor en el río, es ése.

Baro Leza esperaba a los hijos, ya con cierta preocupación, en un bar al lado del Casino.

—¿Echasteis la cana al aire o sólo fuisteis a remojaros...? —inquirió al verlos con cara de susto y restos de mojadura—. Cuando yo era joven era lo mismo de rápido que de atolondrado y una cana duraba poco más que un suspiro.

—Es que, además, nos bañamos en el río... —explicó Alcino—. Queríamos despejarnos y casi lo logramos.

—Tomad una copa, si tenéis con qué pagarla, y de paso pagad las que yo llevo tomadas. Me parece que costó menos trabajo que me desplumaran que a vosotros poneros contentos. Si os tirasteis al río es señal de que estabais satisfechos.

Los hijos contaron el dinero que llevaban encima y Baro Leza volvió a recogerlo en su billetera.

—Hay más que suficiente para cenar y para que la noche no se quede más corta de lo debido. Veo que el dinero os cunde más que a vuestro padre, y eso dice mucho a vuestro favor. La miseria se acabó, pero debo reconocer que la suerte estaba antes terminada: ni una buena mano en toda la puta tarde.

Cenaron en el Restaurante Colominas y fueron cerrando, uno a uno, todos los bares de Olencia hasta recalar, a última hora, en la cantina de la Estación, donde tuvieron el único incidente, ya que la noche, por lo que se sabe, discurrió todo lo apacible que era de prever, contando con que Baro Leza sabía controlar a sus hijos y que el susto del río no los había dejado en la mejor forma.

—Aquí el quinto se enzarzó con uno de Regulares —dijo el dueño de la cantina— y, en el tiempo en que ese hombre y los otros hijos fueron a los urinarios, armaron una trifulca de espanto. Por otra parte, lo único que me dio cierto miedo fue verlos marchar, en las condiciones en que estaban, en el coche que habían aparcado donde Consigna, un seis caballos con las aletas abolladas y el guardabarros torcido, pero sabiendo cómo son los de Celama, y después de la que el mozo armó, preferí callarme la boca y cerrar. El de Regulares fue a dormirla al andén...

Los restos de la noche se los llevaba el viento otoñal que batía Celama y quedaban desperdigados como pedazos de sueño y resaca que la madrugada no lograría recomponer. El coche avanzaba veloz y silencioso y Rufo sentía la misma pesadez en los párpados que hacía cabecear, unos contra otros, al padre y los dos hermanos en el asiento trasero. En algún momento los observaba en el espejo retrovisor y contenía el sueño que casi culminaba su asedio, aflojando el acelerador y sintiendo las manos completamente rígidas sobre el volante.

Hacía meses que no escuchaba el rumor del agua en las acequias y casi no recordaba los campos de remolacha y maíz.

Aquella Llanura que se iba despejando en el amanecer era como otro territorio donde la mano antigua de la madrugada había perdido el fulgor de la oxidación y el brillo muerto de la lepra. El horizonte ya no estaba vacío. Los chopos que delimitaban la carretera amanecieron también en la distancia de Sormigo, como extraños centinelas en un territorio que jamás contó con ninguna vigilancia. Rufo los fue apreciando, como si vinieran a por él, y poco a poco pisó a fondo el acelerador, ya dispuesto a entregarse a ellos y al sueño.

—Písale, Rufo, písale... —creyó escuchar la orden de su padre, al tiempo que la cuerda de la bandurria estallaba con la música rota otra vez en su memoria—, que de veras se acabó la miseria y no hay Dios que valga...

III. Ronda de los amores

Las alas del Tenorio

Fue un capricho que el viejo Friso tocara en la boda de Orlina Maldonado, un capricho de la novia.

—De la novia, sí, señor, no de la madre... —dijo Fermín Costal—. Se comentaba que la idea había sido de la madre, conocedora de la devoción de Friso por la abuela Venera, y a sabiendas del enorme parecido de la nieta con la abuela. Pero fue la novia, la nieta: Orlina. Friso era un anciano de ochenta y muchos años con un serio y lejano problema en la mano izquierda, que el reuma había recrudecido y le impedía tocar. Todos sabemos que el acordeón requiere cierta fuerza en los brazos y una especial destreza en las manos, en los dedos, para compaginar el juego de las teclas y las llaves. ¿Cuánto tiempo haría que no tocaba...?

—Miles de años... —aseguró Orestes Leva—. Que todavía podía, con un esfuerzo que casi daba pena, lo demostró en la boda, pero aquella mano la tenía impedida. Pongamos que a los sesenta dejó de hacerlo...

—Antes, antes... —opinó Fermín—. No era cincuentón. La fama la ganó muy joven, casi sería un chaval y ya decían que su acordeón no tenía comparación posible. Otro igual no hubo en Celama.

—Ni en la ribera del Urgo, ni en la Vega misma, probablemente tampoco en la Provincia... —dijo Aníbal Sera—. El chico era un virtuoso y, en poco tiempo, se hizo dueño del mejor repertorio que pudiera conocerse. Luego, con los años, se convirtió en un prodigio. La fama conllevaba la vida fácil, al menos si la comparamos con la vida habitual del Territorio, y más aquellos años. Por ahí se echaría a perder.

—La vida del artista... —apostilló Isaías.

—Requerido en todas las fiestas, bodas y bautizos rumbosos, sin sosiego según la fama crecía. Hasta lo de la mano.

Se hizo un silencio en el salón.

En el Casino de Anterna a aquellas horas de la tarde ya no quedaba nadie, sólo la tertulia intacta que, como en tantas ocasiones, no parecía muy dispuesta a disolverse.

—Una parálisis... —aventuró Isaías, y en todas las miradas hubo un atisbo de suspicacia y algún encogimiento de hombros.

—Al pájaro —aseguró entonces Fermín Costal, bajando la voz para dar más misterio a la confidencia— le cortaron las alas. Eso opinó siempre mi padre, eso se dijo, con mayor o menor secreto, en toda Celama. La mano izquierda de Friso tenía tres dedos rotos, violentamente rotos. Lo que luego enseñara, o se le pudiera ver, era el resultado de una buena compostura.

El músico se retiró discretamente y no se le volvió a ver con el acordeón entre las manos.

Los miles de años que mencionaba Orestes resultaban bastante atinados, si se considera que la aureola del acordeonista se expandía en el pasado de su gloria y el tiempo se hacía infinito en el recuerdo de aquellas insuperables interpretaciones.

Tuvo que pasar mucho para que los músicos que le sucedieron pudieran quitarse de encima el oprobio de la comparación y la propensión al menosprecio.

—Lo que dice Fermín es verdad... —corroboró Orestes—. Lo que pasa es que a Friso siempre se le respetó, no había maledicencias. Artista en la Llanura nunca tuvimos otro, convenía salvaguardarlo. Pero sólo hay que acordarse del apodo.

—Tenorio... —musitó Isaías.

—Toca el de Omares, guardar el paño, decía la gente.

Ahora los contertulios se habían callado.

—No parecía razonable el capricho de esa chica... —afirmó Fermín Costal tras un largo silencio.

—Nunca los caprichos lo son.

Los secretos a voces contradicen la esencia de los secretos, pero mantienen inalterada la superficie de su existencia.

Esa superficie es agua mansa, inmóvil, sigilosa para decirlo con propiedad, y bajo ella hay un mar de fondo nada comedido.

A Friso el Tenorio lo habían enterrado en el Argañal hacía unos meses, exactamente en febrero.

Certificar un colapso resultaba una mera formalidad. Decir que las fuerzas vitales, los centros nerviosos y el corazón de Friso habían cumplido su destino y edad era una manera de confortar discretamente a la escueta familia, aunque en la cocina de la casa ya había un grupo de mujeres que compaginaban sus voces sin ningún miramiento:

—Tan baldado el corazón, otra cosa era imposible.

—Ese desgaste había que cobrarlo, no hay naturaleza que lo aguante.

—Aquella juventud, aquella planta, aquella música...

—El don que Dios le dio, las manos que tuvo, el gusto para la melodía.

—Nadie que lo escuchó dejó de quererlo. Ellas más que ellos, como es de ley.

—Ellas sin remedio y sin recato. Y todas, todas, con mejor o con peor sentido, enamoradas.

—Un corazón que nadie sabe cómo pudo dar para tanto. El derroche se paga, pronto o tarde, pero se paga. Ya lo vimos.

—Lo recuerdo en Tarmil... —dijo la que parecía mayor, y todas callaron dispuestas a escuchar—. Fiesta de San Serimio, el pueblo hecho una guirnalda. Todas estábamos en la Plaza, al mediodía, después de misa. Lo recuerdo con un traje de rayas, el acordeón encarnado en los brazos. Bajó de un carro, en él venía de pie. Entonces empezó a tocar y nos volvimos locas. Lo que tocaba era una canción de moda, el repertorio de Friso estaba siempre a la última. Tocaba y andaba por el pueblo y todas, todas, detrás de él. Salió por el camino de Zorada, fue por las Lindes del Campar y todas detrás con el polvo y la música. Aquellas manos no se cansaban. Voy a meterme en el primer Pozo, nos dijo cuando acabó una melodía, y todas vais a ahogaros detrás de mí.

—Sin pensarlo, una a una.

—Tantas lo hicieron, y otras muchas más de pena murieron por no lograrlo.

Aquel secreto a voces se resumía en su apodo.

El virtuosismo del músico era el virtuosismo del amante. La carrera del acordeonista fue mucho más corta de lo previsto porque la carrera del Tenorio interfirió ese destino musical, de modo que la fama le jugó la mala pasada.

—Se la jugó... —opinaba Orestes Leva—, porque nada hay peor para un amante que la notoriedad. Es muy difícil que todo el mundo te conozca y garantices el anonimato. Andar de picos pardos, cuando tantas cosas se juegan, requiere algo más que discreción y solvencia, sobre todo si pensamos en lo poco que dan de sí el Territorio y sus alrededores.

—Se hizo lo que se pudo para que la fama de músico, por decirlo de alguna manera... —aseguró Fermín—, fuese mayor que la de Tenorio. Era hombre de amigos y nunca faltó quien le diera un buen consejo. Y no fue un joven tarambana, no nos engañemos. El talento del músico no era ajeno a la inteligencia de la persona. Pero se perdió.

—Debe de ser muy difícil no perderse en circunstancias como las suyas... —opinó Aníbal—. La música lo hizo un ídolo. Todo el que lo escuchaba, hombre o mujer, quedaba prendado de aquella habilidad, de aquella emoción. Luego, ellos lo admiraban y ellas lo querían, se volvían locas. Dos chicas de Almena se tiraron a un Pozo y las sacaron vivas de milagro.

—El Tenorio cruza el Sela en la barca de Rampín, que por aquélla era el barquero de Molbial... —contó Fermín—. El acordeón al hombro, noche cerrada. Viene de tocar en Villamina y sólo Dios sabe en qué otras melodías se habrá metido. Rampín sabe que lo persiguen. La barca de Rampín cruza, como es lógico, en el remanso. A medio río la deja quieta. Ambos afinan el oído para comprobar que los perseguidores cedieron. Cuando se acercan a la otra orilla, Rampín huele que hay más gente esperando, probablemente con igual amenaza. Hoy tocaste en Villamina, le dice a Friso, ¿y ayer? En Acebo, reconoce el músico. Pues de Acebo serán los que aguardan: uno y otro pueblo a una y otra orilla. Entonces vamos a contentar a ambos, decide Friso, vuelve al medio del río y deja la barca quieta. Rampín lo obedece, no sin antes preguntar: ¿qué mujeres son más guapas, de uno y otro sitio? Todas las mujeres, dice el Tenorio, que está colgándose el acordeón, merecen la pena en cuanto están en su lugar y en su ser, ninguna conocí que como mujer me disgustara. O sea, insistió Rampín, que lo mismo me aconsejas una u otra de las dos orillas. Lo mismo, Rampín, le dijo Friso, que se había puesto de pie en la barca cuando llegaban a la mitad del río, lo importante es que reclames a tu padre y a tu madre por si todavía hay manera de que te cambien la cara, porque la que tienes no te favorece. Esa noche se oyó en el Sela un concierto de categoría, y una vez más se demostró que la música amansa a las fieras.

—Otra noche está el Tenorio en un pajar de Remenga... —contó Aníbal Sera—. En Remenga era la fiesta de San Cornatel, de las pocas de la Provincia en que había fuegos artificiales o ciquitraques, como de aquélla los llamaban. ¿Qué podía hacer ese hombre en un pajar, después de tocar hasta hartarse en la verbena? Nada que hiciera Friso, sólo lo que hacía el Tenorio, con el agravante de las casadas, que fueron las que de veras encaminaron su perdición. El marido agraviado, con la ayuda de otros que porfiaban por lo mismo, cerró puertas y ventanas. Ahora sí que cayó el pájaro, dicen que decían, la jaula y el alpiste por igual conducto. Pasan las horas, nada se mueve. Acabó la fiesta. De mañana, con la misma campana del Santo, suena el acordeón. El pájaro está en el tejado del pajar, los que vigilan, estupefactos. Van los madrugadores a misa y agradecen aquella música preciosa, del mismo modo que los que con ella, poco a poco, despiertan. Media hora después, todo el pueblo de Remenga aplaude, concentrado alrededor del pajar, el mismo cura el primero. Sale el pájaro de la jaula, satisfecho del alpiste que comió. De las tres casadas que se rezagaron, sólo una tiene una brizna en el pelo.

—La que mejor podría contarlo... —dijo Isaías—. Lo que no quita, como ya comentabais, para que el capricho de Orlina casi fuera una temeridad.

—La madre jamás tendría esa idea, ya lo dije... —aseguró Fermín Costal—, pero una nieta que se casa es algo más que una hija, habiendo tenido una abuela como Venera: el amor eterno de aquel acordeonista perdulario. Celama lo sabe. Un viejo cansado y más artrítico que reumático, con tres dedos machacados por un martillo de afilar la guadaña, toca en la boda y toca como Dios.

—Eso dice quien lo oyó.

No lo oí, pero puedo asegurarlo.

Para aquel domingo de junio en que Orlina Maldonado se casó con Fuero Rendila había en Omares, no sólo en la iglesia, también en las calles y en la era, donde se celebraría el banquete, los mismos adornos de la fiesta patronal.

Todo el pueblo invitado, y esa alegría colectiva que valoraba la bondad y belleza de Orlina, el carácter generoso de Fuero, y aquella felicidad de comprobar que la novia estaba recuperada, después del tiempo en que un raro extravío le secuestró la cordura. Era un modo de mencionar el melancólico proceso que sufrió Orlina en la adolescencia, las oscuras causas que complicaron un enfermizo desarrollo que llegó a convertirla en un ser depauperado que apenas sostenía la piel sobre los huesos.

Estaba Friso el Tenorio en la boda.

Estaba como lo que era: un viejo achacoso, un amigo de la familia, un ser ajeno ya a cualquier alegría, a quien en Omares se veía poco, porque ya no paseaba por el pueblo, apenas lo hacía por el corral de su casa: algunos pasos vacilantes, la colilla en los labios y un continuo rumor en la boca que nadie sabía si era debido a la dificultad de su respiración o a la incierta memoria de alguna melodía.

Dicen que Orlina se lo pidió a los postres.

Había tres músicos de Olencia. El baile estaba pensado en consonancia con el boato de la celebración.

La novia se acercó al acordeonista y le habló al oído, mientras él le cogía las manos y la miraba con ese poso húmedo y lechoso que supuran los ojos de quienes padecen cataratas.

Entonces, ella misma cogió una silla y la puso en el centro de la era, en medio de las mesas del banquete. Luego volvió hacia Friso, lo tomó del brazo y lo llevó hasta la silla. Un chaval había salido corriendo a casa del músico con la orden de traer el instrumento, pero no uno cualquiera de los tres que conservaba: el encarnado, que era el más antiguo y siempre fue su preferido.

Más que expectación, había preocupación y desconcierto entre la gente. La madre de Orlina estaba especialmente nerviosa. Al novio le parecían bien todos los caprichos de la novia, aunque no acababa de entender aquella ocurrencia.

Friso el Tenorio aguardó a que le trajesen el acordeón. Estaba quieto, casi postrado, las manos sobre las rodillas, mirando al suelo. Orlina a su lado, con la mano derecha en el hombro izquierdo del anciano.

Era una tarde suave, con esa luz de junio que alarga el oro triste de la mañana, casi el único oro de las estaciones del Territorio. Había una brisa muy grata y los manteles se alzaban indecisos como faldas complacidas.

En el tiempo que el chaval tardó en regresar con el acordeón, nadie habló. Tampoco nadie dijo nada mientras Friso acoplaba el instrumento, buscaba la postura, alzaba la cabeza, extendía los brazos, movía las manos y los dedos o, al menos, intentaba hacerlo. El fuelle se abrió entre las cajas. Los estuches brillaron con el satinado cárdeno. Las llaves y las teclas se movieron bajo el esfuerzo de los dedos.

Orlina dejó a Friso el Tenorio y volvió con el novio, al centro de la mesa más larga.

Apenas se había sentado cuando comenzó a escucharse una suave melodía que, en unos instantes, recobró algo parecido al embrujo de lo que sólo la música puede conquistar en el corazón y en la memoria y en el sentimiento más hondo e inexplicable de quien escucha.

Friso tocaba, absorto, enajenado, desde algún imposible más allá, desde su juventud virtuosa y el secreto de sus noches y de sus desvaríos. Tocaba desde la otra orilla de su vida, y cuando acabó, puso las manos sobre los estuches y dejó que su frente las rozara. Nadie era capaz de abrir la boca. Reposó un instante, y volvió a tocar. Ahora sonaba una melodía vibrante, alegre, que ondulaba el fuelle y hacía que el músico esparciera todo su cuerpo como si el instrumento fuese una serpiente a la que perseguía. Cuando terminó, todos aplaudieron excitados.

—Fue entonces cuando se puso de pie... —contó Fermín Costal—. La silla cayó a sus espaldas, de modo que casi perdió el equilibrio, y dijo: la tercera, que es la última, también está dedicada a Orlina y, en su nombre, a su abuela Venera, como las dos anteriores, como todo lo que toqué en mi existencia, como la última lágrima del día que me muera, que el pueblo de Omares debe saber que ya tengo apalabrado: siete de febrero, preferiblemente al oscurecer, que es cuando los que tenemos cataratas vemos algo. Lo digo porque, en el recuerdo del último instante, a ella quisiera seguir mirando.
—Y tocó como Dios... —aseguró Orestes.
—Ya quisiera Dios... —dijo Isaías.

145

El velo de la ceremonia

Si hay que fiarse de los invitados conviene reconocer, porque en eso existe unanimidad, que fue Belsita la que le dio la primera bofetada a Pruno.

Luego Pruno se la devolvió, y ya la tercera y la cuarta pillaron de por medio a la madrina y al padrino, quiero decir que, antes de que se enzarzaran directamente en el vertiginoso cuerpo a cuerpo que les hizo caer por las gradas del altar, el padrino, que no era otro que el padre de Belsita, y la madrina, que era la madre de Pruno, recibieron, al interponerse en la reyerta, las dos bofetadas más estrepitosas y desconsideradas de la ceremonia.

Bueno, en realidad habría que añadir la que se ganó don Sero, que era el celebrante, pero desgraciadamente no fue una bofetada, fue un puñetazo, lanzado de forma desafortunada por el novio, poco antes de rodar por las gradas, y que dejó a don Sero con el ojo izquierdo a la virulé.

Hasta ese momento la ceremonia se desarrollaba con normalidad, si descontamos la visible tensión que existía desde el comienzo entre los novios, que los invitados achacaban a la falta de consideración de la novia por haber llegado tres cuartos de hora tarde, estando como estaba su casa apenas a diez minutos escasos de la iglesia.

Se les veía inquietos, escoltados por los padrinos en el altar, intentando hablar uno con otro más de la cuenta, hasta el punto de que don Sero, en alguna ocasión, les había hecho una educada advertencia para que prestasen más atención a la ceremonia o para que se apaciguaran. La madrina contó después que Belsita estaba imposible, y el padrino dijo que Pruno era un manojo de nervios.

Pero, en fin, en estos acontecimientos a veces es difícil mantener la compostura, porque hay una ansiedad acumulada que te hace perderla y cualquier contratiempo pone patas arriba el sosiego necesario.

Lo normal es que los novios estén bajos de forma, más cariacontecidos y resignados que otra cosa, y así es como habitualmente se les ha visto en Celama, pero si los nervios se desatan no hay miramientos y, en ese caso, más que a un acontecimiento social se puede asistir a un accidente. Los invitados de la boda de Belsita y Pruno coinciden en decir que, más que un accidente, aquello fue una catástrofe.

—Conociéndola a ella... —afirmaba Sole, una de las nueve primas de la novia, que llevaba seis años sin hablarse con Belsita y asistió a la ceremonia obligada por su madre bajo la amenaza de que, si no lo hacía y no le daba un beso de enhorabuena, sería literalmente echada de casa—, no hay de qué extrañarse. Peliculera, pagada de sí misma, con ganas de armarla a la primera de cambio. La gente es que no se acuerda de las cosas, pero ya cuando hicimos la Primera Comunión, hace tanto tiempo, no quiso abrir la boca, y cuando el propio don Sero la conminó a que lo hiciese, contestó que es que la hostia suya era más pequeña que la que acababa de darme a mí. Y hasta que el pobre don Sero no encontró en el copón otra hostia a su gusto no quiso comulgar...

También coinciden los invitados en que todo lo que sucedió en la iglesia de San Nono, al menos en aquel primer acto, fue tan rápido y precipitado como en esas malas comedias en las que el autor liquida los hechos por la vía de en medio sin que prácticamente haya tiempo de enterarse.

Todos escucharon, eso sí, el no rotundo de Pruno cuando don Sero le preguntó si quería a Belsita por legítima esposa, el insulto de ella y el grito que acompañó a la primera bofetada, mientras la bandeja de las arras, que sostenía un monaguillo, saltaba por los aires, y algo parecido a la amenaza de que el anillo te lo vas a tragar se mezclaba con las otras bofetadas.

Los invitados, que llenaban la nave central de San Nono, estaban de pie, y el armonio finalizaba un motete de forma bastante desinflada.

Se oyó el no de Pruno, y los más atentos opinaron luego que fue un no rencoroso, premeditado, no precisamente la negativa del novio dubitativo que hasta el último momento aguanta la zozobra, como le sucedió a un viudo de Omares en las terceras nupcias, que negó con un gesto contrito y lloroso, justificando después avergonzado su decisión porque no era posible que a la tercera fuera la vencida, ya que para entonces tenía otra novia embarazada en un barrio de Olencia.

—Doña Dina y don Tero miraban estupefactos desde el altar, cada uno con la mano en la mejilla donde habían recibido la bofetada... —dijo Sino, el primo segundo de Pruno, a quien le correspondía hacer de testigo—, y los hijos ya estaban agarrados como dos fieras, rodando gradas abajo, sin que nadie todavía reaccionase, porque los que estábamos más cerca no tuvimos tiempo de percatarnos. Don Sero se había vuelto al altar, ya con el ojo a la virulé y es de suponer que huyendo de la quema, igual que el monaguillo de la bandeja, que salió corriendo por el centro de la nave como alma que lleva el diablo. A Belsita y a Pruno los separamos entre Garzo y yo, con la ayuda de los que después fueron reaccionando. De lo que se decían en ese momento es mejor no hablar, porque esas cosas era la primera vez que se escuchaban en una iglesia de Celama, posiblemente en la historia de la Santa Madre Iglesia en su totalidad.

En la reyerta, como era de prever, había sufrido más desperfectos el traje de la novia que el del novio, si además tenemos en cuenta que, en un momento dado, ella intentó estrangular a Pruno con el velo.

El ramo fue lo último que pisoteó Belsita, cuando ya habían logrado sacar al novio de la iglesia y a ella la mantenían sentada en uno de los primeros bancos, todavía dando voces y soltando imprecaciones, mientras algunos familiares hacían salir a los desconcertados invitados que, como pasa con los espectadores de los dramas más emotivos cuando se desmorona el decorado en la escena culminante, tenían tan suspendido el ánimo que no acertaban adónde dirigirse.

¿Qué puede hacerse en una boda después de un suceso como éste?

Los invitados se arremolinaban silenciosos en el atrio de la iglesia y vieron consternados cómo se llevaban a Belsita los padres y los parientes más cercanos, igual que poco antes habían hecho los suyos con Pruno.

Nadie se atrevía a decir nada, sólo alguno de esos niños incordiantes, que en las bodas tanto se aburren, comenzaba a lagrimear y decir que tenía hambre. El banquete estaba dispuesto en los salones del Casino de Arvera.

—Hombre, yo pienso que lo mejor es aguantar un poco... —opinó Emilio Yerto, intentando introducir una pizca de humor y optimismo en el ambiente, mientras ofrecía un pitillo a los más cercanos—. A casa hay tiempo de volver, y después de la tempestad siempre viene la calma.

Esos dos van a reflexionar en el momento en que se les pase el berrinche.

Don Sero salía precipitado, la teja en una mano y el ojo a la funerala. Los presentes pretendieron recibir alguna indicación, pero el párroco no parecía muy propicio.

—Quiero hablar con las familias... —dijo según se iba—. La boda, más que suspendida, está destrozada, sólo hay que mirarme.

Emilio Yerto tenía razón, tal vez porque podía recordar la boda de un tío suyo, que no era de Celama, al que llevó a la iglesia la pareja de la Guardia Civil, aunque en aquel caso hay que constatar que el padre de la novia era el comandante del Puesto y el tío de Yerto uno de esos seres sin voluntad ni carácter a quienes la indecisión de última hora se les puede convertir en auténtica enfermedad del alma. El asunto era distinto, pero también la boda peligraba. La conducción, eso sí, se apalabró entre los progenitores, con la única condición por parte de la madrina de que no se le llevase esposado.

No habían transcurrido dos horas cuando los invitados, esparcidos con discreción por los alrededores de la iglesia, los bares y las casas próximas de los amigos, comenzaron a ser convocados de nuevo.

Era el padre del novio el que primero daba la cara para exponer, sin engorrosas explicaciones y con un talante educadamente exculpatorio y hasta forzadamente jovial, que todo estaba de nuevo a punto, y que a Belsita y a Pruno había que perdonarlos porque los nervios los habían traicionado. Lo acompañaba el hermano mayor de la novia, corroborando las palabras e intentando alguna broma indirecta que los de mayor confianza celebraban encantados.

—Cuando se tiene el gas que esos dos tienen... —decía el hermano, ajustándose premioso la corbata.

En general, los invitados reconocen que cuando vieron venir a los novios de la mano, cruzando la Plaza en dirección a la iglesia, con los padrinos tres pasos detrás de ellos y el resto de los familiares a su vera, dieron por concluido el incidente y, algunos, no sólo por concluido sino por disculpado. Quiero decir que en ese momento todos estuvieron dispuestos a olvidar el penoso suceso, como se olvidan las desgracias que enturbian la memoria de lo que no merece la pena recordar.

—No fue ése mi caso... —dijo en seguida Sole, la prima que hizo con Belsita la Primera Comunión—. Conociendo como conozco a esa pécora, sabía de sobra que la guardaba. El orgullo que tiene sólo es comparable a la mala idea, y si mi hermana Tilde contara lo que le hizo una vez por haber estrenado unos pololos como los suyos, se vería hasta qué punto es vengativa. A mí lo que me ahorraron los acontecimientos fue tener que darle la enhorabuena, y con eso me siento más que pagada.

La comitiva entró en la iglesia y, como digo, los invitados volvieron a ocupar los bancos de la nave central con el lógico sosiego, más allá de alguna que otra broma entre los más jóvenes, indicio de que las aguas volvían definitivamente a su cauce, con el único contratiempo poco reseñable de que el armonio se había encasquillado y sonaba como la voz de un tartamudo.

Desde luego, lo que más agradecieron los invitados fue ver cómo los novios, ya situados en el altar, entre los padrinos y esperando a que saliera don Sero, se mantuvieron cogidos de la mano y, durante un momento, volvieron el rostro hacia la nave y dedicaron una sonrisa de halago y disculpa a los presentes.

Parece que don Sero tardó unos minutos más de lo debido en salir, porque en la sacristía se discutió la conveniencia o no de que lo hiciese con gafas negras, ya que en el tiempo transcurrido el ojo se le había literalmente tapado y el hematoma iba a ser un signo muy inapropiado para la solemnidad de la ceremonia. Pero don Sero era un cura experimentado que había pechado con contingencias mucho más arduas, hasta se contaba de él que en los días perniciosos de la Guerra Civil había tenido que celebrar misa con leche de oveja, sin que le importara un comino que el rito tuviera reminiscencias priscilianas o que la leche se cortase, con tal de que la misa sirviera para la necesaria edificación de los fieles.

La ceremonia iba viento en popa y hasta el armonio retomaba, como buenamente podía, las notas desinfladas del motete, pero los invitados, y esto no queda más remedio que reconocerlo porque la mayoría no lograron superar la zozobra en el momento culminante, urgidos sin remedio por el recuerdo tan inmediato del desaguisado, se pusieron de pie con temor, hasta el punto de que en el interior de la iglesia podía escucharse, como se suele decir y una vez que el armonio guardó silencio, el batir de las alas de una mosca o, mejor aún, el leve chisporroteo de las palomitas de aceite o el temblor del pábilo de las velas.

Don Sero carraspeó y cuando, dirigiéndose a Pruno, le inquirió si aceptaba a Belsita como legítima esposa, ese silencio tenía la carga que auspicia las revelaciones más cruciales en los dramas decimonónicos. El sí de Pruno fue rotundo, y cualquier oído medianamente dispuesto pudo percibir el suspiro de alivio de la nave y hasta algún que otro invitado, sobre todo en las últimas filas, corroboró con gratitud, y de forma excesivamente anticipada, que habría banquete.

La voz de don Sero, ya sin carraspeos, inquirió a Belsita si aceptaba a Pruno por esposo, y según cuentan los invitados la iglesia ya estaba lo suficientemente relajada como para que nadie se llamara a engaño.

Parece que el no fue, al principio, un no musitado que no llegó más allá del altar, probablemente ni siquiera a los oídos de los padrinos ni del celebrante, aunque sí a los del novio, porque en esos vertiginosos momentos se percibió en su cuerpo algo parecido al movimiento que produce el impacto de un perdigón.

Don Sero repitió la pregunta y, como todavía nadie en la nave se había percatado de lo que sucedía, la repetición conmocionó a los invitados e hizo que un imprevisto murmullo segregara el estupor, como si uno de los candelabros del altar acabara de estrellarse en el suelo, cosa que por cierto sucedía en el momento en que la voz de Belsita decía un no como un latigazo y, ya ante el asombro y la consternación general, se daba media vuelta, recogía con un gesto imperativo la cola del traje de novia después de deshacerse del velo, y bajaba decidida las gradas del altar para salir por el pasillo central con el paso más vivo que le permitían sus arreos, repitiendo una y mil veces que no, que no y que no.

—Mire usted... —dijo doña Fida, la mujer de Heleno Mera, un matrimonio tan íntimo de los padres del novio como de la novia y que precisamente habían casado a una hija la semana anterior, enterándose doña Fida en el mismísimo trance de la ceremonia, en el propio altar, de que su hija estaba embarazada porque, instantes antes de la Comunión, la requirió al oído para no tener que hacerlo en pecado mortal, reaccionando doña Fida con suficiente presencia de ánimo, pero sin poder evitar darle un golpe seco al novio, que perdió el equilibrio y rodó gradas abajo—, en el fondo son chiquillerías, caprichos bobos de novios consentidos. Yo estoy convencida de que a la tercera va la vencida, del mismo modo que la semana pasada salí de la boda de mi hija, con ese desgraciado de Potro, con la convicción de que serán trillizos. Hay que tomarlo con calma, pero ya verán como la boda se celebra finalmente esta tarde aunque el banquete ya esté frío.

El desconcierto había llegado al límite y los invitados, por mucho que dijera doña Fida, ya no tenían recursos morales para alargar la espera, habida cuenta de que las negociaciones familiares, si se daba el caso, serían ya mucho más procelosas y complicadas.

No había a mano ningún pariente de los novios, y sólo los deudos hacían corros discretos antes de dispersarse, porque, además, seguir a la expectativa ya parecía hasta de mal gusto.

Don Sero había vuelto a salir de la iglesia sin querer hablar con nadie, y las gafas negras eran lo que mejor resumía el destino de la jornada.

—Nos fuimos... —contó después Emilio Yerto—, como hay Dios que nos fuimos, y cuando aquella tarde los familiares de uno y otro fueron casa por casa, pueblo por pueblo, pidiendo disculpas y convocándonos para las siete en punto porque ya todo estaba solucionado, nadie se negó, entre otras cosas porque a las familias todos las apreciábamos y, en aquel momento, compadecíamos, y porque, a fin de cuentas, lo que nos proporcionaba el día era un espectáculo de los que habitualmente no se ven y luego se cuentan. El banquete en el Casino de Arvera no fue todo lo bueno que hubiera sido de haberse celebrado a su hora, pero baile más animado yo no recuerdo...

La verdad es que los invitados se encontraron esa tarde con la grata sorpresa de ver a los novios, con los padrinos, esperándolos a la entrada de la iglesia de San Nono, y uno

155

a uno, según iban entrando, les daban un beso y pedían disculpas, lo que motivó muchos comentarios graciosos, suficientes para que el ambiente se relajara por completo y la idea de la boda adquiriera un aire disparatadamente festivo.

Cuando Pruno dijo sí y Belsita lo secundó con la misma afirmación rotunda, los invitados comenzaron a aplaudir y don Sero tuvo que solicitar sosiego y compostura.

Pruno y Belsita fueron en Arvera uno de esos matrimonios tradicionales, padres de familia numerosa, que al cabo de los años perdieron la aureola de Novios de Celama, que fue como se les conoció durante un tiempo.

La ley de casarse

Decelia se casó con Vitro.

¿Quién puede saber lo que es la felicidad en un matrimonio cuando los hijos tardan y las apariencias no parecen corresponderse con la intemperancia de él y la amargura de ella, si entendemos que el ánimo benigno del marido apenas se sostiene ante los demás, y la mujer no levanta ese gesto de ausencia que la mantiene secuestrada en sus preocupaciones...?

Nadie dudó en Padiermo de la consistencia de aquel flechazo que alejaba a los novios por las Hectáreas como dos pájaros desprevenidos, ya que la distancia de aquel andar exagerado en las tardes de los domingos no se correspondía con la discreción, y no dejaba de ser raro ir tan lejos para, al fin, apenas cuidar las espaldas: los novios estaban tirados en el suelo, al arrimo del último Pozo, la mano de Vitro bajo la falda de Decelia, la de ella donde nadie se atrevía a decir, y un grito o un ahogo congelado en la penuria de la Hemina, cualquier agosto de esos en que la tarde del domingo está tan quieta que el propio silencio aumenta el eco de la respiración de un pájaro.

Se quieren y es mejor que se casen cuanto antes, no hay razón para aplazar ni una hora esas dichosas ganas que pudieran tenerse, si consideramos que ella está en la mejor edad y es dueña de un patrimonio suficiente, hija tercera de una familia de posibles donde tantas hijas repetidas hace que sobren antes que falten, y él vino a Padiermo desde el

157

Noroeste, desde Hontasul, donde dejó a los padres, y está en casa de un tío que no le cogió toda la afición que mereciera, lo que quiere decir que los padres de Decelia están encantados con soltarla y el tío de Vitro, hermano de su madre pero demasiado ajeno a los compromisos familiares, no ve el momento de que se vaya.

Un matrimonio es una sociedad limitada, al menos en el designio razonable del mismo, pero también se altera cuando las cosas no son lo que parecen y el equilibrio de la sociedad se va a pique. Entonces, ¿en qué puede convertirse un matrimonio?

Los asociados rompen los compromisos, la sociedad se disuelve, aquello ya no es lo que era: todo quedó en agua de borrajas. Y, sin embargo, lo que el matrimonio involucra marca un más allá impredecible: la huella de los sentimientos nada tiene que ver con el olvido mercantil, la dichosa sociedad comprometió demasiados secretos y emociones.

—Todo lo que se quiera... —decía Fermín Costal en el Casino de Anterna, aquella tarde que hablábamos del asunto, seis meses después de la muerte de Decelia—. Ni entro en la cuestión del sacramento, ni salgo a echar un cuarto a espadas por el rito civil, es otra cosa: diez años de casados hacen mucho en la costumbre de dos personas que comen y duermen juntas, de eso se trata. Las haya bendecido Dios o el Juzgado.

—Son casos que no se ven con demasiada frecuencia... —opinaba Orestes Leva, un hombre de Cinera famoso por la lentitud de sus acciones, capaz, entre otras cosas, de invertir media hora en liar un cigarro—. Matrimonios hechos y deshechos, los que queráis: los hechos, acomodados a lo suyo, sin otra apariencia que la que da la vida en el día a día, los deshechos, según la decisión de quienes los sufren:

algunos simulados, otros rotos casi desde el primer momento.

—Diez años no son medida tan grande, no exageremos... —dijo Aníbal Sera, que siempre se sentaba en el Casino en una silla medio rota con la que lograba poner nerviosos a los contertulios y con la que un día acabó rompiéndose el espinazo—. La edad en los matrimonios alcanza un sentido distinto porque el tiempo de los casados se aprecia mucho menos que el de los solteros. La rutina es mayor mientras hay menos libertad, las cosas de la vida se repiten sin cálculo, incluido el propio débito conyugal, y el tiempo pasa como un animal doméstico, de modo que nadie lo ve y el día que quieres darte cuenta transcurrieron décadas. Los diez años de Decelia y Vitro son una minucia, igual ni se percataron de los aniversarios, del mismo modo que no pudieron contabilizar las coyundas, porque la mayoría de los matrimonios no llevan contabilidad de lo que hacen para no aburrirse más de la cuenta.

—No es frecuente tanto en tan poco... —dijo Isaías, que siempre se sentaba a mi lado y encogía los hombros sin soltar la taza de café, en un vano intento de emboscar el laconismo enigmático de sus palabras—. Ni más en menos, si lo juzgamos demasiado... Casamientos los hay del signo que se quiera, hijos de igual madera, la misma diferencia.

En diez años Decelia y Vitro tuvieron tres hijos y, más allá de los indicios de intemperancia y amargura, nada hacía prever la condición de uno de esos matrimonios deshechos que mentara Orestes Leva.

A veces es tan difícil apreciar la felicidad como la desgracia, y en eso la Llanura se parece a otros sitios: los gestos de una y otra no resaltan en el tamiz cotidiano, porque la gente es propicia a velar por la intimidad de sus desvelos y alegrías, ya que lo normal es tener conciencia de nuestra propia fragilidad y hasta temor de que desde fuera aprecien nuestras zozobras e ilusiones más de lo debido.

En la Llanura, como en tantos sitios, se vive con discreción, que es el modo mejor de vivir con respeto, aunque esa norma de convivencia sufre embates y fracturas imprevistas, porque la propia vida se encarga de poner las cosas boca arriba cuando menos se piensa, y el temple de unos y otros no es el mismo.

Se fue Vitro y no hubo en Padiermo mañana más despiadada.

Lo que aquellos dos seres hubiesen cultivado en los diez años de intemperancia y amargura estalló como una bomba que cayera del tejado de la casa familiar, la que Decelia había heredado de sus padres: una de esas explosiones secas que nadie imagina y el pueblo escucha, aterrado y cariacontecido.

Lloraban los niños dentro de la casa y Decelia iba tirando objetos por las ventanas, vajilla, batería, mobiliario, mientras su voz hacía un desarticulado repaso de las afrentas del marido, un repaso difícil de entender en el significado de las palabras, pero perfectamente nítido en la desesperanza y la indignación.

Vitro aguantaba fuera, dando eco a las explosiones, contestando sin tino a los agravios, defendiéndose de los objetos, como si la furia desatada de ambos fuera la única vía para saldar tantas deudas secretas.

—No lo mató de puro milagro... —dijo Fermín—. Un cazo, una perola, una sartén no son munición suficiente, pero una plancha sí, y todo el mundo en Padiermo sabe que fue la plancha lo que a Vitro le rompió los dedos del pie derecho.

—El ser humano es muy capaz de templar todas las gaitas... —opinó Aníbal—, pero tanto templar no es bueno, porque lo que el ser humano tiene, antes que otra cosa, es memoria, pero memoria de todo: del aprecio y de la puñetería. El día a día de un matrimonio sin tino, por mucho que se guarden las formas, es la mayor carga de profundidad.

—No se puede ser sensato —aseguró Isaías encogiendo los hombros— sin el reto de quererlo. Una picia, un desmán. Cuando volaban los retratos de la boda, igual que obuses, ya no había bendiciones, Dios y el Juzgado por igual conducto, los hijos de la misma madera y con la misma diferencia, qué susto nos llevamos todos.

Se fue Vitro y crecieron los hijos bajo el amparo de Decelia como los pollos de la gallina en el corral, sin que nadie quisiera recordar al padre huido, de modo que los pollos siguieron el curso de lo que la vida les proporcionaba y, cuando Decelia tuvo conciencia del destino de aquellos hijos que sin remedio se marchaban guiados por sus propios afanes, se vio más sola que cuando era soltera.

—Ahí le duele... —comentó Aníbal Sera—. Una casada se hace al destino del matrimonio y, en cuanto ese destino falla o se tuerce, ya no es la misma, por mucho que se quiera disimular.

—Ni la que era ni la que había sido... —dijo Orestes—. Pero eso igual en el hombre que en la mujer, no vayamos a confundirnos, con la única diferencia de que el hombre administra peor la soledad. El ser humano no se distingue por sus atributos, sino por las circunstancias, y en ellas hombre y mujer de igual manera se enfrentan. Otra cosa es que Decelia fuese más piadosa...

—O mejor... —aventuró Fermín—, en el sentido humanitario de la palabra. Vitro se llamó andana. Decelia pechó con los hijos y con lo que luego vino.

—Seamos consecuentes... —pidió Isaías—. De la misma misericordia se hacen el pan y el vino. La bondad de ella cunde más que el perdón que él ni siquiera llegó a pedir. No eran de igual pasta, muy distinta madera, nos pongamos como nos pongamos.

Primero vinieron de Hontasul los padres de Vitro.

Dos ancianos ajados y tristes que preguntaron en Padiermo por la casa del hijo y a quienes nadie quiso decirles nada, debido a la vergüenza y al desastre de aquel hijo que había tomado las de Villadiego.

Todavía los nietos eran chiquillos y en la Plaza del pueblo jugaban cuando los ancianos, como en cualquier cuento de los que se cuentan en el Territorio por el invierno, que es cuando suelen contarse los más tristes, por el hijo les preguntaron, o sea, por el padre y la madre y, a la vez, la casa donde vivían.

Nadie dijo nada de la bondad con que Decelia acogió a los suegros. Dos ancianos de tan penosa presencia son, antes que otra cosa, emisarios de la desolación humana o de la desgracia del género al que todos pertenecemos, y no debiera haber cristiano que se llamase andana, aunque de sobra sabemos que son más los que se llaman que los que no.

—Llamaron a la puerta... —dijo Aníbal—, preguntaron por Vitro y ella, antes de nada, los mandó entrar, los abrazó, les preparó la cena, hizo las camas y les dijo padre y madre con igual convicción que se lo hubiera dicho años atrás, cuando la boda.

—Lo que demuestra la mejor naturaleza, no así él... —opinó Fermín—, que desde que marchó no dio aviso. Decelia acogió a los suegros y en su casa los tuvo atendidos, tanto o mejor que si fuesen sus mismísimos padres naturales.

—Era de ley esa mujer... —aseguró Isaías—. Ni una de cinco haciendo las cábalas más lisonjeras. Las buenas no puntúan donde las mejores, no hay color. Ya dije que Decelia picaba alto, en su momento se vio. Dios la alaba.

Luego vino un chico faltoso, no tonto pero sí faltoso, y algo familiar había en sus ojos: lo que a veces deja en la mirada la legaña del padre, esa pena rara de un mirar contrito y silencioso que llena de pesadumbre lo que se ve.

Se llamaba Anciolo y, desde que apareció en el pueblo, toda su intención se resumía en encontrar la casa de Decelia donde, según le habían dicho, moraban sus abuelos, Cundo y Leonor, padres de Vitro, progenitor suyo: padre perdido que de la mano de Dios le había dejado para que, peregrino de su suerte, viniera a Padiermo si era capaz de llegar.

—Coño que si llegó... —dijo Orestes Leva—. Ya lo visteis venir, el más bobo y el más cabal. A los cuatro días, cuando Decelia lo tomó como hijo suyo, entendiendo que Dios lo mandaba, mientras los suegros reconocían a aquel vástago de ojos estrábicos y risueña carantoña de tonto perdido, ya era el niño bonito de la casa. Un chaval deforme del que hasta las ovejas se espantaban...

—Y con razón... —aseguró Fermín Costal—. La idea de torearlas hasta dejarlas exhaustas en el mareo se correspondía con la idea de tirarlas a la huerga, un desmán propio de su catadura.

—Ese chico... —dijo Isaías, que acababa de posar la taza de café en la mesa— no tenía intenciones, sólo desaires. El bobo no se redime, Cristo no murió por morir.

Y al fin volvió Vitro.

Si alguien en la Llanura se acordase de su cara, no lo habría jurado. Aquel Vitro era otro, tan distinto que resultaría imposible reconocerlo.

Los años transcurridos no justificaban el deterioro, pero acaso las distancias sí. Eso fue lo que opinaron en

Padiermo y lo que se comentó de Hontasul a Santa Ula: un hombre enfermo que no se valía ni para moverse, palúdico, un ser humano en el límite de sus posibilidades.

—Dios, qué estropicio... —exclamó Aníbal Sera—. Ese ser que se agacha para dar un paso y no lo logra, que está amarillo, una ruina humana, un poste de la luz sin cables ni pájaros, mondo y lirondo: menudo regalo para la que en su día lo quiso...

—De ahí proviene lo que comentábamos del matrimonio... —aseguró Fermín—. De la conformidad, del aprecio irracional, de la costumbre de haber estado juntos con más ahínco que los bichos. Es la ley de casarse con Dios o el Juzgado que, al fin, son lo mismo para tales vicisitudes. La ruina humana que llamó a la puerta de Decelia, cuando ya los suegros habían muerto y el hijo del huido no levantaba cabeza, tenía una lágrima de vinagre en el ojo izquierdo. Con el otro te miro, esposa mía, dicen que dijo, ya que soy un pobre hombre moralmente tuerto, pero con éste, con el sano, quiero verte tan mía, tan enamorada y generosa como fuiste en su momento, no me dejes pasar que no lo merezco...

—No habría de dejarlo... —dijo Isaías—. A su mismo lecho consintió en llevarlo, donde consumaron en su día el matrimonio.

—Para cuidar de él con el mismo arrobo y mimo, como se cuida del ser más querido... —informó Orestes—. ¿Acaso no lo era...? ¿Vamos ahora a dudar nosotros de lo que la ley del corazón imprime a la memoria y al mismísimo conocimiento...? Dios nos libre de meternos donde no nos llaman.

La historia no acaba ahí.

Es verdad que Decelia está ahora muerta, hace seis meses que la enterraron en el Argañal. Antes murieron Anciolo y Vitro, pero todavía llegó una extraña mujer que se llamaba Vereda y anduvo de mendiga por la Llanura uno o dos meses, hasta que se dio a conocer.

—Igual que hermanas de sangre... —dijo Fermín Costal cuando ya todos habían callado y nadie se atrevía a seguir hablando—. Es el mayor ejemplo de esta historia. La que hubiera sido mujer de Vitro, vaya usted a saber dónde y vaya usted a saber con qué vínculo, madre de Anciolo y, al parecer, de otros que murieron lo más lejos que Vitro llegó en sus andanzas. Igual que dos viudas que en la misma casa conviven, llorando la pena del mismo hombre, con igual misericordia y entereza: Vereda y Decelia, la misma honra, igual suerte, Dios nos coja confesados...

La tumba de los amantes

Lo contaba Aurelio Oceda, en el Casino de Santa Ula, y hacía especial mención a que había sucedido mucho tiempo atrás y que todos sus protagonistas estaban muertos.

Como era una historia de infidelidades y secretos, quiero decir una historia extremadamente privada, donde los datos objetivos tenían menos interés que los subjetivos, ninguno de los presentes quiso entenderla con las escuetas palabras de Aurelio y todos pusimos nuestro grano de arena, por decirlo de algún modo.

—Había una mujer en El Cedar que se llamaba Libra. Estaba casada con Claudino, tenían tres hijos. Menos Hectáreas de las precisas, pero la fuerza de voluntad suficiente para no arredrarse por nada. Todo lo que pudieran trabajar, lo trabajaban. De El Cedar a Piélagro hay seis kilómetros. Hectáreas de uno y otro término se mezclan, las fronteras de Celama, ya se sabe, las inventan los hombres, nunca la tierra, lo que es propiedad es límite de cada uno, los términos se confunden como Dios confundió la Creación en su conjunto, si entendemos que la misma es una totalidad.

—No te vayas por las ramas.

—¿Cómo habría de irme...? Estoy hablando de Libra y de Claudino. También tengo que hacerlo de Hortensia y Golo, que vivían en Piélagro, a seis kilómetros como bien se sabe. Eso de las Hectáreas concomitantes, que es una palabra que me gusta de veras, hace que, un día y otro, haya que trabajarlas, cada cual la suya, cada uno a lo propio.

Y nada pasa, Dios nos libre, la vida siempre fue así. Otra cosa es que el destino proveyera, y que esta vez la disposición de las Hectáreas posibilitase la disposición de las personas.

—Al grano.

—Mejor no lo sé contar. Voy a imaginarme cualquier día, pongamos primavera. Estamos, como quien dice, con las primeras labores. Vino Libra a la Hectárea, ¿qué pensaría, qué podría pasarle a esta mujer...?

... Si es lo que dice mi madre, pura desazón, si de veras es eso, poco tiene que ver. Si de veras lo fuese, pero no lo comprendo. Esos niños me atan y me dan miedo, no soy capaz, ni tiempo ni paciencia, juntos y tan seguidos. Serán los nervios. Le miro y callo, bien sabe Dios todo lo que callo, lo que me queda dentro, porque este hombre no me entiende, nunca supimos entendernos, si de veras vivir juntos ya arreglase las cosas, pero no es eso, ¿qué habría de ser...? Voy a cansarme, me mato viva que es lo que más me reconforta, mientras más cansada, mejor...

—De Piélagro venía Golo, ya lo dije. Venía a la Hectárea, una mañana y otra. Más o menos a Golo y Hortensia, que era su mujer, les pasaba lo mismo que a Libra y Claudino, en lo que a trabajar se refiere. La diferencia es que Hortensia y Golo no tenían hijos. No tenerlos no es ningún regalo, sobre todo cuando te dicen que no los vas a tener por mucho que te empeñes. Que los hijos sean o no un seguro de vida no está del todo claro, pero en Celama sabemos que los hijos son manos que vienen, bocas también...

—Te enredas.

—Ni lo penséis. Golo en lo suyo, Libra en lo de ella. Era buen mozo, puedo jurarlo. De Libra no digo nada, jamás me gustó valorar la mujer ajena. Ya sigo, ya sigo, no me voy por las ramas, no seáis pesados. La cosa es clara. No vamos a achacarlo a las Hectáreas concomitantes, lo haremos al destino, a la vida misma. Golo estaba allí aquella mañana, como tantas otras.

... Ya viene. La pena de los ojos, mira que es triste, mira que es apañada. Esa pena dichosa. No la recordaba. Es curioso que en tan pocos kilómetros jamás llegase a fijarme. ¿Qué le pasará...? Él no me gusta un pelo, de los que apenas miran y saludan. Aguantas lo que hay en casa, te conformas, ¿qué remedio...? Soy un hombre resignado. Me mato vivo y no puedo decir que Hortensia no se mate. Nos mataremos y moriremos así, es lo que había. Ahora se quita el pañuelo, me va a mirar, voy a mirarla...

—Desde luego, lo que no voy a hacer es meterme en camisa de once varas, lo que ellos piensan o rumian es cosa de ellos, yo no lo cuento porque no lo sé, pero se puede adivinar, allá cada cual, echadle un poco de imaginación. ¿Cómo empiezan estos asuntos? Algo propicio tiene que haber, la ocasión la pintan calva. Nadie estaba presente y, además, querer contarlo todo, querer contar lo que se adivina ya digo que es un disparate, se cuenta lo que se sabe y hasta donde se sabe, y ya es suficiente. Hay en Celama mucho vicio de contar, y no deja de ser raro que esto pase en una tierra donde no abunda precisamente la imaginación...
—Corta, por Dios.
—Corto, corto. En los líos de matrimonios a mí no me gusta hablar de amor, soy así de antiguo. Me parece mejor hablar de pasión, de arrebato, de ceguera. Aunque no sé si, tal como se desarrolla esta historia, no será exagerado. Libra y Golo trabajando todo el día, no es el mejor ambiente. De sobra sabemos los presentes lo que dan de sí las Hectáreas. Bueno, amor o lo que fuese. El caso es que se liaron, lo digo de este modo. Ya advertí: las Hectáreas

concomitantes, las personas con igual disposición. Otro dato de la historia es el de la tierra muerta que también hacía frontera con las Hectáreas de uno y otro, en la linde Norte. Hubo un barrillar, había un chozo medio derruido. La tierra muerta mal acompaña, pero ¿qué le queda al pobre si no es la mortandad hasta para el uso de sus pecados...?

—No digas nada.
—Sólo quiero verte.
—Así tampoco.
—No hay otra manera.
—Un día podemos ir a Olencia.
—Difícil.
—El mayor disparate, Golo. Lo peor que pudo pasarnos.
—Mayor felicidad nunca tuve.
—Querría morirme.
—Conmigo.
—No lo hagas.
—Otra vez, por favor, por Dios, una más.

—Esta parte de la historia dura la primavera y el verano. Bueno, el verano cada vez más complicado. Son muchos los días que a Libra la acompaña Claudino y a Golo Hortensia. Y hay veces, porque no hay cosa más arriesgada que el amor, que Golo y Libra encuentran un instante en la cabecera de las Hectáreas, o un tiempo peligroso para acercarse al chozo. La dicha es más intensa cuando está a punto de echarse a perder, no hay placer como el fugitivo, los amantes son como los ciegos cuando el celo los vence: pierden la conciencia de lo que hay al lado, o la sacrifican, que todavía es peor.
—No divagues, Aurelio. De eso tú no sabes nada.
—Sé lo que viene, que es lo que casi siempre pasa. Es Hortensia la que tiene las primeras dudas, las primeras

sospechas. Una mujer no vive en vano con un hombre. De los presentes, los casados ya saben a lo que me refiero.

—Estamos casados o viudos todos, menos Quintín.

—Quintín es como si lo estuviera. Nadie se la menea más en Celama.

—Sobran las bromas, y más las sucias. Quintín, vete a decirle a Tarso que traiga otras copas, y echa una partida de billar a beneficio de inventario. ¿Por dónde iba? Hortensia sospechó, es verdad. Y no tarda en percatarse de que la querencia de Golo por aquellas Hectáreas es mucho más viva de lo que nunca lo fue, un día y otro a ellas quiere ir a trabajar, en detrimento de las demás que tienen en renta, donde a ella le toca. ¿Qué hace una mujer en tales circunstancias? Hace lo que menos debe, lo más penoso de todo: seguir al marido, espiarlo.

—Igual que el marido, Aurelio, no hay diferencia.

—Fue y lo confirmó. No el primer día, pero sí el quinto, porque no hay quinto bueno.

... Dios, Dios, Dios, ésta es la mayor miseria, haber no hay otra. La mayor, la más grande. Me dicen que enfermó sin solución, y no lo comparo. Me dicen que yo misma estoy en las últimas, y bendito sea. ¿Cómo puede ser, cómo me puede pasar esto, con qué clase de hombre fui a engañarme? Dios, Dios, Dios, la vida echada a perder, la vergüenza de lo que somos y fuimos. Y esa mujer, esa madre de sus hijos, valiente madre, valiente esposa. Cualquier pozo me valdría, si mereciera la pena, pero no la merece. ¿Cómo voy a decirlo, a quién se lo digo...? Una vida echada a perder, un matrimonio, un cariño que jamás existiría...

—Claudino igual. Seguro que la sospecha fue más evidente, un hombre es menos sutil, pero Claudino no era hombre de excesivo carácter, tenía de silencioso lo que tenía de resignado, y me refiero a la resignación que infunde este empeño de vivir que es propio de los seres humanos.

—Si sigues por ahí, desbarras.

—Era para advertir que Claudino estaba abocado más a la desgracia que a la indignación, si se puede comprender así. No era un hombre violento, de los que matan al amante, a la mujer y, luego, a sí mismos. Era de los que, de hacerlo, empezarían por él. Esto explica lo que viene luego. En cualquier caso, el corazón de ese hombre sangraba como lo hubiera hecho el de cualquiera.

... No es la que era, no es posible, no es ella, algo la cambió para trastornarla. ¿Qué podría haber de culpa por mi parte? La madre de mis hijos, lo que llevamos pasando juntos, ¿qué locura, qué torpeza? A él siempre lo vi como un hombre altanero, joven y ajeno. Está en la Hectárea como si lo bendijera Dios, y es tan esclavo como yo mismo. ¿Iba a inculparlo? En ella me fijo, en nadie más, el engaño es suyo. La habrá perdido, con las artimañas que tenga, de las que ni siquiera logro hacerme una idea, pero no reparo, lo que me compete es esta maldad que de ella viene, la traición de todo lo que pudimos querer juntos. Acaso el trabajo, tanto bregar y, al fin, los hijos seguidos, se desmanda, yo no logro pensar en todo, hay tanto que hacer...

—Con igual sospecha, cada uno por el conducto preferido, Claudino y Hortensia llegaron al mismo resultado. Los engañaban Libra y Golo. La sospecha la confirmaron de la misma manera, sólo había, como ya dije, que seguirles. Uno desde El Cedar, la otra desde Piélagro, a las Hectáreas concomitantes y al mismo chozo, donde los amantes tenían su reserva. Los vieron un día, los vieron otro. Hay algo que siempre funciona igual en esta clase de amor desvariado, aunque ya dije que no me gusta llamarlo amor, mejor pasión o arrebato o ceguera. Se ama a muerte, se ama para morir.

—Explícate, Aurelio, que ahora da la impresión de que quieres subirte a la parra.

—Claro que me explico, otra cosa es que lo entendáis, porque lo que se ansía fuera del común de las cosas, sacado de quicio, no lo comprende cualquiera. Se trata de que la pasión urge como nada, es fuego y, en tal sentido, no tiene tiempo, devora, consume. Los amantes se aman y se matan.

—Te pasas.

—Ni un milímetro. Nada tienen, nada les pertenece, todo lo suyo es robado. Lo que cuenta es el momento, el instante. Esperanzas pocas, mañana vete a saber...

—No puedo, no me lo pidas.
—Matarme.
—Junto a ti.
—No me logro saciar.
—Jamás de esa manera.
—Así, así.
—Acabas conmigo.
—Acabamos, Libra.
—Dios, me abrasas.
—Dímelo, dímelo.
—¿Qué quieres...?
—Dilo.
—Por detrás...

—Nada se dicen, pero se ven. De suyo, ya el primer día se vieron. Venía Hortensia por el camino Ladar, que une el Sur de las Hectáreas entre uno y otro pueblo. Venía Claudino por la misma senda, lógicamente en dirección contraria. Se pasaron, sin mirarse, y sin embargo iban a lo mismo. Esto sucede varias veces. Uno dice: la pobre. La otra dice: el pobre. Convengamos que así es la vida. El mundo es un pañuelo, ya se le puede ocurrir a cualquiera que Celama es el universo mundo porque los hay que, como jamás salieron de ella, tienen la impresión de que es el universo. Hay que viajar para darse cuenta de que no es así. El mundo, una barbaridad...

—Sujétate, Aurelio, por lo que más quieras.

—Es que hay de Celama una idea errada. Esto, en la totalidad, es apenas un punto diminuto, no voy a decir un sello de correos. Supongo que se cruzaron varias veces. Ahora olvidaros del chozo, de lo que allí pasaba.

—¿Cómo vamos a olvidarnos? Lo cuentas de una manera que Quintín sólo hace que entrar y salir de donde no debe. Se la debe de estar pelando.

—Hablo para personas formadas, no para adolescentes con granos. Esto es lo que más me gusta de la historia. Este momento, este pasaje. Claudino y Hortensia, dos almas en pena, dos seres humillados. ¿Qué pensarían el uno del otro...? Echadle imaginación, hay que escucharlos, hay que inventar lo que no se cuenta.

... Dios, Dios, Dios, la cara que tiene, los ojos, la vista, sufre como yo sufro, qué pena, qué desgracia. Un hombre como él, callado, silencioso, ¿dónde mete el orgullo, dónde lo guarda? No se ven seres humanos en estas condiciones, y esa humedad en los ojos con que me miró al pasar...

... Así de triste, así de hundida, tan curiosa, tan guapa, tan joven. ¿Qué hizo ella para que él la tratara de este modo? Es casi una chica y no recuperará lo que perdió, esta desgracia con que me mira y la miro, la veo, le limpiaría la lágrima que tiene en el ojo, tan mala suerte...

—Ya no queda mucho, pero no me metáis prisa. A veces la verdad de la vida es así de sencilla, lo mismo en Celama que en Asunción, capital del Paraguay adonde emigró mi tío Verando, y si te he visto no me acuerdo. Debió de ser a la tercera, que es cuando va la vencida, cuando, al pasar, le dijo Claudino: ¿Es usted Hortensia...? Y ella le respondió: ¿Y tú eres Claudino...? Bien sabían ambos que eran ellos, no en vano bregaban juntos aquella desgracia, aquella afrenta. Se habían observado aguardando la confirmación en la lejanía, un día y otro, por donde las personas se esconden para evitar que las vean los que de veras tienen razones para esconderse. Dos merodeadores, que más parecen dos extraviados. Nada se confesaron, que se sepa. Supongo que el secreto estaba suficientemente compartido como para no tener que mentarlo. La desgracia une, la humillación no digamos. La humillación es la mayor fuente que existe de solidaridad y de confianza.

—Aurelio...

—La pasión, el arrebato, la ceguera, son flores de un día. Me muero, te mato, me consumo, no me dejes, ahí te quedas. ¿Qué les pudo durar? Como lo que de veras me gusta es la historia de amor propiamente dicha, no haré recuento. Allá ellos. Alguien en El Cedar se acordará de Libra, alguien en Piélagro de Golo. Todos, ya dije, unos y otros, no son de este mundo, murieron hace mucho. La tumba de los amantes no es la misma, la de los otros sí, cada cual se empeñaría en su recuerdo. Tiempo pasó más del que se quiera. Hortensia y Claudino tuvieron los hijos que Dios les dio, bastantes por cierto. Y ya advertí que en Celama los hijos son brazos, aunque también sean bocas.

—No se sabe si lo que cuentas tiene algo que ver con lo que nos pides que imaginemos, los pensamientos no pueden ser invenciones, lo que pasa en la vida apenas lo sabe quien lo vive, ellos mismos, nadie más.

Aves de paso

Un extraño en la Fonda Corsino es imposible.

Los que vienen son los de siempre: viajantes o forasteros que tienen algo que hacer, aves de paso que conviven fugazmente con el maestro de turno que todavía no encontró vivienda o se hizo fijo por desgana y, en parecida vicisitud, el empleado o el profesional con destino o cometido en Santa Ula. Un extraño, lo que se puede entender por un extraño, es imposible.

Y, sin embargo, aquel doce de abril, a una hora tan poco pertinente como la de la siesta, más o menos las cuatro y media de la tarde, llegó un extraño que, a simple vista, cumplía todos los requisitos de la extrañeza, porque ni siquiera los disimulaba.

El coche que dejó aparcado en la Plaza era una máquina rara, grande, de esas que tienen pinta de estar averiadas, daba la impresión de vehículo destartalado y sucio, que pierde aceite y tiene roto el radiador. Una máquina negra y polvorienta, a cuyo interior daría miedo asomarse. Como buen extraño, no traía equipaje: quería una habitación y que nadie lo molestara. Lo atendió Cirina, la cocinera, que era la única que podía responder a la llamada porque estaba fregando: los demás dormían la siesta.

Un extraño es imposible, dos rayan el disparate.

Seguro que desde que se fundó la Fonda Corsino, herencia de la Venta del bisabuelo que también se llamaba

177

Corsino, jamás habían coincidido dos extraños, y menos en el mismo día.

Ella llegó como media hora después.

Bolupia, la mujer de Corsino, ya se había levantado y fue quien la atendió. La petición era la misma: una habitación y que no la molestaran. Tampoco traía equipaje.

—La pinta de ese hombre... —diría Cirina muchas veces, después de lo que pasó— era rara pero elegante, o elegante pero rara. Traje de chaqueta cruzado, color marrón, corbata, zapatos limpios y la visera haciendo juego. Digo rara por el ojo izquierdo caído y el anillo en la mano derecha con una piedra reventona. Rara, para lo que por aquí puede verse...

—Ella, ya lo sabe todo el mundo... —comentaría Bolupia, incrementando con algún dato la contestación a cada nuevo requerimiento, dueña orgullosa de tanta curiosidad—, alta, muy alta. Tacones de artista. La melena de caoba que le caía por los hombros. Un vestido sastre ceñido como sólo pueden llevarlo las que tienen cuerpo. Medias de cristal. Y los labios muy pintados. No joven, con sus añitos encima, pero con mundo, con garbo, con pinta de haber pisado más hoteles que fondas y pensiones...

Serían las seis y media cuando aquel hombre, tal como había entrado, tal como lo describiría Cirina, tal como lo vio el propio Corsino salir, sin atender a las buenas tardes que le dio, se fue.

La visera más calada, el ojo izquierdo más caído, la corbata menos en su sitio pueden ser figuraciones que, con tanto como llegó a hablarse en Santa Ula y en toda Celama, pertenecen a lo que contando se inventa.

Lo cierto es que el hombre, a esa hora poco concurrida de la Plaza, subió al coche, y cuando logró arrancarlo Corsino asomaba tímidamente, convencido de que el cliente iría a hacer alguna gestión, y escuchaba las dificultades de la puesta en marcha y veía el vehículo doblar para enfilar la Plaza al lado de la iglesia, y desaparecer.

—Si te he visto no me acuerdo... —dijo Corsino aquella noche, cuando tomaba con los amigos la última copa en la barra del bar—. Tanto él como ella. Como aves de paso llegaron, y como pájaros de cuenta se fueron. Con el agravante de que a ella nadie la vio marchar. Bolupia, que zascandileaba limpiando las mesas, se había resignado antes que el marido. A fin de cuentas, dos sujetos como aquéllos, dos extraños de aquella facha, dejaban en la Fonda el toque de lo insólito y daban pie suficiente para divagar lo que se quisiera.

—Que vinieran juntos está por comprobar... —decía Bolupia, incapaz de resolver el enigma, aunque en su cabeza cabían todas las sospechas—, y que se fueran de igual modo, lo mismo. Aunque hay que reconocer que parecían hechos el uno para el otro, más dos sujetos que dos personas propiamente dichas.

—Eran pájaros del mismo nido... —dijo alguien, anticipando lo que ya se generalizaba como comentario—. Dos extraños y a la misma hora y en el mismo sitio, no puede ser coincidencia. Lo que encontraran lo buscaban juntos...

—Poco habrían de buscar y encontrar aquí.

—Bueno, el enredo que entre ellos se trajesen. ¿No dices que les disteis habitaciones en el mismo piso...?

—No, segundo y tercero, igual mano.

Aquella tarde, más de uno vio un renqueante coche por la comarcal del Territorio. La dirección hacia Olencia era clara. Los que lo vieron pasar más cerca juraron luego que en el coche iba solo el conductor, que al menos en el asiento de al lado no llevaba compañía. Pero el coche era grande y en la parte trasera nadie se había fijado.

Una máquina negra a la que se le escapaba vapor del radiador partido, y que metía más estruendo que una locomotora. De los faros delanteros, uno al menos estaba roto. Las gotas de aceite dejaban la huella de su ruta.

También lo vieron, ya hacia el oscurecer, por el Puente de Amira y más tarde por la carretera de Valma.

Estas noticias llegaban a Santa Ula muy pronto, por la mañana, y precisamente a esa hora, temprano, Corsino preguntó por su hijo Telurio y Bolupia tomó conciencia de que a aquel hijo tarambana llevaban sin verlo por lo menos desde el día anterior.

—Desde la siesta, si el cálculo vale.

—Con esta historia, a todos se nos fue el santo al cielo.

—Comer, comió... —afirmaba Cirina—, pero cenar, no lo aseguro.

En la habitación de Telurio la cama estaba deshecha, pero eso no indicaba nada, podía estarlo desde la siesta. No había ni el más leve indicio de nada en el desorden habitual de sus cosas: todo estaba donde no debía, como era costumbre en él.

—Estoy empezando a pensar lo que no debo... —dijo de pronto Bolupia—. Esa gente vino con alguna intención... —gritó—. Me lo llevaron, se llevaron a esa alma cándida.

—¿Quién puede querer llevarse a un infeliz...? —musitó Cirina.

—Lo mato... —dijo Corsino, alterado—. Como se haya ido, lo mato.

La tragedia que se larvaba en la Fonda Corsino duró poco, al menos esa parte de la tragedia que acarreaba la desaparición de Telurio y las previsiones criminales de la misma.

En seguida se supo que el coche había aparecido estrellado en la propia carretera de Valma. Había un chopo roto y el vehículo volcado sobre un costado.

En su interior, dos muertos. El conductor, el extraño sujeto de la visera y el ojo caído, que no tardó en saberse que se trataba de un ojo de cristal que saltó en el golpe como un balín ortopédico. Y la mujer de la melena caoba, que viajaba en la parte trasera, cuya cabeza colgaba de la ventanilla con el carmín derretido en el charco de sangre.

Ningún indicio de Telurio. En el coche no había otra cosa que los cadáveres, tampoco nada que los identificara ni, por supuesto, equipajes.

Fue Romo, el cuñado de Corsino, quien tuvo la ocurrencia de buscar a Telurio en casa, en la propia Fonda.

—Tenéis un chaval tan desbarrado como tarambana, y hay que ponerse a la altura de sus ocurrencias... —dijo.

A Bolupia la atendía su hermana y Corsino, en la barra del bar, todavía seguía jurando que si se había ido lo mataba.

La habitación de Telurio estaba convenientemente registrada y Romo fue directo a las que teóricamente habían ocupado los extraños. En las dos las camas estaban deshechas, pero en la del primer piso, la que teóricamente ocupó la mujer de la melena caoba, apenas retiradas las sábanas y la colcha y doblada la almohada. En la del hombre, era claro que habían usado la cama.

Debajo de la misma, vio Romo un pañuelo sucio.

—Telurio... —llamó entonces, apenas lo recogió—. Soy tu tío Romo. ¿Quieres salir de una puta vez...?

El armario de esta habitación era un poco más grande que los de las otras, pero un ratón que se moviera dentro podía hacer más o menos el mismo ruido.

—No puedo... —oyó Romo, y se trataba de una voz más vergonzosa que asustada.

El armario estaba cerrado con llave, pero la llave no se veía por ningún sitio.

—Pero ¿qué haces ahí metido...? —quiso saber Romo.
—Me encerraron.
—¿Respiras bien...?
—Como una rana.
—¿Y la llave...?
—La llevarían.

Romo avisó del hallazgo del sobrino.
Las reacciones fueron diversas: Bolupia quería comérselo vivo y Corsino juraba que Dios no era de Celama por consentir que a su hijo le hubiese pasado aquello.

—En casa, en la Fonda... —gritaba descompuesto—. Ese pobre zascandil, que lo peor que hizo en su vida fue incendiar el gallinero para evitar que el gallo le sacase los ojos, cuando lo pilló con la gallina más guapa.

Descerrajaron la puerta. Telurio no se atrevía a salir.
—Pero ¿qué hacías, cómo te pillaron, qué pasó...?

Había cruzado los brazos, la madre no permitía que lo atosigaran. Lo hizo sentarse a los pies de la cama y empezó a peinarlo como el día que tomó la Primera Comunión.

—Vi a la mujer subir por la escalera... —dijo Telurio asustado y encogiendo los hombros—. Me había asomado cuando media hora antes subió el hombre. Vi que traían algún enredo. Él la esperaba, le decía que no hablase, que no hiciera ruido, porque ella subía confundida. En cuanto el hombre salió al pasillo, me metí en su habitación sin pensarlo dos veces.

Corsino le dio una bofetada.

—Si te pega, no hables... —ordenó Bolupia a su hijo, encarándose con el marido.
—Le pego... —afirmó Corsino, conteniéndose— porque me temo lo que viene, los granos de este granuja...
—Me metí debajo de la cama, para espiar... —aseguró Telurio, quejumbroso—, sólo para espiar. Me acordé de aquel ganadero que robó en la Caja Rural y escondió el robo en las zapatillas. Quería espiarlos.
—Querías echar por tierra el buen nombre de la Fonda... —dijo el padre—, porque debajo de la cama no hay persona honrada que se meta.
—No había otro sitio... —afirmó Telurio, que a pesar de la bofetada mantenía cruzados los brazos.
—¿Y qué pasó, hijo, qué pasó...? —quiso saber Bolupia.
—¿Qué había de pasar...? —dijo Corsino, desesperado—. Buscan los pájaros el nido, y anidan. Pareces tonta. Ahora tengo un hijo que además de bobo es degenerado, y una mujer gilipollas.

Fue Romo el que puso orden.

—De lo que hicieran en la cama... —afirmó Telurio cuando su tío le dio confianza— nada soy capaz de decir. Yo estaba debajo, ellos encima. La habitación se movía de tal manera que iba a caerse. Lo que pude oír no se lo cuento a nadie, porque no por bobo está uno menos avisado.

—De lo que hicieses ahí debajo... —dijo Corsino, dispuesto a darle otra bofetada— ni lo mientes, al menos delante de tu madre. Con don Bersilio el sábado en el confesionario y, a ser posible, sin que nadie te vea.

—Pero vamos a lo que importa... —decidió Romo—. ¿Quiénes eran, qué sacaste en limpio...? Esa gente se acaba de matar en el coche por la carretera de Valma. Es un caso de los que luego salen en el periódico.

Telurio volvía a encogerse de hombros, acobardado.

—De lo que dijeron cuando se movía la cama no voy a hablar. Por poco que uno sepa, algo sabe. Ella que tiquismiquis, él que dobladinlas, yo estaba morado, el somier me hizo daño y cuando grité debieron de quedarse tiesos.

La bofetada de Corsino hizo temblar de nuevo la cama.

—Déjalo en paz, por Dios... —pidió Romo mientras Bolupia arañaba al marido—. ¿De qué hablaban, qué dijeron después...?

—Dijeron que los perseguían... —confesó Telurio, lloroso—. Dijeron que igual mata el amor que la muerte, que mejor muertos que hastiados, que el deseo es una serpiente y los celos sabandijas. También dijeron que no hay un dios del amor, sino de la desdicha, y que todos los dioses andaban confabulados...

—Disparates, disparates que inventa... —gritó Corsino, a punto de alcanzar a su hijo con otra bofetada.

—¿Te pillaron...? —quiso saber Romo—. ¿Se dieron cuenta de que estabas debajo de la cama...?

—Yo mismo salí... —confesó el sobrino—. Si me hubiesen caído encima, me habrían matado. Entonces dijeron que me metiese en el armario, que nada malo querían hacerme, que ya eran bastante desgraciados ambos.

—¿No les escuchaste otra cosa...?

—Ninguna. Me vieran como me vieran, más pena que nada les daba. El hombre desnudo también daba miedo. Todo lo que vi en su cuerpo fueron cicatrices. Y estaba tuerto. Había dejado el ojo en la mesita. Era un balín de cristal.

—¿Y ella...?

—De ella no hablo.

—Tienes que hablar... —le ordenó Romo.

—Cuando don Sirio contó en la escuela... —dijo Telurio poniéndose de pie, pero sin separar los brazos— que Dios creó a Eva de la costilla de Adán, advirtió que no era bueno que la imagináramos en ese instante, ya que de aquélla no estaba visible ni imaginable, que había que aguardar un rato para que cogiese la hoja de parra. Entonces, que yo sepa, sólo la imaginó Tarilo, el hijo de Fericio el ferretero, y nos lo contó. Era igual. Ella era lo mismo: la Eva de don Sirio y del hijo del ferretero. Sin la hoja de parra.

—Calla, calla... —ordenó Corsino, airado—. Calla que te mato.

—La vi sin la hoja... —confesó Telurio, sin poder contener una lágrima—. La misma Historia Sagrada en la Fonda, como si el maestro la acabara de contar.

—¿Y te encerraron...?

—Me pidieron que los perdonara. El hombre me dio la mano, la mujer me besó en la frente. Él me hizo el regalo, ella dijo que, a veces, mata el amor como asegura la letra del tango que, poco antes, cuando tanto se movía la cama, cantaba él.

—¿Qué te regalaron, hijo, qué se les ocurrió a esos pobres alipendes...? —quiso saber Bolupia.

Telurio abría los brazos.

Lo hizo con mucha reserva, como si temiese la ira todavía contenida del padre.

Luego extendió la mano derecha y les mostró, entre los dedos temblorosos, la piedra reventona prendida en el anular, un reflejo morado, un rubí sanguinolento, un pedazo de amor y de miseria y de muerte, que nadie pudo entender.

Las palabras del matrimonio

Orda murió y Martín guardó silencio.

No era el silencio lo más ajeno a Martín Huero. Hay personas silenciosas, que hablan poco y no hacen ruido, y las hay que entronizaron el silencio en su existencia como una forma de expresarse, aunque esto pueda parecer contradictorio.

Ninguna percepción del mundo necesita palabras, tampoco los afectos. La palabra se deja como herramienta estricta para las cosas de la vida. Entonces el silencio adquiere esa dimensión del respeto y la elegancia con que algunos seres humanos dan constancia de sí mismos, de su pensamiento y emoción también, sin establecer ninguna clase de interferencia, como si la clausura de la voz encontrase la resonancia necesaria no en el gesto mudo, tan exagerado a veces, sino en el gesto silencioso.

Martín estuvo al lado de su esposa hasta el momento mismo de su fallecimiento.

Revoloteaban alteradas las hijas, extremadamente ruidosas y con el llanto fácil, y subían y bajaban los yernos, más atentos a la figura inerte del suegro, que, tras el fallecimiento, puso una mano en la frente de Orda, mantuvo un segundo los dedos temblorosos sobre sus ojos cerrados y salió de la alcoba.

El silencio contenía mejor que nada todo lo que Martín pudiese expresar en aquellos momentos.

Era, a no dudarlo, un silencio grave, donde la memoria del esposo recababa el vacío mortal de todas las palabras de la vida del matrimonio, situando cada una en su justo lugar. Y era posible que aquello sucediese así, si entendemos que las escuetas palabras de Martín podían recordarse y contabilizarse mejor que las más numerosas de cualquier otro.

El cuerpo altivo del viudo que, por edad y reciedumbre, todavía conservaba la buena planta de los años mozos, se acercó a la escalera, rechazando a la salida de la alcoba el abrazo sollozante de la hija mediana y la mano solícita de uno de los yernos, y cuando puso el pie derecho en el primer peldaño comenzó a abandonarse.

Es posible que las palabras del matrimonio, las que pertenecían a la soterrada intimidad que el recuerdo del silencioso recobraba, como gemas de un tesoro nada copioso, causasen en aquel instante esa especie de rendición que suele provenir de la memoria. Sobre todo, de la memoria que se abre como un abismo cuando la muerte la destapa. Los seres queridos dan el paso adelante y, cuando la muerte hace desaparecer el mínimo fulgor de la carne, el recuerdo ilumina lo que de ellos retuvimos, lo que más nos compromete de su existencia.

Sólo había que verle bajar la escalera, diría Camuzán, el yerno pequeño, que precisamente le aguardaba abajo, para darse cuenta de que su suegro se había entregado. En los catorce peldaños se apreció perfectamente cómo aquel cuerpo empezaba a desmoronarse, igual que si los hombros se cerraran como las alas de un pájaro espetado.

Bajó y no dijo nada. Había parientes en la cocina, vecinos en el corral. Unos se atrevieron a acercarse, la mayoría no. El silencio del viudo incrementaba la propia aureola del silencioso y, desde aquel momento, todos respetaron la distancia que achacaban a su abatimiento.

Al entierro no fue.

La hija mayor se quedó en casa para acompañarlo. En el escaño de la cocina había un bicho callado que impregnaba la atmósfera de sufrimiento.

Eso empezó a parecerles en seguida a todos: un bicho que convivía con la herida de su desolación, ajeno y torpe, una especie de animal oscuro que rumiaba la pena sin que nadie existiera a su alrededor.

No parece un ser humano, decía el yerno mayor, porque nada hace de lo que los seres humanos hacemos, ni siquiera habla y mira. Es un hombre echado a perder, en proporción a lo reservado que fue siempre. El día que murió mi suegra, se derrumbó sin remedio.

Ése era el proceso en que Martín Huero caminaba hacia la desaparición. Un proceso de cuyo interior nadie tenía la llave, y que en el exterior era fácil de apreciar: el cuerpo del silencioso decrecía encogido, como si aquella íntima ruina lo empequeñeciera. Cada día resultaba más desproporcionada su imagen en las Hectáreas: un punto lento y extraviado, una mácula sin voz.

La teoría sobre los viudos es igual en Celama que en casi todos los sitios. Los viudos sobrellevan peor que las viudas el destino de la vida diaria cuando, pasado el tiempo preciso, la pena se nivela. También son más proclives a buscar remedio. Un viudo con un razonable ámbito familiar, sea pobre o rico, subsiste penosamente pero sin mayores acicates: el mando en plaza ayuda al olvido, el día a día agranda la autoridad cuando el carácter no afloja. Algunos transforman la soledad en un manantial de genio y amargura.

—El caso de Huero es especial... —opinaba Aníbal Sera en el Casino de Anterna—. Ese hombre taciturno nos viene dando un ejemplo de amor, no le deis más vueltas.

Otros ejemplos de amor y desvarío se vieron por las Hectáreas, pero la soledad del silencioso podía hacer más triste, o más patética, aquella lenta desaparición que, a los tres inviernos de la muerte de Orda, reconvertía a Martín en el viudo más pequeño del Territorio.

Ya para entonces se le nombraba poco. Los seres humanos que mantuvieron la prestancia y la altivez se borran antes que los que siempre fueron canijos, porque la prestancia soporta peor la decadencia, y la pequeñez es una manera de andar más o menos arrastrado que dura toda la vida.

Hasta que se supo que el silencioso hablaba; que, por aquella vía de la distancia y el olvido, las palabras resultaban una fuente secreta no de comunicación con los demás, sino consigo mismo.

Entonces algunos pensaron que Martín Huero era un impostor o que la extrema misantropía también derivaba de un mal digerido orgullo.

—Desatinos y bobadas... —opinaba Aníbal Sera—. El pobre Martín está en la fase final de la desaparición, más cerca que nunca, después de estos años, de quien siempre le escuchó y quiso, que no es otra que Orda. ¿Dónde habla, de qué habla...? Sentado al pie de la tapia del Argañal, con las lagartijas. ¿Y qué cuento les cuenta...? Sólo tenéis que acercaros una tarde a escucharlo.

Aníbal tenía razón, era un ejemplo de amor, ninguna otra cosa.

Orda estaba enterrada al otro lado de la tapia.

La lagartija asomaba en las piedras, al sol de la siesta, el último verano de Martín, y lo que Martín decía forma parte ahora, tantos años después, de lo que en Celama se dicen o se quieren decir los novios. También de alguna cancioncilla de las que cantan las niñas cuando saltan a la comba.

—Ven, ven, ven, que con los dedos de la mano te quiero coger, el pulgar, el meñique, el índice, el anular, el corazón, los que bastan para que sigas sabiendo quién soy...

En los labios de Martín no sonaba como una cantinela. Las palabras en los labios del viudo no tenían música.

—Ven, ven, ven... —volvía a musitar, y la lagartija alzaba la cabeza y corría veloz por las piedras hasta llegar a la mano, que permanecía más quieta que nunca cuando el bicho comenzaba a recorrer los dedos—. Ya lo sabes... —decía entonces el viudo, con una voz casi ronca—. Ahora corre, y se lo dices a ella...

IV. Señales de muerte y desgracia

El mal presentimiento

El cuento lo cuento como se lo oí contar a Santos Do-rama en Hontasul, la noche que murió su suegro, mientras lo velaban, cuando ya habían certificado la defunción y tomábamos unas copas de aguardiente en la cocina.

El peor muerto del Territorio, dicen los que cuentan, que suelen ser los que mejor hablan, se llamó Veridio, y la razón de ser el peor se debe a la falta de conformidad.

Lo propio es que los muertos tomen razón de tales sin más aspavientos que los que desde la enfermedad los llevan al otro barrio.

El caso de mi suegro, sin ir más lejos —citó Santos Dorama, y como el cuerpo presente estaba en la habitación de al lado, todos los que en la cocina tomábamos la copa llevamos, casi sin querer, la mano a la sien en señal de res-peto—, que, pese a las aprensiones de quien siempre tuvo mala salud, se hizo a la muerte con la única queja de lo que al final tardó en llevárselo. Lo natural es aceptarla con mayor o menor resignación, y el muerto contestatario, el que la enfrenta y se niega, lo es más por efecto del desva-río que de la voluntad, creo yo.

Pero el cuento que se cuenta de Veridio demuestra que un mal muerto puede poner a la mismísima muerte en entredicho.

Muerto mortal, decía de él mi tía Enelda, que me con-tó el cuento de niño. Muerto morido, lo llamaba mi prima Toza, que temblaba de miedo y admiración cada vez que lo escuchaba: un hombre así para mí quisiera, morido en la pelea de la muerte, sin reconocerla, más valiente que cualquier misionero del Amazonas o que el pastor de Abrados que mató al Lobo Consilio con una cuerda.

El aviso de la muerte lo sintió Veridio la mañana de un Día de Difuntos, poco después de haber cumplido los treinta y dos años, no me digáis que no es casualidad, pero si estas cosas no pasan en los cuentos, ¿dónde pueden pasar...?

Se levantó como siempre y, también como siempre, antes de atender el requerimiento de su madre, que desde la cocina le avisaba que el desayuno iba a enfriársele, se miró en el espejo del armario y lo que vio en sus propios ojos no le gustó nada.

Dicen los que cuentan, que también suelen ser los que más saben, que la muerte se anuncia en las pupilas, sobre todo cuando se quiere dejar sentir, y hace un guiño a uno mismo desde el otro lado del espejo.

Lo que percibió Veridio nadie sabe a ciencia cierta lo que fue, el caso es que no le gustó nada. Bajó a desayunar, tomó el café frío, caviló un rato y le dijo decidido a su madre:

—Venga quien venga a preguntar por mí, sea vieja, doncella o rapaza, le dice usted que Veridio está en la Hectárea sin otra indicación, y ahora mismo me busca la capa del abuelo Fromentino, la cayada de mi tío Alce y las botas de mi padre, aquellas con las que sirvió al Rey en el Cuartel de Aranjuez.

La madre de Veridio calló el pesar y la preocupación que el encargo le proporcionaba, y del armario sacó lo que pidió el hijo.

196

—Tales muestras —musitó para ella cuando Veridio se fue sin permitir que el perro lo siguiera— son propias del que amaneció pesaroso: un mal presentimiento, un dolor del pecho o del alma...

A media mañana llamó a la puerta una niña rubia que hacía girar un aro en la mano derecha.

—Vengo a jugar con Veridio —dijo la niña—, dígale que salga. El aro por el surco lo haremos rodar y en cuanto corramos tras él, los dos de la mano, veremos brillar el aro y, al alcanzarlo, será de oro como de oro son las pulseras y las sortijas de las novias más ricas de Celama.
—Veridio se fue a la Hectárea... —dijo la madre, sin poder quitar los ojos del aro que la niña lanzó al aire disgustada mientras en el corral ladraba inquieto el perro.

No había pasado una hora cuando volvieron a llamar a la puerta.
Había una doncella vestida de blanco: blanca la piel, verdes los ojos, un pañuelo de seda en la mano.

—Vengo a ver a Veridio —dijo llevándose el pañuelo a la frente, donde la piel brillaba como el mármol—. Si un beso en la frente me diera, se me iría este dolor que desde niña no me deja. El pañuelo quería regalarle como prenda de mi agradecimiento. No hay novia en Celama que tenga otro igual.
—Veridio se fue a la Hectárea... —repitió la madre, y no pudo contener el temblor de la mano al cerrar la puerta, pues había advertido un fulgor de llamas verdes en los ojos resentidos de la doncella. El perro volvió a ladrar.

Ya era mediodía cuando llamaron otra vez.

La vieja que lo hacía no tenía cara. Un velo caía de su cabeza y todo el cuerpo, reclinado y enjuto, estaba cubierto por el paño negro que ni siquiera dejaba descubrir sus pies.

—Dígale a Veridio que salga —dijo la voz oscura de aquel ser oscuro—. No hay más hora que valga, ni más alhajas ni prendas, se acabó lo que se daba.

—Veridio está en la Hectárea... —dijo la madre, sin que las palabras apenas le llegaran a la boca, mientras el perro aullaba como un lobo.

—Fíjese bien... —dijo la vieja, y bajo el paño mostró un filo de acero ferruginoso, una punta de guadaña—. No la burló el Emperador de Asiria ni el Khan de Mongolia ni la Reina de Inglaterra ni el sucesor de la silla de San Pedro, cuanto más un alfeñique de esta tierra de pobres. Que salga, porque lo que demore deberá saldarlo con mayor sufrimiento.

—Ya le dije que está en la Hectárea —repitió amedrentada la madre y cerró la puerta, sobre cuyos cuarterones el filo de la guadaña hizo una raya de la que acabaría desprendiéndose un hollín verde.

En la Hectárea estaba Veridio, haciendo la labor como otro día cualquiera, sólo que éste no iba vestido como acostumbraba: la capa del abuelo Fromentino disimulaba su cuerpo y lo hacía mayor, la cayada del tío Alce le hacía aparentar una persona más cabal, y las botas de su padre bien pudieran ser de siete leguas por el garbo con que se movía.

De noche volvió a casa, llamó a la puerta y ladró el perro en el corral.

—Abra, madre —pidió—, y si no se fía mire el paño de la capa, el nudo de la cayada, el brillo de los clavos de las botas.

—Ay, hijo... —suspiró la madre—, la rapaza quiere que con ella juegues, la doncella que la frente le beses, la vieja dice que no hay más hora que valga y que se acabó lo que se daba. Fue ella la que con la guadaña rayó la puerta.

—Ni se preocupe... —aseveró Veridio—. Con treinta y dos años, uno menos que Jesucristo, no tengo ninguna gana de entregarme y la Muerte ya puede rabiar. Ni juego, ni beso, ni accedo. Usted con decir que estoy en la Hectárea ya cumplió: si algo hay en Celama que no se sepa distinguir, son las Hectáreas, que del terreno hacen la misma tierra, igual proporción y medida, a no ser que se supiese nombrar cada una, cosa improbable.

Y así fueron pasando las mañanas y los mediodías, siempre con la misma canción: la niña que venía con el aro y a la puerta llamaba, la doncella que se llevaba el pañuelo a la frente, la vieja cascarrabias que nombraba al Emperador de Asiria y al Khan de Mongolia y a la Reina de Inglaterra.

—Veridio está en la Hectárea... —repetía una y otra vez la madre y ladraba o aullaba en el corral el perro, que en ocasiones saltaba la barda con el desafío de las patas temblorosas y el rabo enhiesto.

A los días sucedieron los meses, y para la siguiente primavera estaba seguro Veridio de haber burlado a la Muerte, aunque ninguna mañana, al levantarse y verse los ojos en el espejo del armario, dejó de percibir aquella huella que nada le gustaba: lo que pudiera ser el resplandor oscuro de una mirada al otro lado del espejo.

Aseguran los que dicen y cuentan, constató Dorama, que apuraba la copa de aguardiente sin que quienes le escuchábamos hiciésemos otra cosa que atender embobados el cuento, que de algunas de las trampas que en esos meses le tendió la Muerte a Veridio salió sano y salvo, por lo bien que supo prevalecerse.

La capa del abuelo Fromentino disimulaba el ir y venir, porque con ella parecía tan viejo como el propio abuelo. Con la cayada del tío Alce ahuyentaba a quien quisiera husmear, ya que en los nudos de la misma silbaba el viento al varearla y daba auténtico miedo. De que la Muerte puede tener miedo nadie ha dicho nada, pero de que algunas de sus emisarias llegaran a asustarse por las Lindes y los Pozos no hay que extrañarse.

Con las botas con que su padre sirvió al Rey en Aranjuez corrió Veridio como alma que lleva el diablo, aunque ésta no sea la mejor manera de decirlo. Al menos seis veces, en aquellos meses, lo esperó la Oscura Señora, aprovechando que la luna se compinchaba con ella, y había que ser lo joven que era Veridio y correr lo que aquellas botas corrían para despistarla, del Bardán al Poruelo, por las Heminas y las Norias, hasta el último camino del Confín.

Muerto mortal que no quiere, muerto morido que no se conforma, aquí en Celama tampoco la Muerte hace distingos, sólo hay que asomar a la habitación de al lado y ver lo que queda de mi suegro, dijo Dorama, pero acaso fuera el mejor sitio para que un buen mozo le echase un cuarto a espadas, habida cuenta de lo que la Muerte significa en el Territorio.

Esa Oscura Señora siempre supo que nos tenía más preparados que en cualquier otro lugar, porque no es precisamente la vida lo que contiene la tierra que pisamos: de una encarnadura más sospechosa está hecha, si de ello somos conscientes, aunque me parece que me estoy saliendo del cuento, y lo que quiero es contarlo, no rezar un responso.

—Lo que deberías es decirnos de una vez cómo se las apañó Veridio —opinó Morado, que estaba en la mesa sentado a mi derecha—, porque el problema que tiene el cuento, tal como lo cuentas, es que dura más de la cuenta. Yo a mi abuela Eladia siempre le oí decir que contar tiene que ver con medir, y que a lo bien contado no le queda otro remedio que estar bien medido. Atente al cuento.

—Vamos a ello... —consintió Santos Dorama—. Escucháis sin beber y me hacéis ir más deprisa de lo que se debe, aunque lo que gasto en palabras lo ahorro en aguardiente, vaya lo comido por lo servido.

La Muerte aguantó sin achantarse, y eso que las celadas que le tendía a Veridio no daban resultado. La Hectárea jamás supo la que era para ir por él allí. A la rapaza y a la doncella las liberó de su cometido, iba a encargarse ella misma del asunto. ¿Y qué hizo...? Está más claro que el agua: dejó correr el tiempo, se resignó a no llevarlo en su hora, admitió esa derrota que hace de Veridio un héroe del Territorio, uno de esos que hay que emparentar con los Garbancitos y los Bertoldos de los cuentos que nos leía el maestro de Hontasul.

Pasó el tiempo y la que murió fue la madre de Veridio, y a la buena mujer nadie le vino con el aviso: ella no se miraba cada día en el espejo, le bastaba con limpiar del peine las canas que de blancas se habían vuelto amarillas.

—Aquí estoy, amigo mío... —le dijo la Muerte a Veridio al pie de la fosa de su madre. Esa tarde el luto no le permitía llevar la capa ni la cayada, ni siquiera las botas—. ¿Quieres aprovechar el mismo entierro, evitarles otro viaje a los deudos y familiares que vinieron de fuera, trabajo al sepulturero...?

—Ya que tanto te costó… —le dijo Veridio a la Muerte—, vas a concederme el capricho de jugar con el aro de la niña y limpiarle la frente a la doncella con el pañuelo.

Los que cuentan dicen que la Muerte sonrió, no se sabe si con sorna o maravillada del temple de aquel mozo. Esto de que sonría la Muerte sólo pasa en los cuentos de Celama, donde la Oscura Señora tiene más confianza que en ningún otro sitio del mundo, queda advertido.

—Concedido… —dijo la Muerte—, pero ahora voy contigo a casa y me das la capa, la cayada y las botas.

Veridio cumplió lo prometido.

A la mañana del día siguiente vino la niña rubia y llamó a la puerta. Fue el propio mozo el que abrió.

—Vengo a jugar contigo… —dijo la niña y lanzó el aro al aire.

En la fuente de la Plaza aguardaba la doncella, que acababa de mojar el pañuelo en el agua.
El perro había ladrado en el corral, no se sabe si inquieto o jubiloso, cuando Veridio salió de casa y cerró la puerta con llave.

—Ya voy, madre… —dicen que dijo los que tanto saben y cuentan—, no por obligación y cumplimiento, sino porque me cansé y me dio la gana.

Los tributos del agua

Hubo algunos sueños parecidos, más que sueños pesadillas, pero como el sueño es la experiencia más solitaria y secreta de nuestra condición, a nadie se le ocurrió ir contándolos por ahí, entre otras cosas porque la materia de los mismos era tan ingrata que a lo único que incitaba era a olvidarlos.

Se supo de ellos porque, a la hora de explicar aquellos raros sucesos, cuando éstos transcendieron y todos supieron de veras lo que había pasado, los dichosos sueños cobraron ese valor de secretos que propician lo que sucede, porque todos somos más frágiles de lo que parecemos y estamos a merced de lo que quieran hacer con nosotros.

Que la vieja Armila, la solitaria viuda del Rodal, y el pobre Emerio, a quien se le reconocía la pobreza de espíritu que muchos achacaban a su destino de célibe forzoso, porque en la adolescencia había perdido en un accidente lo que por naturaleza les cuelga a los hombres, y Veda, que estaba sola desde que su marido, hacía más años de los debidos, emigró dando apenas noticia de su suerte en navidades, soñaran algo parecido, no deja de ser una casualidad avalada, eso sí, por el ambiente un tanto febril de aquellos días en que a Celama llegó el agua, cuando los que nombraban el Pantano de Burma lo hacían aún con la mala conciencia de lo que tuvo que morir para que otros viviesen.

Luego se supo que, en los tres casos, antes de los sueños hubo otro tipo de visiones, con lo que no quiero decir que fuesen sueños inducidos pero sí que, al menos, participaron del caldo de cultivo de una misma preocupación, de una común obsesión o misterio.

El sueño, tal como lo relató la vieja Armila, partía de una sensación muy ominosa e indeterminada que tenía que ver con el agua. El agua surcaba un enorme canal y la soñadora navegaba en ella tendida boca arriba, sin dirección ni control. Lo peor era sentir que los cabellos se alzaban a contracorriente, que no reposaban mojados sobre los hombros sino levantados hacia atrás, y eso le creaba un terrible desasosiego, parecido al que también sentía cuando se daba cuenta de que acababa de perder una zapatilla y el pie desnudo no rozaba el líquido frío, sino algo bastante más espeso.

Eso duraba el tiempo infinito o instantáneo que duran las cosas que se sueñan. Luego el agua del canal se estancaba, quiero decir que de pronto se quedaba quieta, que ya no corría. Y entonces el cuerpo de la vieja Armila flotaba dando vueltas sobre sí mismo pero con mucha suavidad, como si lo mecieran.

Y era en ese instante cuando empezaba a percatarse de que el suyo no era el único cuerpo que flotaba en el canal, que la corriente, ahora detenida, había traído otros muchísimos cuerpos, una auténtica avalancha de ellos, con la terrible diferencia de que estaban inanimados y apenas se movían con torpeza, como gabarras mortales que provinieran de alguna recóndita esclusa.

—Tanta mortandad... —decía la vieja cuando su sobrina Gilda la recogió, después de que todo se hubo aclarado— es el peor presagio para lo que Celama vaya a ser en el futuro. Porque esos cadáveres mojados ya podemos figurarnos de dónde vienen, sabiendo como sabemos que la mayoría de los cementerios de Burma bajo el agua del Pantano quedaron, porque los Montañeses se negaron a vaciarlos con la idea de que los que reposaban en ellos en su sitio estaban...

Los sueños de Emerio y Veda eran parecidos, porque la materia fundamental de los mismos eran esos cadáveres mojados que llenaban canales y acequias, con el detalle añadido de que Veda los veía desembocar en las Hectáreas, por los desagües que los esparcían como frutos fúnebres entre el óxido de los barrizales, y Emerio, al contrario que Veda y la vieja, los veía desnudos, pálidas y ajadas las mujeres y monstruosamente tiesos los hombres, con la desnudez helada y rígida de su herramienta.

La visión que preludió las pesadillas, y que se fue reiterando en las noches siguientes, era exactamente igual en cada uno de ellos, lo que indica que la casualidad de los sueños, con sus variantes, lo era menos en las visiones, más calculadas y parecidas.

La vieja Armila vio un Muerto Mojado de pie en el corral de su casa, Veda lo vio sentado en el poyo de su mismo corral y Emerio reclinado en el manzano del huerto. Los tres de noche y los tres, cuando aún no habían soñado, tuvieron igual intención: decirle a aquel hombre que pasara a calentarse, porque con la chupa que tenía encima podía pillar una pulmonía.

La reiteración de volver a verlo después del sueño, una vez en el caso de la vieja y dos como poco en los de Emerio y Veda, fue lo más preocupante del asunto, sobre todo si hilamos el suceso con lo que vino luego, considerando que en ninguno de los tres casos el sueño se repitió.

—Miren ustedes... —confesaba con poca convicción Emerio en el Cuartelillo del Rodal, donde Ansúrez, el comandante del Puesto, estaba convencido de que aquella historia de fantasmas tenía un lado misterioso que sobrepasaba todas las previsiones, incluidas las del cabo Monedo, que llevaba unas semanas controlando a un extraño tipo que iba y venía en bicicleta por la orilla de los canales mayores—, yo no puedo asegurar que el Muerto Mojado sea el mismo Cobrador de Tributos, a no ser que vuelva a verlos y, después de esta declaración, me fije de veras en ambos, al Muerto casi ni soy capaz de mirarlo desde que supe que era un muerto, y el Cobrador, cómo podría decirles, ni está húmedo ni está mojado, viene vestido de la mejor manera posible y es igual de educado que de severo, quiero decir que no se anda por las ramas. Yo lo que hice fue pagarle el dichoso Tributo de la Contenta sin que hubiese ningún tipo de amenaza, sólo la mención de lo que el Tributo supone para los que en Celama nos beneficiamos del agua de los muertos del Pantano. Este hombre me pareció, antes que otra cosa, un justiciero y, eso sí, me dio miedo. Lo que tengo que reconocer, como también parece que declararon doña Armila y Veda, es que desde que pagué ya no volví a ver Muertos Mojados en el manzano de mi huerto.

El asunto había llegado al Cuartelillo con motivo de la aparición del Cobrador de Tributos, y no directamente por alguno de los tres comprometidos, sino por un avispado empleado de la Caja de Arvera, que aquellos días sustituía al director y que se extrañó de que los tres sacasen casi al tiempo la misma cantidad de dinero, excusándose en los tres casos de un pago tributario un tanto sospechoso.

—Mejor pagar por la Caja, doña Armila... —le había dicho a la vieja, con la mosca detrás de la oreja, después de haber dado a los otros el mismo consejo—, que así el pago es más seguro y hay mayor garantía de que se ingresa donde se debe...

—Quite, quite... —había comentado nerviosa doña Armila—, que viniendo el Cobrador es como antes se acaba la función.

Al enigmático ciclista lo esperó el cabo Monedo en la orilla de uno de los canales mayores, el de Furado, y lo fue siguiendo hasta una casilla de la Hemina de Valcueva, ya en los mismos Confines.

Iba el cabo de paisano y le pisaba la rueda de la bicicleta con la suya, y el ciclista cada vez que se le acercaba tocaba el timbre como cuando a uno le persigue un perro y lo toca para asustarlo.

Lo dejó llegar a la casilla, acosándolo de ese modo, y cuando el ciclista aparcó la bicicleta y se metió precipitado en la casilla, el cabo Monedo se detuvo a una razonable distancia, sacó la petaca y lio un cigarro y así, sentado en el sillín de la bicicleta mientras aguardaba fumando, se dijo con total seguridad:

—Ahora, como hay Dios que sale el dichoso Muerto Mojado con la misma intención nocturna de asustarme...

Estaba anocheciendo y en la Hemina de Valcueva corría un viento ralo.

El Muerto salió mojado y tembloroso, acaso más del frío que de la encomienda, y el cabo amartilló el arma reglamentaria y le dio el alto sin preguntar quién vive, ya que de la circunstancia de que el muerto era un vivo estaba más que convencido. Lo que sí le exigió fue que se identificara y el Muerto Mojado quiso entrar en la casilla para hacerlo, pero Monedo no iba a dejar que un Muerto de tan baja estofa se la jugase y le precedió a la guarida, donde los enseres del farsante no pasaban de los de un timador de feria.

—El caso vamos a cerrarlo con los menores comentarios posibles... —decidió Ansúrez, el comandante del Puesto, que no podía soportar la diligencia del cabo, a quien a la primera de cambio le buscó un traslado—, porque la materia de este delito puede sensibilizar demasiado al personal de Celama. Lo único que nos faltaba es que tuviéramos que investigar los malos sueños, además de los malos pensamientos, y se nos llenara el Cuartelillo de pecados mortales. Aquí, Monedo, hay que atarse a la realidad de los hechos.

La realidad de los hechos, tal como testificaron con la discreción precisa la vieja Armila, Emerio y Veda, tenía que ver con aquel hombrecillo, que en el Cuartelillo permaneció mojado, hasta que se efectuaron todos los careos y comprobaciones y firmó la correspondiente confesión.

—Tal como les dije... —confirmó cariacontecido—, me llamo Erguicio Valderaduey Ramos, y por Cobrador de Tributos me hice pasar para ir cobrando, a ser posible en la mayor cantidad de pueblos, el que he dado en llamar de la Contenta, con el que se saldan los débitos de quienes quedaron inundados en el Pantano, para que aquellos muertos se vean, aunque modestamente, retribuidos y contentos. La condición de Muerto Mojado es el adorno de lo que precisa el fraude, porque de lo que ustedes pueden estar seguros es de que en Celama, ahora mismo, los sueños de casi todo el mundo están llenos de ahogados.

Ansúrez y Monedo observaban inquietos al hombrecillo, que llevaba mucho rato tiritando.

—Ni siquiera nos deja usted el consuelo de saber que nació en alguno de esos pueblos damnificados de Burma... —dijo irritado el comandante del Puesto, repasando la confesión.

—Los que emigran jóvenes... —musitó el hombrecillo— necesitan olvidar dónde nacieron. No soy de ningún sitio que no tenga el mismo erial que tuvo Celama, así lo atestiguo.

El soñador inexperto

Inicio Vela soñó la desgracia.

El sueño y el presentimiento confluyen, por esa vía desvariada, en un paralelo temor que, a veces, procrea la obsesión más absurda.

Ese sueño lo guardó como un secreto inexpugnable y, a la vista de lo que iba a sucederle, no andaba errado.

Todos solemos ser cautos con los sueños. Hay una sensación de que lo que se sueña pertenece al ámbito más hondo de la intimidad, porque con frecuencia quebranta las convenciones de la realidad, libera ese soterrado interior que ni siquiera nosotros mismos sospechamos. De los sueños hay mucha literatura, clínica y de la otra, y aunque Inicio no la conociera tenía el suficiente sentido como para asumir su discreción.

No sé si Inicio Vela fue un soñador contumaz, probablemente no: los contumaces orientan más profesionalmente, por así decirlo, la experiencia del sueño, sin que esa experiencia sea demoledora, ya que soñar y sufrir, vender la vida al sueño, al perjuicio del sueño, no parece propio de quien sueña habitualmente y ha trivializado, como ha podido, esa experiencia.

Lo que le sucedió a Inicio parece más propio de un soñador inexperto. Un ser acorralado por el temor, recluido para defenderse de la desgracia soñada, entendiendo que esa desgracia es un presagio irremediable en un ser que no domina el resultado de lo que sueña, un dominio que se suele establecer con el olvido, cuando el hábito del sueño

211

ha puesto en su sitio las cosas soñadas, como el hábito de la vida pone en su lugar las cosas vividas.

Azara Vela, la hermana de Inicio, dijo a los parientes y vecinos que Inicio estaba malo.

No era el hombre más recio de Vericia, pero sí el más saludable de los solterones del contorno, uno de esos seres que almacenan la salud como un bien que ni se gasta ni se desperdicia, incrementándola con el orden de una existencia en la que todos los días son iguales y las horas se contabilizan con las mismas necesidades y parecidas satisfacciones.

Esa lenta bonanza que el solterón de Celama jamás altera, resignado y dócil, sumido en la costumbre que diluye cualquier tribulación indebida, logrando, con frecuencia, un equilibrio de dicha menor y un goce de las cosas insustanciales verdaderamente notable. La idea de que la igualdad de los días hace la vida menos diversa pero más profunda es una idea bastante extendida por el Territorio, y no sólo mantenida por los solterones.

Es un espectáculo verlos ir y venir por las Hectáreas, sentarse en los Casinos, compartir la botella sin que la conversación se corresponda en absoluto con el consumo de la misma, dialogar con el perro o el gato, liar un cigarro y hacer del humo de cada bocanada una nube morosa en la que el solterón, que aprecia el tabaco más que nada en la vida, aspira a remontar el cielo y alcanzar algún limbo narcótico.

En la lentitud de su costumbre, por el atardecer de las Hectáreas solitarias, se les puede apreciar una dicha liviana, una felicidad del cuerpo y el alma, ajena a las pasiones, nacida de ese sosiego con que la Naturaleza los hace suyos, porque ellos la entienden mejor que nadie.

—¿Malo de algo malo...? —le preguntaron a Azara—. Porque ya es raro que Inicio caiga por las buenas.

—Malo de no tener ganas... —dijo ella, contrariada.

—La peor maldad... —le contestaron, probablemente tomándole el pelo—. Nada tienes, nada quieres. No hay enfermedad comparable a la indolencia.

Pasaban los días y Azara hacía sus labores, huidiza y disgustada, evitando como buenamente podía que los vecinos y parientes la requirieran.

—¿Y ese hombre...?

—Lo mismo.

—Pues la echa larga, si sólo es desgana.

—Con tal de quemarme la sangre.

Dos semanas ya no era posible que provinieran de una extravagancia. En las Hectáreas cada día había más que hacer, y un hombre como Inicio jamás había destacado por la haraganería. Además, tampoco puede olvidarse que los solterones no suelen enfermar. La hora les llega habitualmente de forma sorpresiva, como si el exceso de salud acumulada pinchara y se diluyera la vida igual que se desinfla una pelota.

El tanto por ciento más elevado de muertes repentinas del Territorio corresponde a los solterones.

—Me estoy poniendo de los nervios... —confesó Azara, sin poder aguantar más.

—A todos nos tiene de veras preocupados.

—Me voy de casa y lo dejo solo, como hay Dios que lo abandono y allá se las entienda.

—Alguien tendría que hablar con él.

—No quiere. Yo la palabra se la quité prácticamente desde el primer día. Ni está malo ni lo estuvo, todo cuento, puro cuento.

Fue Dino Omega, el otro solterón de Vericia, quien decidió por su cuenta ir a ver a Inicio. Azara no quiso saber nada.

—Está arriba, en el sobrado... —le informó, molesta y escueta—. De la habitación tuve que sacarlo a escobazos y desde hace tres días se le acabó la sopa boba.

La entrevista de Dino con Inicio duró algo más de una hora.

—Lo que tiene no es del cuerpo, ni siquiera del alma... —dijo con las pocas y, a veces, enigmáticas palabras con que hablan los solterones.
—Entonces, ¿de qué...? —se le ocurrió preguntar a cualquiera. Dino Omega liaba un cigarro y había cierto temblor en sus dedos.
—Hay pájaros que dejan de volar —musitó— porque de pronto presienten que van a caer. Son pájaros presentidos, tres de cien mil como mucho. En las personas los casos son menos numerosos, pero el ser humano además del presentimiento tiene el sueño, ya se sabe que somos mucho más complicados que los bichos.

No hubo modo de que Dino contara más.

—Entonces, ¿qué recomiendas...?
—A la familia, resignación y cuidado. Los demás, lo mejor que podemos hacer es callar la boca.

De cuando en cuando volvía Dino a ver a Inicio.
Azara no lo podía soportar, apenas llegaba salía disparada, sin darle los buenos días o las buenas noches.

—Tal para cual... —decía.

—No hay que ponerse así, de algo valdrá que alguien intente, al menos, echarle una mano.

—Al cuello.

—Dino debe de ser el único que lo entiende. No parece que pueda pensarse en ninguna medicina. Habrá que tomarlo con toda la paciencia del mundo.

—Están conchabados. Lo único que faltaba es que viniera el compadre a reírle la gracia.

—De las Hectáreas no te preocupes, que no vamos a consentir que queden manga por hombro.

—Me preocupo de ver a ese haragán, que se va a morir de no hacer nada, y me quema la sangre sólo de pensar lo que hubieran sufrido mi padre y mi madre si hubiesen tenido que asistir a este despropósito.

Fueron Fermín Costal y Orestes Leva los que mentaron este asunto en el Casino de Anterna, una de aquellas tardes en que la tertulia era rápidamente sustituida por las cartas.

La decisión de hablar con Dino Omega la tomé en seguida, ya que hacerlo con la hermana de Inicio me parecía improcedente porque, tal como lo contaban, en absoluto se mostraría propicia, pero el tiempo fue pasando y la verdad es que prácticamente me olvidé de todo aquello.

A Dino apenas le había tratado, pero con su padre y su hermano Rudo había tenido bastante relación, todos ellos eran gente complaciente y generosa que me habían ayudado en las obras que hice en mi casa de Los Oscos poco antes de que viniese mi madre.

Lo encontré en el camino de Mingra, de vuelta de alguna de sus Hectáreas. Era una tarde que presagiaba lluvia. Yo venía por el camino, fumando la tagarnina, y no anduve con más prolegómenos de los debidos, fui directo al grano.

—No soy de muchas palabras... —reconoció Dino, esquivo y cabizbajo.

—Hazte a la idea de que quien pregunta es el médico... —le dije—. Lo que se cuenta de Inicio no parece muy sano. Un hombre hecho y derecho no se esconde. La idea es poder ayudarlo...

Dino aceptó una tagarnina.

—Usted habrá oído hablar de los pájaros presentidos... —musitó.

—Lo mismo que del Pirata del Yermo y el Niño de la Nieve. Los cuentos de Celama siempre me gustaron.

—Unos son cuentos, otros dichos, otros presagios y sortilegios. Lo de Inicio, un sueño.

—¿Qué clase de sueño...?

—Nadie tiene derecho a robar la intimidad de una persona. El sueño es lo más propio. Dios me libre de traicionar de este modo a un buen amigo.

—No te pido que me cuentes el sueño, sólo que me digas de qué clase de sueño se trata. Para ayudar, hay que saber. Un médico no es un cura repartiendo los sacramentos.

—El cura de Vericia no tiene mucha parroquia. Ya sabe usted que en algunos pueblos del Territorio fuimos protestantes, y algo siempre queda.

—¿Un sueño es suficiente para quitar de la circulación a un hombre sano como Inicio...?

—El de la desgracia, sí... —reconoció Dino Omega, escupiendo la nicotina—. Lo sueñas y es la verdad de la muerte la que se impone a la verdad de la vida.

—¿Y te escondes...?

Comenzaban a caer algunas gotas. Dino se adelantó unos pasos.

—No te escondes... —dijo, alzando los hombros—. Te quedas. Esta desgracia pone su señal y ya nada puede ser lo mismo. Los pájaros presentidos se caen, los hombres no se mueven, no asoman, no van a ningún sitio. Se quedan.

—¿Hasta cuándo...?

—Inicio confía en volver a soñar la liberación de ese sueño desgraciado. No sería el primero, tampoco el último.

—¿Quieres preguntarle si le apetece hablar conmigo...?

—No hay razón para que no lo intente, pero lo dudo.

—¿De salud lo ves bien, físicamente quiero decir...?

—Cuando no hay ganas, no las hay de nada. Si en un mes perdió diez kilos, en dos pueden ser quince o veinte...

No hubo medio. Inicio Vela no quería verme y su hermana tampoco.

—La única medicina, una buena paliza.

—Algún tratamiento habrá.

—Que se tire por la ventana.

—Ese camino lleva, si no levanta cabeza.

—Yo encantada de la vida. Si se tira, lo recojo. Barremos el corral y a otra cosa mariposa.

Pasó el invierno.

Alguna vez fui a ver a Dino, otras me lo encontré. Llegó un momento en que Azara le prohibió entrar en casa a visitar a su hermano, y desde entonces buscaba la ocasión en que ella no estuviese.

—La salud, por lo que voy viendo... —me informaba—, no se le quebranta más. Tampoco ha seguido adelgazando. Del sobrado apenas baja para lo imprescindible y nadie le guisa, pero allá arriba tiene alimento suficiente. Yo creo que de aquí al verano soñará lo preciso, hay que confiar en Dios.

Recuerdo una primavera helada.

217

La vaticinó Aníbal Sera en el Casino de Anterna. Ya veréis lo que es bueno: el viento que vuelve del Norte y del Saliente como si del invierno no lograra despedirse.

El terreno era un puño de metal sangrante.

Daba miedo cruzar las Hectáreas con aquel filo de navaja mellada que podía sajar a cualquiera que alzase la cabeza. Todavía nevó, y el cierzo hizo un puré de cristales que estallaron como ascuas en la atmósfera galvanizada.

Fue uno de aquellos días, a lo mejor el más helado de todos, cuando Inicio salió de casa y volvió a sus Hectáreas, exactamente a la Hemina del Cedal.

—Allí lo tiene... —me dijo Dino Omega sin demasiada alegría. Toda Vericia lo vio salir de casa, más viejo de lo que era cuando se escondió, aunque tampoco fue tanto el tiempo pasado, con algunas dificultades para moverse, pero tan decidido como siempre, la herramienta al hombro, la colilla en el labio...

—Ahora no se negará a verme... —aventuré.

—Yo lo desaconsejo, o al menos mentarle lo sucedido, y en ningún caso hablarle del sueño. La desgracia se sortea, e Inicio puede que la haya sorteado, aunque no estoy convencido, pero el lugar de la misma es el lugar de la misma, la tierra y el cielo están cada uno en su sitio.

—¿Qué me quieres decir...?

—Nada especial. De los solterones se habla demasiado en Celama porque nosotros mismos lo hemos consentido, y ya no hay remedio. Olvidarse es lo mejor, ojalá dure.

Lo que tenía que durar, que yo nunca tuve muy claro, duró un año más, si a lo que Dino se refería era a la salvaguarda de la desgracia de su amigo. Justo un año más, porque Inicio murió la siguiente primavera.

Fue el rayo de una tormenta en la propia Hemina, bajo el chopo que en su juventud plantó su abuelo Crisantemo, un chopo viejo y solitario en la Llanura desolada.

—Una lumbre que revienta en el cielo... —dijo Dino Omega cuando volvíamos del Cementerio del Argañal—. La vio en el sueño, estallando en la ventana, al despertar asustado. Tenía que haber hecho caso del pájaro muerto que encontró en la Hemina el día que volvió, al pie del chopo precisamente. Un bicho carbonizado que vaya usted a saber con qué presentimiento volaría...

La circunstancia y la coincidencia

—Morir es una circunstancia... —dijo Merto al tiempo que le caía la ceniza del puro en el chaleco, lo que motivó que todos nos fijáramos en la diminuta pavesa que haría un agujero en la tela del mismo, sin que acabásemos de enterarnos de a qué venía aquella pomposa aseveración que remataba algo que acababa de decir.

—Morir es una coincidencia... —musitó entonces Abelardo Rilma, y el silencio que pocas veces fraguaba más allá de un instante entre los contertulios del Casino de Santa Ula se prolongó mucho más de lo debido, como si las dos aseveraciones concertaran, sin venir a cuento, una carga de profundidad que necesitaba un rato para ser digerida.

—¿Por qué lo dices...? —quiso saber Aurelio Oceda, y fue Abelardo el que se dio por aludido, aunque no estaba muy claro a quién se dirigía Aurelio.

En aquel rincón del Casino, cualquier miércoles a las cinco y media, en los otoños que doraban el ventanal con el brillo terroso del metal noble envejecido, el humo de los puros adensaba la cortina, y en el remate de la tertulia no eran raras algunas consideraciones indeterminadas y perezosas que se compadecían muy bien con esa pacificación postrera que sobreviene cuando ya parece que se dijo todo.

—Lo digo por Pina y por Reboldo, acordándome de la muerte de don Urido y de doña Marmida. La coincidencia que puso de relieve no ya lo poco que somos, sino lo mal que lo apreciamos.

—Es verdad... —convino Merto, sacudiéndose el chaleco—, aunque circunstancia y coincidencia sean patas del mismo banco. Pina y Reboldo afrontaban la enfermedad de sus respectivos suegros y alguna previsión más o menos podrían hacerse, pero no un desenlace de tamaña categoría.

—Si lo cuenta uno... —propuso Aurelio Oceda— igual nos enteramos mejor. La circunstancia será más clara y la coincidencia tendrá su punto.

—Que lo cuente Merto... —cedió Abelardo—. Hablamos de muertos que tienen mejor contabilizados los de Anterna que los de Santa Ula.

—Ni hablar... —dijo Merto, y todos los demás cabeceábamos en los sillones, sin aventar la liviana modorra del humo y el oro viejo, como si la tarde estuviese a punto de jubilarnos—. Tú acabas de mencionarlos y a ti te compete, si es que los presentes quieren de veras saber lo que pasó.

—Yo sí... —afirmó Oceda—. De Pina y Reboldo oí hablar, de los suegros ni idea.

—Lo cuento... —accedió Abelardo—, pero me ayuda Merto.

—Qué pesados sois... —dijo Salvidio guiñando el ojo—. Tengo el negocio cerrado, ninguna gana de abrirlo, y con cualquier cosa me proporcionáis la coartada. Cuenta tú, Abelardo, y que Merto invite a otra copa.

—Ni hablar del peluquín... —se excusó Merto—. Vete a abrir, que a estas horas a más de un cliente tendrás despistado.

—En Almacenes Regencia nadie se despista... —aseguró Salvidio—. Los útiles del ferretero no son los mismos que los del agrimensor. Se distinguen igual que el metal y la gleba.

—Al grano, por Dios... —pidió Aurelio Oceda.

Abelardo tenía apagada la colilla del puro y jugaba con ella entre los dedos.

—Pina y Reboldo vivían en Sormigo. No es fácil acordarse de ellos porque, más allá de la circunstancia y, sobre todo, de la dichosa coincidencia, no hubo en su vida razones de relieve, otra cosa es que las hubiera en su muerte. Dos más de Celama, del montón: un matrimonio bien avenido, sin hijos, con las Hectáreas de rigor y la costumbre como norma de su existencia.

—Me parece que caigo... —dijo Salvidio—. La costumbre de ese grado no da apariencia ninguna, pero en Sormigo murió el mismo día un matrimonio, y eso sí que lo oí decir.

—Ya me chafaste el final... —se quejó Abelardo—. Si lo sabes y quieres contarlo te cedo la vez, pero si no quieres es mejor que te calles o vayas a abrir el negocio.

—A los clientes conviene desairarlos para que luego aprecien mejor el género. No lo sé, no te pongas farruco, oí campanas.

—En Anterna vivía don Urido, padre de Pina, viudo de solemnidad. Aquí en Santa Ula doña Marmida, madre de Reboldo, también viuda. Suegro y suegra según las obligaciones familiares de uno y otra, hijos únicos ambos y en disposición de echar una mano cuando hiciera falta.

—¿Por qué lo llamas viudo de solemnidad...? —quiso saber Oceda.

—Por la persistencia y la aureola, ¿por qué otra cosa iba a ser? Las viudas de la Llanura tienen su estatuto, los viudos no. La calidad de viudo se gana poniendo a prueba el amor propio. Don Urido tuvo que espantar a las candidatas como se espantan las moscas. A la mujer la perdió joven, pero no la olvidaba.

—Caso raro... —convino Oceda—, porque no hay viudo que anteponga el recuerdo a la necesidad, una vez superado el trance.

—Te cito ahora mismo media docena de viudos que desmienten lo que dices... —dijo Merto.

—Más del doble te puedo citar yo... —aseguró Oceda—, y con el agravante de que no respetaron el año de luto.

—La discusión es vana... —terció Salvidio—. Los hay de solemnidad, los hay perentorios, y los hay que trabajan en ambos frentes. Mi tío Morino, sin ir más lejos: primer envite, siete meses después de fallecida mi tía Crisálida, segundo envite, cinco años después de muerta mi tía Oliva. ¿Estado actual del interfecto? En amonestación para las terceras nupcias. La familia avergonzada y él tan campante: setenta y dos años por cuarenta y uno de la prometida.

—Sigo si me dejáis... —pidió Abelardo, que había logrado encender otra vez la colilla del puro—. Don Urido lo era de solemnidad, y no rebajo medio milímetro. Un hombre recio, taciturno. Bien distinto de su consuegra, doña Marmida, que era delicada y alegre. Pina nunca había visto enfermo a su padre, triste y melancólico siempre, pero malo no, por eso, al percatarse de que algo le pasaba, algo serio, se preocupó de veras. A don Urido y a doña Marmida les gustaba que sus hijos se ocuparan de ellos, pero siempre quisieron vivir solos. De Anterna a Santa Ula iban y venían, desde Sormigo, Pina y Reboldo y, desde el punto y hora en que los viejos cayeron malos, los viajes se precipitaban. Porque también doña Marmida cayó de aquélla, con achaques más serios.

—La vida misma... —dijo Salvidio—. Mal que advierte, mal que mata, cuando el mal es verdadero. No haces caso y es lo mismo, el mal no respeta.

—Espera... —dijo Aurelio Oceda—. No adelantes acontecimientos.

—Están bien adelantados... —reconoció Abelardo—. Cada suegro en su casa, cada suegro en su cama. Pina y Reboldo de un lado a otro. Aquello ya no tenía solución.

Mes y medio más tarde estaba claro que en ninguno de los dos casos había nada que hacer.

—Está determinada la circunstancia, y ahora se perfila la coincidencia... —comentó Merto.

—La Nochebuena del año que fuese... —continuó Abelardo—, porque el año no lo sé. Los hijos estaban cambiados, quiero decir que aquel mediodía Pina estaba con su suegra y Reboldo con su suegro. Murió don Urido, murió doña Marmida: la misma hora, minuto arriba o minuto abajo.

La cortina de humo se difuminaba, el brillo terroso del ventanal perdía fuerza. Alguien acababa de mover el sillón y la tarima se resentía con su lamento huraño.

—Lo que Pina y Reboldo pudieron sentir, todavía ajenos a la otra noticia fatal que les aguardaba, establece una simetría sobre el destino que por un instante, como dijo Abelardo Rilma, los hace dueños de esas penas filiales transferidas. También la coincidencia es una premonición de lo que a ellos les acabará sucediendo. Pina pensará en Reboldo al cerrar los ojos de doña Marmida. Reboldo pensará en su mujer al cerrar los ojos de su suegro. En la casa de Sormigo no hay nadie, la cama matrimonial sin deshacer en los últimos días.

—En cualquier caso... —dijo Salvidio—, de morir se trata.

—Por enfermedad o de muerte natural... —dijo Abelardo Rilma que, al fin, se había deshecho de la colilla del puro—. En Sormigo murieron años más tarde Reboldo y Pina, también el mismo día y prácticamente a la misma hora.

—¿Y en la misma cama...? —inquirió curioso Quintín, el camarero, que hacía un rato que se había acercado al rincón y aguardaba para cobrar las consumiciones.

—No, porque Pina sí estaba muy enferma pero Reboldo no tenía nada, al menos nada aparente. Ella en la habitación, él en el poyo de la entrada de la casa. Pudo escuchar
el llanto de las mujeres que la atendían, el grito de alguna,
vete a saber. El corazón, un derrame, no se supo.

—La coincidencia que dijiste... —opinó Salvidio.

—Y el azar que la justifica... —pensaron los que no
habían abierto la boca.

El rastro de la belleza

Pasó mucho tiempo y hubo muchas muertes mientras sacamos las primeras conclusiones.

La mortandad se extendía, ya no era sólo en las desperdigadas aldeas del Norte, donde se inició: la sorpresa empezaba a saltar en cualquier parte.

Todo había comenzado un jueves de enero.

Después de las navidades, que fueron muy nevadas, el tiempo se rehízo y aquel enero, como tantos otros, trajo el filo de la helada con el contrapunto del sol, esa luz de vidrio que transparenta la tierra.

Había manchas de nieve y de hielo por los caminos, pero la mañana resultaba agradable, sobre todo si se iba bien abrigado.

En la Linde de Aurora me encontré con Bastián, como siempre acompañado por Lancedo. Me vieron llegar de lejos y aguardaron pacientes. Mi mula tomaba el paso lento y ya nada la hacía desistir, ni siquiera avistar a Lancedo que en seguida se ponía a saltar y corretear a su alrededor, como si a la mula le molestara el jugueteo del perro y, a la vez, se complaciera de tenerlo al lado.

—No parece que vayáis a una urgencia... —dijo Bastián, que estaba vestido con la indumentaria del cazador invernal, el capote, las botas altas, pero no traía escopeta.

—Con llegar a Morilbo nos conformamos. Una vieja caduca y un anciano achacoso no dan más de sí. La mañana acompaña.

—Pues yo voy a hacer lo mismo: acompañaros. Algo pasó en Morilbo que quieren que vea.

Bastián Loraz era un albéitar sin título, pero con la experiencia que dan el tiempo y la afición, quiero decir que ejercía informalmente de veterinario, sin minutas ni recetas, atendiendo los requerimientos de los conocidos y de aquellos que, confiados en su sabiduría y generosidad, solicitaban su opinión y ayuda.

Bastián vivía en Dorema.

Vivía solo desde la muerte de su madre, doña Cima.

No había sido hijo único, había tenido una hermana llamada Día que murió muy joven y en Celama había dejado la aureola de su belleza, como un punto de referencia insoslayable en cualquier comparación que se hiciese.

No la llegué a conocer, a doña Cima sí. Fue una mujer que almacenó el cariño de sus hijos como la fuente de una vitalidad desbordada y que, sin embargo, vio secarse esa fuente porque los hijos la dejaron sola sin ninguna razón, al menos conocida.

Día se fue a Ordial y Bastián desapareció de Celama, muchísimo más tiempo del que correspondería a sus estudios inconclusos.

Lo que supusiera el secreto familiar de la soledad de doña Cima no se sabía, aunque mi amistad con Bastián resultaba suficiente para revelarlo en parte. A veces, en su condición de estoico, alcanzaba una de esas fases de depresión y melancolía que se aliviaban avivando las confidencias.

El caso es que Día murió en Ordial, joven, hermosa, al menos en el recuerdo porque no era fácil que alguien la hubiera vuelto a ver, y ajena a la madre, que había encauzado los restos de vitalidad en algunos pleitos absurdos y en la compraventa de las más inútiles Hectáreas, cosa bastante frecuente en el Territorio.

Regresó Bastián y la acompañó hasta su muerte.

Yo iba mucho por la casa de Dorema, la atendí en su enfermedad. La soledad que aquella mujer había conquistado irradiaba en los pasillos y las alcobas una linde que limitaba perfectamente con la soledad del hijo. Dos seres callados en una casa grande.

Los retratos de Día estaban por todas partes. Los ojos negros, profundos, mirando desde el sepia como mira la ausencia quien contabilizó la belleza como la mayor desgracia.

Uno no puede enamorarse de una mirada muerta, de un rostro de papel, pero aquel rostro y aquellos ojos inundaron el sueño de muchas noches, el vacío y la desilusión de saber que eran imposibles.

¿Cuántos habrían soñado con igual deseo y desolación en Celama...?

—¿Y qué pasó en Morilbo, que tanto interés tienen en que veas...? —pregunté a Bastián.

—Parece que lo mismo que en Hontasul. Seis gallinas en un caso, doce en otro. Los cadáveres esparcidos de una forma rara, como si el asesino se hubiera entretenido en ponerlos en fila.

—Hay zorros viciosos, garduñas rateras.

—Eso pienso yo. Una batida a tiempo suele ser lo más socorrido.

Doce gallinas degolladas.

La cerca del corral estaba salpicada de sangre. El gallinero era un reducto de ladrillo adosado al adobe, tenía una endeble puertecilla.

En el corral había media docena de paisanos de Morilbo compadeciéndose de la mala suerte del dueño pero a la vez echando el rato y pasándose la petaca, entretenidos en la observación y el comentario de aquel desaguisado.

—Ustedes lo ven tal como se descubrió esta mañana... —nos dijo el dueño después de pedir a sus amigos que se apartaran—. Cuenta al Cuartel voy a dar, aunque de sobra se sabe que los guardias no quieren saber nada de bichos. Voy a poner la denuncia por si acaso hubiera ocasión de pedir daños y perjuicios. El estropicio es de categoría, como bien puede apreciarse.

Doce gallinas degolladas.
Puestas en fila, una detrás de otra, desde el interior del propio gallinero, donde la primera pendía boca abajo en uno de los ponederos. La fila venía por el corral hasta la cerca.

—Di orden a mis hijas de que no las tocaran... —informó el dueño, que parecía casi más nervioso que apesadumbrado—. Quería que, sobre todo, lo viese usted, don Bastián, aunque también serán buenas más opiniones, me fío mucho más de un informe forense que de lo que tenga que decir un guardia.

Había dejado la mula en la barda y Lancedo asomó un momento y volvió a desaparecer.
La mula recelaba y aceptaba el juego del perro con menos paciencia. La sangre brillaba oscura y las gallinas exhalaban un vapor sucio, como si la temperatura de los cuerpos todavía fluyera entre las plumas como un humo congelado.
Bastián había aceptado la petaca, liaba un cigarro, lo encendía.
Habíamos entrado al gallinero, donde la suciedad y la sangre concentraban un olor agrio y espeso. Se veían en el

suelo algunos huevos rotos y uno milagrosamente indemne en cuya cáscara brillaban las gotas rojas. Una a una fue examinando Bastián las gallinas, mientras el dueño y los otros paisanos miraban atentos y silenciosos.

—Raposos, ya se sabe, y garduñas rateras... —dije yo, como un comentario banal, mientras el más cercano me daba fuego.
—Un destrozo así no parece propio de ellos... —aventuró alguien.
—Todos sabemos de lo que es capaz un zorro en un gallinero.
—Siempre con más codicia que exterminio. Aquí el que mató lo hizo por maldad.

Los cuellos de las gallinas estaban destrozados, ninguno suelto, todos rotos con la dentellada. Bastián me mostró el de la que estaba al lado de la cerca.

—Demasiada boca para un raposo... —aseguró—. ¿Están todas...? —quiso saber.
—Todas... —aseguró el dueño—. La docena que había.
—¿Y el gallo...?

Hubo un instante de silencio y consternación.

—Huido... —dijo el dueño—. O le dio tiempo a escapar o el asesino se lo llevó.
—Habría que buscarlo por los alrededores... —propuso Bastián—. Lo que está claro es que esto ya no tiene remedio y, por lo que me han dicho, es un caso parecido al de Hontasul. Lo que propongo es una batida. Las gallinas se pueden aprovechar...
—¿Usted cree...? —inquirió el dueño, muy interesado.
—Yo no veo especial problema...

Los paisanos torcieron el gesto, todos de igual manera.

—Un bicho muerto de este modo, ni hablar... —dijo uno—. Jamás los comimos por miedo a lo que todos sabemos. Ni cuando más hambre había. Hay que enterrarlas, y lo más lejos posible.

La mula rebullía, inquieta tras la barda. Lancedo corría de un lado a otro, ladrando excitado.

—Algo vio... —dijo Bastián.
—Es el perro más listo de toda Celama... —aseguró admirado uno de los paisanos.

No muy lejos, sobre una mancha de nieve, estaba el gallo. La sangre había formado una pasta sucia entre el hielo, las vísceras y las plumas.
Lancedo iba y venía sin atreverse a acercarse, cada vez más excitado, hasta que Bastián logró calmarlo.

—El perro más listo y el más guapo... —reconocía yo cuando volvíamos de Morilbo.

La estampa de Lancedo era una estampa vibrátil y elegante, y a su lado la mula tenía ese pesar de los animales híbridos que es propio de su condición: una especie de conciencia irracional de su precariedad, como si del acto forzoso que procrea su raza derivara una aflicción que determinase su naturaleza.

Las hijas del dueño del gallinero exterminado accedieron a preparar una de las gallinas en pepitoria, con lo que Bastián y yo intentamos dejar constancia de que el accidente mortal, o el asesinato si se quiere, no debía ofrecer otras consideraciones que las provocadas por la sangrienta rapacidad, pero ningún paisano se sumó.

Tampoco se sumaron ellas, y el dueño apenas hizo otra cosa que marear la pechuga en el plato. No fue una pepitoria especialmente buena, porque las propias cocineras debían de tener más escrúpulos de los debidos, pero Bastián y yo comimos lo que buenamente pudimos y Lancedo dio buena cuenta de los huesos.

—Es algo que nunca entendí... —le comentaba a Bastián cuando volvíamos hacia la Linde de Aurora, donde nuestros caminos se bifurcaban—. Una cosa es un bicho enfermo, que muere de la enfermedad, y otra bien distinta un animal que se desgració en accidente, o que mataron de la manera que hoy comprobamos. La pobreza de Celama está llena de melindres.

—Hay un miedo ancestral a la muerte impropia, y lo has visto de mil formas, no te llames a engaño. Las culturas campesinas tienen sus convicciones para tratar a los animales domésticos y a los animales del trabajo. Son convicciones que vienen de la costumbre, reglas y valores. Estas muertes no están reglamentadas. La violencia recarga el misterio de las mismas. No se entiende que fuera un zorro, el eterno enemigo de las gallinas. Los paisanos saben que la cosa es más grave.

—¿Y tú qué piensas...?

Bastián había aceptado una tagarnina. La mula venía detrás de nosotros y Lancedo corría delante.

—Luego me acercaré a Hontasul para que me cuenten con detalle lo que allí sucedió. Mañana, de madrugada, daremos una batida, eso siempre calma a los paisanos, y si hay suerte igual cobramos alguna pieza sospechosa. No fue un zorro, esa especie no tiene tanta boca.

—Lo que más me impresionó —confesé— fue ver las doce gallinas en fila india.

—No hay que exagerar... —reconoció Bastián—. Formaban un rastro. El mismo ataque, la misma persecución.

—Pensé que estaban colocadas, quiero decir que el asesino acabó con ellas y luego las fue poniendo a su gusto.

—No me llama tanto la atención, aunque en Hontasul aparecieran de igual manera. Supongo que las mató la misma alimaña y el resultado es la misma manía o igual instinto. A veces pensamos que los animales no tienen criterio, que no orientan lo que hacen del mismo modo, con igual costumbre. Nosotros podemos hacerlo por razón, ellos por instinto pero, al fin, repetimos actos. ¿Qué hace tu mula cuando la sueltas cerca de casa...?

—Va al corral, nunca pasa de largo. Allí se queda quieta hasta que le abren la cuadra.

—Lancedo llega más lejos. Puede entrar, salir, subir, bajar, avisarme de que todo está en orden, ladrar hasta que lo llevo a la cocina porque debajo del fregadero hay un hueso con el que se sosiega.

No me convenció lo que dijo Bastián, supongo que tampoco él lo decía muy convencido.

Las gallinas degolladas formaban un aviso sangriento. El gallo devorado era la señal de una mortandad que iniciaba su extraviado rumbo. Generalmente las alimañas llevan la presa, después de cometer la tropelía, a donde puedan saciarse con calma, y a veces hasta guardan los restos para seguirlos comiendo más tarde.

—Estamos en invierno... —dijo Bastián, llamando a Lancedo—. El hambriento no controla la desesperación, el hambre alienta el deseo más desordenado.

Los sucesos de Hontasul eran parecidos.

Seis gallinas en vez de doce, el gallo degollado en el mismo corral, un rastro irregular de cadáveres, algunos huevos rotos y ensangrentados, probablemente fruto de la refriega.

Los paisanos de una y otra aldea se sumaron a la batida. Mataron tres liebres y decidieron merendarlas en Pasido.

Esa misma tarde, cuando acababan de merendarlas, según me contaba Bastián, llegó a Pasido un pastor que buscaba una oveja que se le había escapado del corral, más al Noroeste de Hontasul y Pasido, por los Pagos de Onda.

—Vengo más preocupado que el mismo Dios el día que le crucificaron al Hijo... —dijo cuando se sentó con ellos y aceptó un vaso de vino y el último hueso de la última liebre—. Hace menos de una semana, en una alquería de Onda, hubo tres muertes. Dos ovejas y el perro que las guardaba. La que se me escapó la doy por sentenciada, pero no me resigno, no es mía, si lo fuera no se me hubiese ocurrido salir, está la tarde como para hacer cumplidos.

En Dorema, en casa de Bastián, tomábamos una copa, como tantas noches. Seguía sosteniéndose la nieve pero se afilaba la helada, hasta el punto de que la noche iba petrificándose y algunas de las estrellas que colgaban del firmamento se desprendían como sílices peligrosas, sin rastro de fugacidad.

—Dos ovejas y el perro... —repitió Bastián—. Las dentelladas al cuello, como es propio. Habrá que olvidar al zorro y a la garduña ratera.

—Es un caso distinto... —convine—. No vamos a achacar todo lo que ahora suceda al mismo culpable. Nada tiene que ver matar gallinas con matar ovejas.

—Dos y el perro que las guardaba. En la alquería, esa noche no había nadie más, el dueño estaba en Pasido, en casa de una hermana.

—¿Las vio muertas el pastor...?

—No las vio, pero le contaron cómo estaban... —dijo Bastián, que sostenía la copa de aguardiente sin decidirse a beberla—. ¿Te lo imaginas...? Además del degüello, un cierto orden de los cadáveres, uno detrás de otro.

Hacía frío en la sala. Los troncos de la chimenea estaban húmedos y el tiro era escaso. Me puse de pie y comencé a moverme.

—¿Quién es el pastor...? —quise saber por curiosidad.

—Se llama Dobrino.

—Lo conozco, por esos pagos todo el mundo lo conoce. Si te dio su opinión, no te fíes demasiado, no tiene la cabeza muy asentada.

—Claro que me la dio, nos la dio a todos, aunque costó trabajo. Lobos en Onda, dijo, hace mucho que no se vieron. Otra alimaña habrá y, a lo mejor, ni de esta tierra ni, si se me apura, de este mundo.

—No te digo. La oveja que buscaba Dobrino probablemente la tiene en casa, a buen recaudo: despellejada y dispuesta para asar. La coartada perfecta. La cabeza le vuela, pero aprovechado no lo hay más...

Solía moverme por la sala de la casa de Dorema siguiendo el hilo de los retratos de Día.

Una noche me detuve una vez más ante el que estaba en el centro del aparador. En la penumbra era más indeciso aquel rostro cuyos ojos parecían dos heridas que mostraban, abiertas, las huellas del dolor y la belleza.

Era una mirada inmóvil que en los otros retratos parecía más viva, pero que en éste alcanzaba un misterioso grado de quietud y muerte.

La mirada que tantas noches me había perseguido en el sueño que, en ocasiones, le hacía derramar una lágrima, sin despejar la duda de que esa lágrima proviniera de la alegría de abrazarme, aunque me resultaba imposible sentir su cuerpo, o de la desesperación de no poder hacerlo, porque en el sueño Día estaba conmigo y, aunque no podía ser así, todavía seguía viva.

Bastián me sorprendió con el retrato en la mano.

—No la puedo imaginar —dije—. ¿Cómo se puede ser tan hermosa y tan irreal...?

—Siendo desgraciada —musitó Bastián con amargura, arrebatándome el retrato de las manos con un gesto imprevisto y devolviéndolo a su sitio.

Era la primera revelación en las escuetas confidencias que, a salto de mata, irían surgiendo sobre todo, como ya dije, cuando el estoico entraba en fase de depresión y melancolía, y casi siempre con el desaliento de lo que parecía una pérdida que sugería una culpa de amor y abandono.

—¿Tan desgraciada fue...? —pregunté, mientras Bastián me daba la espalda y alcanzaba una botella de aguardiente y llenaba las copas.

Ya por entonces él sabía, porque yo no lo disimulaba, que mi admiración por su hermana casi tenía un punto de extravagancia. A ese grado de admiración debía de estar acostumbrado, y no podía extrañarle que me atreviera a contar uno de aquellos sueños en que Día ilustraba la dulzura de un grabado romántico y volábamos juntos y abrazados como dos héroes de novela.

La irrealidad de aquellos ojos, de aquel rostro, irradiaba ese suave deleite, violentamente contrastado con lo que en otros momentos sugería la mirada, aunque fuese la misma, porque los retratos no variaban tanto. Era algo más parecido al desamparo, a la conciencia de un oscuro sentimiento de sufrimiento y pena.

—Llegó a sentirse culpable de su belleza —dijo Bastián con la voz entrecortada y seca—, porque es verdad que su belleza no tenía réplica. Fui su hermano y ni siquiera pude sustraerme a ella, aunque como hermano la quise, no pienses otra cosa, mientras me fue posible. La belleza es, a veces, el aviso de la desgracia, no sé si en alguna proporción a como la hermosura puede ser el preludio de lo terrible.

Las gallinas asesinadas de Morilbo y Hontasul vieron continuado su sangriento rastro hacia el Suroeste, en tres gallineros de Golma, San Milano y Barafarnes.

En el Sur estricto hubo un grave destrozo en una cuadra de Alabarán, donde una vaca quedó gravemente herida, atada al pesebre, y cuatro ovejas degolladas.

Todos estos sucesos coincidieron en el tiempo, en lo que iba de enero a marzo, con un ataque parecido en los Pagos de Almudia, al Este, donde en un redil se desperdigaron las ovejas una madrugada y aparecieron tres muertas.

—Tampoco hay que darle más vueltas de las debidas... —comentaba Bastián en el Casino de Santa Ula, cuando el asunto ya había desbordado la preocupación del Territorio y era la comidilla de todas las tertulias—. La autoridad competente se ha hecho cargo, esperemos resultados. Yo reincido en lo mismo: la alimaña o, mejor, las alimañas, no son las habituales. Bajaron los lobos o quedó sin controlar alguna manada de perros asilvestrados.

—Te equivocas... —opinaba Mieldo, que era un buen cazador—. Son muchas las batidas, demasiadas. El Territorio no da tanto de sí. Aquí hay algún misterio.

Yo notaba que no había cosa que irritase más al albéitar que aquellas opiniones que orientaban los hechos a la irracionalidad de algún arcano, porque en seguida comenzaríamos a oír hablar de alguna maldición comparable a la que motivó el envenenamiento de las mieses el año en que Celama murió de hambre, siglo y medio atrás.

No me irritaba, pero compartía la opinión de Bastián, aunque era verdad que no podían darse más batidas con menos resultados.

—Mañana volvemos a salir... —proponía Bastián— y volvemos a hacerlo coordinados del Confín al Cindio, los guardias que vayan a lo suyo. En algún lugar hay una guarida.

—Nada sucede más allá de nuestros límites, ¿estamos de acuerdo...? —decía Ovidio Orelda, que no cazaba pero conocía las Hectáreas como nadie—. Ni en las riberas del Urgo ni en las del Sela se oyó comentar nada. ¿Es que las alimañas recriaron aquí, se aclimataron a lo nuestro, les gusta Celama por encima de todo...?

—¿A qué te refieres...?

—A que si el lobo baja, da la impresión de que baja para vengarse. Sin bajar tanto, si de la Montaña viene, tiene donde cazar, gallineros de sobra, cuadras y rediles, mucho antes de echársenos encima a nosotros.

—Habría que comprender a los bichos como a las personas. Los caprichos que puedan tener, las intenciones que los gobiernen. Cada día que pasa me apetece menos opinar del asunto.

—No es éste el peor año de nieve de los más recientes... —recordó Mieldo—. Del último lobo que hay noticia, ya va para seis. Aquél sí que nevó. El hambre, la desesperación, lo habría extraviado. Yo mismo lo maté en el Oasis de Broza, si recordáis.

Era verdad. Un lobo no tiene en el Territorio las mismas opciones que en la Montaña. Los cazadores rastrean con pocas posibilidades de equivocarse.

Bastián me acompañaba a hacer algunas compras. La tarde de marzo tenía el viento revuelto.

Lancedo iba delante de nosotros, olisqueando las esquinas.

—Un lobo o los que sean... —dijo Bastián, enfadado—. El tamaño de las dentelladas es claro, tanto a la hora de cortar el cuello a las gallinas como a la de degollar a las ovejas o herir al ganado. Eso no tiene alternativa. Los bichos asilvestrados no matan con tanta precisión y osadía. Los problemas empiezan a partir de ahí, pero si lo que quieren es hacerse figuraciones y misterios, allá ellos.

—¿Cuáles son los problemas...?

—Los sabes tan bien como yo...

Nadie dudaba de lo que el albéitar sabía de los animales domésticos, pero de los salvajes ya era otra cosa, y menos todavía de los que no tenían nombre porque tampoco tenían enclave en ninguna especie.

Lancedo seguía jugueteando entre las piernas del dueño.

—Mira... —me indicó Bastián abriéndole la boca, sin que la lengua del perro dejara de lamerle—. Medí el tamaño, la situación de los colmillos. Un pastor alemán puede ser lo más parecido. Del lobo no cabe la menor duda.

—¿Y los problemas...?

—Si la alimaña está sola, me extraña menos que no demos con ella. Si son varias, es más raro. Lo que me trae de cabeza es lo que no se comenta, lo que vimos el primer día en Morilbo y hemos seguido viendo.

—Lo tienen en cuenta, no creas que no, nadie está ciego. No les gusta comentarlo, pero lo saben. ¿De dónde crees que viene esa idea tan acérrima que está causando más miedo que otra cosa...?

—Es que no puede ser la mera casualidad del rastro en la huida... —afirmó Bastián, mirando a Lancedo correr tras un grupo de niños que lo reclamaban alborozados—. En algún caso era posible, en todos no. Esa fila de bichos muertos, que parecen colocados con alguna intención.

Volví a soñar con Día.

Cuantas veces seguía requiriendo lo que de ella pudiera continuar informándome Bastián, a veces con la voz sumergida en el aguardiente y una resonancia extraña en las palabras, el sueño se reiteraba como si, derivado de mi obsesión, fuese capaz de provocarlo o, al menos, de reducirlo a un pensamiento imaginario que tenía la aureola fantasmal de los retratos y una emoción desdichada.

Poco a poco me fui percatando de que Día era un recurso en aquella especie de extravagante obsesión, de la que el propio hermano llegó a compadecerme con cierta sorna, sobre todo al descubrirme siguiendo el rastro de su repetida imagen, cuando ya no sin inquietud iba percibiendo que no parecía la misma del sueño.

El rostro, los ojos, la mirada de Día, sus labios apagados, dejaban de existir, se desvanecían, y en el sueño persistía un vano intento de alcanzar lo que en otros momentos había resultado más verdadero.

La obsesión cedió y dejé de mirar los retratos.

La verdad es que lo único que había en todos ellos era su rostro, nada de su figura, ninguna imagen que concretara su estampa entera, la que yo no hubiera sido capaz de recrear con el aliento onírico de un frustrante deseo.

—No, no era sólo esa belleza, la de unas facciones tan sugestivas y misteriosas... —dijo Bastián—. Tenía un cuerpo perfecto, aunque no sé si es la perfección lo que mejor lo describe, nunca acabé de entender esa identificación de la perfección y la belleza. A veces Día se arrastraba como una tullida, algo que ponía enferma a mi madre. También recuerdo sus problemas en la adolescencia, cuando se negaba a aceptar aquel cuerpo que florecía sin remedio.
—No acabo de entender lo que dices de ella... —le confesé a Bastián una de aquellas noches, cuando la obsesión había cedido y la imagen de Día se compaginaba con otras de la realidad y la imaginación, reducidas al capricho de un pensamiento, como si ya formaran parte de ese friso en el que se iban estableciendo las preferencias, los ensueños y los deseos, con un particular secreto necesariamente arbitrario.

No volvimos a hablar de ello.
Lo que de Día quedaba en la memoria del hermano parecía lo suficientemente sinuoso como para no llegar a desvelarlo, y tampoco merecía la pena seguir insistiendo, porque yo había ido perdiendo el interés y no quería aumentar la tribulación.

—La desgracia —llegó a decir Bastián, finalmente, una noche en que estaba más cargado de alcohol que ninguna otra— consiste a veces en comprobar que lo que eres es la causa de que alguien se muera, de que alguien se mate. Alguno se mató en Celama, otros en Ordial. No fueron muertes públicas, sino secretas. Ella acabó sintiéndose culpable de ellas porque, eso sí, ninguno murió sin decírselo.

Es fácil escribir una carta de confesión y despecho en el último momento...

En el camino de Los Oscos, la luna de marzo goteaba el marfil de su envejecimiento. Era una luna antigua y yo hacía todo lo posible por no mirarla, intentando que la mula equilibrara el paso para no caerme. Había bebido más de la cuenta y, en esas ocasiones, mi regreso resultaba a veces bastante problemático. La luna era un faro que se movía inquieto, una señal que succionaba mis ojos como la culebra que hipnotiza a los pájaros, con el agravante de que su vejez me hacía pensar en la ilógica caducidad que me incitaba a despreciarla. La luna de marzo se vengaba de mí, me dejaba indefenso, y la mula cabeceaba más de lo debido, alertada por mi indefensión, dispuesta a espabilarme, que era la mejor manera de acabar tirándome al suelo.

Percibí la sombra de aquel bicho como una esquirla que burla los ojos. La mula receló y se detuvo.

El bicho había cruzado el camino o venía en mi dirección o acababa de desplomarse. En cualquier caso, una sombra pesada que la luz de la luna detalló un instante.

La mula no obedeció la orden de las espuelas.

Descabalgué con muchas dificultades.

Tenía la certeza de que aquel bicho reposaba herido en medio del camino, porque en seguida escuché la dificultosa respiración y un quejido de resignado dolor que presagiaba el agotamiento o la agonía.

—Lancedo... —musité asombrado cuando lo reconocí.

243

El perro agradecía la caricia.

Una baba sangrienta manaba de su boca, y su lengua buscaba mi mano para lamerla, como si eso pudiera aliviarle.

No era fácil comprobar las heridas, pero de lo que en seguida me percaté fue de que marcaban su cuello y, lo peor, su vientre, donde al palparlo se sentía el calor pegajoso de las vísceras sueltas, una fuente rota de espesas palpitaciones.

Llamé a la mula y tardó unos segundos en obedecerme, los suficientes para entender que el perro juguetón desfallecía sin remedio.

Me costó mucho trabajo montar, después de depositarlo en la grupa.

Lancedo aullaba entre el dolor, respiraba con muchas dificultades.

Hice lo que pude para remeter sus tripas. Sólo dudé un instante si regresar a Dorema o seguir a Los Oscos, supongo que la casi inconsciente decisión de seguir hacia mi casa, que la mula tomó antes que yo, fue la que salvó a Lancedo. Para la urgente cura que necesitaba, el albéitar no tendría a punto el instrumental preciso.

Las heridas del perro eran mortales, fruto de un despiadado ataque, de una defensa heroica.

No tardé en enhebrar, una tras otra, las agujas necesarias que recosieron los abruptos costurones de aquel vientre lacerado.

Velé al perro como lo hubiera hecho con cualquier paciente. Mandé aviso urgente a Bastián.

El cuerpo del pastor alemán descansaba inquieto.

En ningún momento había cerrado los ojos. La extremada respiración se había ido sosegando, pero todo el cuerpo palpitaba. La lengua buscaba mi mano para lamerla, según le acariciaba la cabeza.

Ciertamente era un bicho hermoso.

La inminente muerte había perfilado la elasticidad de su belleza, como si el cuerpo recuperara la vida y, en ese camino de regreso, afianzara la vida su hermosura, de modo que la belleza ya nada terrible pudiera presagiar.

¿Qué puede haber más terrible que la muerte para un ser que mantiene el esplendor de su existencia...?

Trasladamos a Lancedo a la casa de Dorema.

Bastián había incrementado su condición taciturna, lo que quería decir que acorde a su estoicismo entraba una vez más en fase de depresión y melancolía, pero en este caso mostrándose menos propicio que nunca a las confidencias.

Aquellos días no hubo noticias de ataques.

En realidad, la vida recluida de Bastián y las contadas salidas que yo hice no daban para mucha información.

Llegaban los primeros temporales de primavera, los caminos estaban embarrados y una luz turbia encendía Celama como a través de un cristal ahumado.

Llovía la tarde que Bastián vino a verme. Le vi entrar al corral, antes de que nadie me avisara.

Traía el capote sobre los hombros, las botas altas y la escopeta.

—No era capaz de aguantar más... —dijo apenas se hubo sentado y le ofrecí la copa de aguardiente—. La verdad es que llevo mucho tiempo dándole vueltas en la cabeza.

—¿De qué se trata...? —quise saber.

Buscó en el bolsillo de la camisa, debajo del jersey, un papel doblado, lo extendió sobre la mesa.

—Están indicados... —dijo, mostrándolo— todos los lugares de los ataques que personalmente comprobamos, y algunos de los que pude recabar la información que quería.

Así era. Los distintos enclaves formaban, con las correspondientes distancias, una irregular circunferencia cuya curva prácticamente se completaba sobre los cuatro puntos cardinales.

—¿Estás de acuerdo...? —Asentí—. Lo importante es la orientación de estos teóricos radios, estas señales que indico como huellas...

No le comprendía. El dibujo era bastante esquemático, pero suficientemente expresivo.

—Son los bichos muertos. El absurdo orden en que estaban en cada lugar, colocados. La indicación no es exhaustiva porque, por ejemplo, en Calmares y El Rito nadie se fijó.
—El rastro de la huida... —musité—. La extraña fila podría ser ese rastro: un orden sangriento de la alimaña que escapa.
—O un orden premeditado, por instinto o por lo que quieras.
—¿Para qué...?
—Para hacernos ver dónde se encuentra la guarida de la alimaña, porque la alimaña quiere delatarse. El rastro no indica la huida, sino el regreso...

Bastián remató los puntos que simulaban el orden de los bichos con una flecha hacia el interior, como si ese orden no fuese de salida sino de vuelta, de regreso.

—Podía ser mi casa... —dije sin pensar.

—O Dorema.

—Cualquier sitio, más o menos determinado hacia el centro de la circunferencia.

—Exacto.

Guardamos silencio. Me aceptó una tagarnina, las encendimos. Volví a llenar las copas.

—La alimaña quiere delatarse... —repetí—. Por instinto o por lo que sea, vaya ocurrencia.

—Mieldo y los otros tenían razón: había algún misterio, aunque no de la entidad del que ellos pensaban. No eran posibles tantas batidas infructuosas, sin la más leve huella. El enemigo estaba en casa. Ahora tienes que acompañarme... —decidió, guardando el papel y vaciando la copa de un trago—. Coge la escopeta, nos hará falta.

Salimos al camino. Llovía.

El oscurecer se precipitaba. El humo del cristal estaba completamente sucio.

Caminamos bajo la lluvia. Bastián había venido andando, y así había decidido que volviéramos.

—Es el mejor modo de no levantar sospechas.

—Quieres aclarármelo de una vez... —dije, evitando el barro con dificultad.

—Prefiero hacerlo luego. Lo más importante ya lo intuyes. ¿Sabes dónde hirieron a Lancedo...?

—No.

—En Zomiar.

—¿Cómo te enteraste...?

—Ovidio Orelda me dijo el otro día que los mastines de una alquería de Zomiar habían escarmentado al asesino.

Tres perros grandes que el dueño de la alquería trajo de la Montaña.

—No lo entiendo, Bastián... —afirmé, sin poder hacerme a la idea—. Como hay Dios que no lo entiendo.

—Yo tampoco quería entenderlo, pero así es.

No hablamos en el resto del camino. La lluvia cedió, luego volvió a caer más menuda. Llegamos a la casa de Dorema.

—Espera aquí... —me indicó Bastián.
—¿Qué vamos a hacer...?
—¿Qué te parece...?

Entró por la puerta de la casa, salió al cabo de un rato por la del corral.

—No está... —dijo, nervioso—. Se ha ido. Tenemos que encontrarlo.

—¿Piensas que va a cometer otra fechoría...? Con las heridas todavía tiernas...

—Sabe que yo lo sé... —reconoció—. Lo que pretendía decirme, ya lo logró.

—Es una idea absurda, Bastián. ¿Qué le impulsaba a delatarse, cómo puñetas un perro puede tener esa intención?

—El instinto da para algo más que para sobrevivir, alimentarse y reproducirse. Un bicho inteligente llega a saber lo que le pasa, a aborrecer lo que hace cuando no logra contenerse, sobre todo cuando padece una naturaleza contrariada. Vamos... —me urgió—, ya habrá tiempo de hablar de ello, ahora hay que cogerlo.

No había que ir muy lejos.

Lancedo nos esperaba en el camino, recostado en el barro. El viento se llevaba las nubes, la lluvia asperjaba las sombras y, por momentos, de la luna volvía a gotear su marfil envejecido.

Se incorporó con mucho esfuerzo, la respiración agitada. Bastián amartilló la escopeta, yo no tuve fuerzas para imitarle. El perro caminaba con mucha dificultad, seguro que dolorido por las heridas del vientre, los costurones que tardarían en afianzar las cicatrices.

Fuimos tras él durante un rato, luego volvió a recostarse, se incorporó, salió del camino todavía con mayores dificultades, había una zanja, se detuvo a su vera.

—Ahí quiere que lo enterremos... —dijo Bastián.

Nos acercamos a él. Estaba quieto, tembloroso. Su hermosura de animal herido, cuya piel hacía brillar la luna con un raro esplendor, tenía algo de salvaje, como si la propia intención de la muerte perteneciera a ese destino que guía el instinto como única norma, y la falta de alternativa fuese la expresión del impulso más irracional, de lo que el instinto tiene precisamente de inteligencia degradada.

—No es lo que parece... —dijo Bastián—. A veces hemos hablado de la belleza y la desgracia, de ese aviso de lo terrible. Lleva dentro la culpa de matar, no es un lobo pero algo le queda. La naturaleza contrariada, que te dije.

—El bicho más hermoso que jamás vi en mi vida... —musité, recordando la altiva estampa de Lancedo, la alegría de sus carantoñas alrededor de la mula, aquella probada lealtad del animal más noble.

Bastián había llegado a su lado, acercaba la mano izquierda a su cabeza. Lancedo agradeció la caricia, lamió codicioso con la lengua los dedos de la mano del amo. Después saltó a la zanja.

Los dos tiros de la escopeta de Bastián tronaron en la Llanura.

—Luego traigo una pala y lo entierro... —musitó desolado.

Volvía a llover, y todavía la luna derretía el marfil de su envejecimiento.

Hemina de Ovial

Lo que el Comisario Morga vio en el surco podrido de la Hemina de Ovial no fue otra cosa que el lecho del muerto, la cicatriz quemada por el sol de agosto, y en el dedo índice del Secretario del Juzgado de Anterna que lo señalaba, como la flecha de una indicación temerosa, la tierra era igual que el espejo donde el Comisario había hundido el sueño de la noche anterior en la Pensión Occidente, adonde llegó al oscurecer con un extraño dolor en el bajo vientre, el indicio de lo que cuatro años después de aquel suceso terminaría siendo, con otros avisos no atendidos, un tumor que supondría la fuente de su mayor sufrimiento y, al fin, de su muerte, pero entonces, en la noche de Occidente y en la investigación posterior, apenas la irradiación de una digestión malhumorada, una suerte de resentimiento gástrico propio de algunos alimentos crudos o mal cocinados, y el Comisario Morga observó en la dirección del dedo índice del Secretario del Juzgado la escarpadura de la uña, la diminuta hendidura que casi rasgaba la piel, y en la misma observación el hilo venoso que del índice partía hacia la muñeca y el brazo desnudo, donde el hilo se bifurcaba en la protuberancia del fluido cárdeno de la sangre, que marcaba su recorrido en la piel oscura, de modo parecido a lo que el Comisario percibió en la herida inguinal del muerto, una incisión que reventaba aquellos hilos venosos más íntimos, también más blancos y menos bifurcados, como si la indicación del lecho mortal en la Hemina, donde apareció tendido de bruces y con los pantalones bajados, ya fuera suficiente para dar a entender que de una muerte sinuosa se trataba, la incisión homicida era el resultado de la violencia ejercida con un cuchillo o una hoz, un surco profundo en la carne y en el vaciado de la sangre que pudo manar incontenible hasta que el cuerpo quedase seco, la mancha esparcida por el lecho también reseca y reconvertida tras las horas de su descubrimiento en la costra que la tierra amasó o la corteza abrupta de un árbol que el asesino taló y abandonó, signos eméritos, había recordado el Forense en el Depósito del Cementerio de Anterna, cuando se dispuso a comenzar la autopsia y sin que el Comisario le preguntase nada, de que la muerte obtuvo esta eficaz emanación de toda suerte de fluidos, la punzada estricta y persistente con que se pudiera matar a un bicho de la manera en que se procura el vertido de la sangre como se hace brotar un manantial incontenible y se mantiene hasta la completa desecación, lo que indicaría, y era la voz atiplada del Forense la que se acompasaba a la indicación que mostraban las piernas abiertas del cuerpo desnudo del muerto sobre la mesa de piedra en que estaba tendido en el Depósito, que bien pudiera ser alguien no desconocido para el interfecto quien administrara tal muerte, o alguna insinuación podría entenderse en tal comportamiento homicida, es la primera vez que veo un crimen inguinal de estas características, y por describirlo de algún modo, me refiero, Comisario, a esta suerte de matar tan descabellada, como si para llevarla a efecto tuviera que existir una razón que no fuese el mero acto de matar sino la motivación de hacerlo, y usted disculpe porque ya me estoy metiendo donde no debo, pero resultaba algo tan obvio que el Comisario Morga volvió a pensar en ello cuando regresó al lugar del crimen con el Secretario del Juzgado, que había asistido al levantamiento del cadáver, algo que en la indicación del índice que mostraba el lecho y la embadurnada corteza de la sangre fue el acicate de la investigación que el Comisario emprendió sin recabar, en principio, otra cosa que los datos del muerto, un vecino soltero y enfermo de asma de un pueblo de Los Confines de Celama, un hombre solitario que no tenía trato con nadie y labraba las Hectáreas con el cansancio ensimismado de quien nada piensa que a los demás competa, el secreto que pudiera guardar era un pozo anegado, dijo un vecino sin que el Comisario Morga atendiese siquiera, el secreto era la herida en la ingle, también el ensañamiento de su profundidad, pero no como una alteración de desatada violencia sino, como Morga se dijo al despertarse al día siguiente en la Pensión Occidente de Anterna, la fuerza íntima y extremadamente amorosa de una especie de posesión, y no en vano el índice del Secretario del Juzgado indicó el lugar como el lecho, y en la protuberancia que las venas bifurcadas marcaban en la piel de su brazo desnudo había una sugerencia que para Morga no resultaba un dibujo aleatorio sino un indicio, la tarde contenía el silencio abismal de la Llanura, el cielo resonaba con el eco morado de las rañas y el estertor de las Hectáreas, una costra de muerte como legado del cadáver reseco, nadie se mata así y no hay mejor manera de matar a quien se quiere o a quien se desea, lo que pensó el Comisario al despertar en la Pensión Occidente y ver en el reflejo morado de la ventana el desequilibrio de un pájaro que se estrelló en los cristales, cualquier vencejo que llevara en el ala la desorientación de su destino, la soledad como malsano avatar de un trabajador que labra ensimismado y a nadie atiende ni con nadie convive, pero el que vino a cobrar un amor y una muerte pudo hacerlo de muy lejos, vaya usted a saber, una deuda la tiene cualquiera y también un amor secreto o vergonzoso o taimado y espurio, pasional en cualquier caso, se dijo el Comisario cuando bajó las escaleras de la Pensión y se dispuso a desayunar, el hilo no tendría la protuberancia de las venas pero sí el sentido de lo que la sangre inocula en los sentimientos, habría un amoroso recado en un baúl del muerto, un papel nada expresivo, cuatro palabras de angustia y espera que podrían corresponderse con el tiempo en que el muerto hizo el Servicio Militar en un Cuartel de Ordial, las recordó Morga una vez más cuando ya el tumor era el dueño de su bajo vientre, cuatro años después de aquel suceso, y en la crisis del sufrimiento, antes de que lo sedaran, reconstruía el camino del cuchillo en la ingle, como si la herida se suturara con la piedad del asesino y él clamase por el espanto de la misma incisión, rogando por que el índice del Secretario no indicara el lecho del Sanatorio en que iba a fallecer.

V. Hijos y destinos familiares

El hijo pródigo

No es raro tener cinco hijos y que uno salga pródigo, entre cinco puede haber de todo. Más raro parece tener uno y que ése, el único, nos amargue la existencia.

Rozal no era el benjamín de una familia numerosa, fue el hijo de Celeria y Domeral, que vivieron en Anterna hasta que aquel hijo desconsiderado acabó con ellos.

La memoria del hijo la guarda la madre como un preciado atributo. El padre es más reticente, pero tampoco se aviene fácilmente a reconocer lo que todo el mundo observa con claridad.

Luego la madre ya no puede con el sufrimiento y salvaguardar esa memoria es un esfuerzo excesivo, porque todas las demostraciones del hijo la ponen en evidencia.

Para entonces el padre ya está desesperado y no es capaz del mínimo disimulo, apenas de la resignación: vendió las mulas, vendió las tierras, hipotecó la casa y los aperos, todo el patrimonio está desperdiciado, hay una orden de embargo que va a cumplirse en cuarenta y ocho horas.

El día que Celeria y su esposo abandonan la vivienda, en la calleja que arranca al sur de la Plaza de Anterna, la única que deriva entre los corrales, sin rumbo decidido ni destino apreciable, está el pueblo inquieto, vigilante, no se oye una voz y ni siquiera los chavales corretean persiguiéndose.

Es media tarde y todos tienen la impresión de que el matrimonio está invirtiendo en la recogida más tiempo del preciso, a fin de cuentas debe de ser muy poco lo que pueden llevarse, pero todos saben y entienden que ellos harían igual.

Una casa no se abandona como un buque que se hunde, una vivienda contiene mucho de lo que da de sí la vida: tantas existencias como la habitaron, no el mero tiempo de alguna ocasional navegación.

La casa del matrimonio es la casa de los padres de Domeral, que murieron muy mayores y al hijo mayor se la dejaron, y lo había sido, por mucho tiempo, de los abuelos paternos: no una de las casas más antiguas de Anterna, pero sí de las de siempre.

De lo que en ella pueda quedar, no de lo visible sino de lo invisible, de lo que respecta al sentimiento y a la memoria de lo que la vida es en sí misma, sería imposible hablar. Las casas, como todos los espacios domésticos de la existencia humana, se llenan de lo que no se ve, de un patrimonio oculto de gestos y miradas y emociones y secretos que componen la cotidiana aventura de sus moradores.

De ahí la triste encomienda de aquella tarde, cuando el matrimonio se disponía a abandonar la casa de la calleja donde, por supuesto, el mismo Rozal había nacido.

A Rozal Mediero lo llamaron Rozo los amigos.

Fue ese niño más caprichoso que tarambana que abunda menos en los pueblos que en las ciudades.

No parece Celama el medio más adecuado para los caprichos, hay poco que elegir y menos por lo que suspirar, sobre todo si eres hijo de una familia con los posibles contabilizados, las Hectáreas justas, la salud como la mayor riqueza.

Pero Rozo obtiene lo que jamás conseguirían los otros: del capricho se hace el sustento, lo que me da la gana y lo que no me da la gana, lo que me apetece y no me apetece, lo malo que estoy y lo alegre que me pongo, con esa refinada insistencia con que se martiriza a los que se quiere.

Celeria y Domeral eran los padres débiles que, desde que Rozo nació, perdieron una a una todas las batallas que el niño ganaba sin ninguna piedad.

Luego el mozalbete va orientando los caprichos a la libertad de hacer sólo lo que dicta su voluntad, y para ese momento ya se puede decir que el tarambana es un niño loco, consentido, que convirtió las ocurrencias en desatinos, que ha dado infinitos disgustos a los padres porque la casa y la familia ya se quedaron pequeñas, y la ley de su voluntad impera por todo el pueblo como la de un reyezuelo ruin e ingrato que sustituyó los afectos por el desprecio.

—Si te vuelvo a pillar en una de éstas —le amenaza algún vecino agraviado cuando sabe que Rozo cometió una tropelía—, te llevo al Cuartelillo, por mucho que me pese lo que sufran tus padres.

—Hay que probarlo... —dice siempre el mozalbete, que acaba de tirar una piedra y romper un cristal—, porque igual mi intención era otra: no hay ley que prohíba tirar una piedra al aire.

Todas las estaciones de Domeral y Celeria por Anterna y los pueblos cercanos tuvieron igual destino en los años de la adolescencia de Rozo: pedir perdón, presentar disculpas, sufragar los daños, ver incrementados los gastos, recabar la ayuda por encima de lo que pudiesen merecer, algo que, con el consentimiento y la comprensión de todos, contribuyera a que el hijo entrase en razón.

Ahora el tarambana tomaba esa orientación del que perdió definitivamente la vergüenza: dueño exclusivo de su santa voluntad, imposible de atar en ningún sitio. Nunca se le vio con su padre en la Hemina, ni arreando al macho, ni en la era, ni en los Pozos.

En casa había una mujer amargada y tibia, que era lo que Celeria había sido siempre, sólo que poco a poco la amargura agotaba cualquier expectativa. Algo parecido le pasaba a Domeral: ¿qué se puede hacer con él...? Con tal de que no se nos tuerza definitivamente...

Todo el mundo dio por bueno el destino de Rozo cuando se supo que, al fin, se marchaba de casa. Nadie quiso preguntar más de la cuenta: el llanto de Celeria exigía discreción, las palabras de Domeral no lograban ocultar la pesadumbre. Pero ¿adónde había ido...? Cualquier sitio valdría, y todos pensaban que cuanto más lejos, mejor.

—Parece que algo le salió en Vizcaya... —se escuchó decir—, con aquel primo lejano de Celeria que emigró de Orión.

—De Ordial no pasa... —opinó alguno—. Lo que haya arramblado y cuatro días de gasto.

—¿Y si se arrepintiera...? —decía una de esas mujeres rezadoras a las que las cuentas del rosario se les derraman a veces entre los guisantes—. Si Dios le echa una mano y marcha a misiones...

Lejos, muy lejos, no fue, aunque nadie supo adónde.

En seguida se conoció, porque Domeral tenía los ahorros en la Caja y las modestas contabilidades nunca fueron del todo secretas en Celama, que una buena parte del dinero de los padres con él se había ido.

Domeral tenía que hacer unos pagos en Ordial, y el hijo tarambana del padre iluso se encargó de ellos, lo que explicaba mejor que cualquier cosa el llanto de Celeria y la pesadumbre del padre bobo.

Eso pensaba todo el pueblo cuando se supo: que la falta de autoridad de Domeral corría pareja con su estulticia, porque a nadie se le podía ocurrir hacer un encargo de tal categoría a un hijo como aquél.

El hijo pródigo de la parábola evangélica, el dichoso benjamín al que tanto quería su padre y aborrecían los hermanos, solía volver a casa hecho un cristo, quiero decir que después de una vida disoluta, tras tanta parranda, sin un duro, alimentándose de las bellotas de la piara que cuidaba para sobrevivir, cuando ya se había quedado en las últimas y hasta el último amigo de francachela le había mandado a la porra, regresaba mohíno, avergonzado, arrepentido.

No es el caso de Rozo, ni muchísimo menos.

Un pródigo como el de la parábola es un caso ejemplar, sirve para que entendamos lo que el arrepentimiento supone y la gracia del padre motiva, de modo que la alegría del regreso no es otra cosa que la del pecador que al seno del Padre vuelve.

Rozo volvía hecho un gallo, con mayores ínfulas que nunca. Unas veces, al cabo de dos semanas, otras tres meses, otras año y medio, un voy y vengo presuntuoso y taimado porque a lo que volvía todos lo sabían, sus padres mejor que nadie, pero ellos sin poder evitar la emoción de que lo hiciera, a ser posible con mejor aspecto, más orgulloso de lo que se había marchado.

En los regresos hubo de todo. A la alegría de la madre averiada y el padre iluso, a las lágrimas de la más falsa reconciliación, sucedían las voces, los dicterios, las malas palabras.

La cartilla de Domeral en la Caja ya no tenía embates que sufrir. Las hipotecas y las ventas saldaban las exigencias del pródigo. Lo que iba quedando era el embargo, la ruina.

Sólo una vez regresó enfermo, con una rara fiebre que lo recluyó varios meses.

—Si cae... —decían en Anterna—, bendito sea Dios.

Pero no cayó.

Todavía iría y vendría varias veces, una de ellas acompañado de una mujer que parecía doblarle la edad y a quien exigió a sus padres que recibieran en casa como si se tratara de su esposa.

—La madama de Las Florestas... —informó un viajante de Almacenes Portela cuando la vio pasear por las afueras del pueblo.

—¿La conoce usted...? —quisieron saber algunos.

—Cualquiera que esté interesado puede conocerla ahora mismo, y si vamos tres nos costará la mitad.

Celeria y Domeral cerraban la puerta de la casa que ya no era suya.

Se iban.

Lo más propio es decir que apenas llevaban lo que llevaban puesto, y así de simple y penoso resultaba verlos, como dos huidos a los que el abandono cubría de vergüenza, porque la desgracia que les había hecho perderlo todo ni siquiera parecía una desgracia digna, sino amarga y avergonzada.

Nadie en el pueblo salió a verlos, pero es de justicia decir que fueron muchos los que les ofrecieron ayuda, aunque nadie se contuviera de decir lo que de Rozo pensaba.

—Si el hijo vuelve, allí donde estemos... —afirmaba obcecada y extrañamente orgullosa Celeria—, la puerta la tendrá abierta.

Y Domeral asentía desolado.

La piedra más grande

No voy, no me da la gana, decía Arbodio, las mismas razones que hay para salir de casa, las hay para quedarse. En casa y en la cama, a ser posible.

Nunca supe si Arbodio se llamaba de veras Calmo o si el nombre derivó de aquella propensión suya a no hacer nada, y lo poco hacerlo con la extrema lentitud que desesperaba a cualquiera.

A veces un nombre determina el destino de quien lo acarrea, y no en vano Orestes Sielga navegó sin rumbo para volver de la guerra de Cuba y llegó muchos años después, Loba Codal exterminó el hogar con la fiereza de su carácter imposible, llegando a morder al marido en la yugular en una de sus reyertas, y Mandolino Tera fue músico, malo pero músico. Tres casos muy conocidos y comentados en Celama.

Hay varias versiones sobre la vida de Calmo Arbodio, más allá de las anécdotas y el recuento de sus frases que, con frecuencia, se siguen usando para justificar lo injustificable.

Razones siempre las mismas, decía, unas a favor y otras en contra. Se engaña el que quiere. Yo ya dije cuando aprendí a hablar que mientras menos mejor, que un esfuerzo es un expolio, que el cuerpo aguanta penosamente lo que sufre el alma, y el trabajo es el mayor menoscabo tanto para la carne como para el espíritu, y que como en casa en ningún sitio, entendiendo que en cualquier casa hay alcoba y en cualquier alcoba una cama. No me llaméis, que no voy.

La primera versión aseguraba que Calmo Arbodio había sido un niño malcriado, que explotó una de esas enfermedades infantiles que tanto asustan a los padres, hasta lograr que la indolencia fuese la coartada del mal, de modo que el niño enfermo reconvirtió la salud en negligencia, ganando una batalla definitiva.

Pasó mucho tiempo hasta que el niño comenzara a ser considerado un gandul.

De suyo, el niño ya se había hecho adolescente y de la infancia conservaba lo que luego guardó toda la vida: la decisión que guía el capricho, la intemperancia de quien a nada se aviene porque está por encima de todo. Ese talante salpicado por los antojos que adquiere una decisiva firmeza, ya que no hay nada que perdure más que lo que se decide sin alternativa.

El adolescente se hizo mozo, el mozo maduró, y la antigua coartada marcaba la indiferencia y la apatía de un hombre que estaba en el mundo como el que se encuentra en una mansión ajena, a la que nada ata y compromete.

La segunda versión atestiguaba que el miedo era el causante de la incuria de Arbodio.

El miedo es también una coartada muy solvente cuando se usa como padecimiento. Todo lo que puede suceder en la vida resulta temeroso, sobre todo lo que sobreviene en el día a día, en la corteza cotidiana de la existencia, a la que Calmo se refería con enorme aprensión. La vida tiene un costo muy trabajoso, da miedo verla, pavor pensar en ella. De ese costo trabajoso se trataba, de la desgana de afrontarlo.

Miedo me da, era la frase habitual de Calmo. Y luego: no tengo el cuerpo para ir por esos caminos, la mañana está rara, sólo de pensar en salir me pongo enfermo. Dios me libre, decía con frecuencia, no hay nada peor que la tormenta, un rayo cae y te pilla en cualquier sitio, la vida no vale nada pero Dios no consiente que la pongamos a prueba, hay que guardarla. Se es cristiano o no. Yo lo soy, aunque a veces ir a misa es más arriesgado que dormir la mañana. Yo la duermo y entiendo que, de alguna manera, así santifico mejor a Dios, los mandamientos competen al corazón del hombre, no a la costumbre. Más peca el zascandil que el discreto.

Ese andar medroso hizo de Calmo un flojo o, mejor, justificó su desgana, hasta tal punto que la apatía era la norma generalizada de su comportamiento, nada le interesaba, nada hacía, el riesgo era una vicisitud a la vuelta de cada cosa, trabajar podía matarlo.

La tercera versión ya no se andaba por las ramas, constataba su condición de perezoso, la interesada forma de disimular una inclinación que se había convertido en un vicio.
Calmo Arbodio había fraguado su existencia con esa suerte de lejanía del mundo que te permite existir sin mancharte las manos, como si todos, especialmente tus familiares, te debieran el favor de estar vivo, de estar con ellos.

La carrera del señorito, decían en Anterna los más avispados, aquellos que le tenían calado y que, en algunas ocasiones, cuando Calmo asomaba al Salón de Baile y se quedaba quieto en una esquina, como un atribulado pasmarote, danzaban y se le acercaban ofreciéndole con sorna la pareja: muévela tú un poco, Arbodio, que el gasto es liviano y así alegras algo más que la pestaña. Y él se encogía de hombros y negaba con la cabeza: no apetece, suspiraba, no soy codicioso.

No lo era.

Su madre, doña Terina, y su hermana Gala se encargaron de él.

Su padre, don Cedro, murió pronto y apenas tuvo ocasión de comprobar las condiciones inermes del vástago, aunque sobrellevó su infancia, y parte de su adolescencia, muy atareado con la dichosa enfermedad del negligente, a quien cargaba al hombro hasta que la hernia discal lo incapacitó.

No anda, no se mueve, decía don Cedro, la desgana lo está matando, es un niño delicado, pero ¿qué puede hacer un padre, por mucho que la salud tampoco le deje dedicarse como es debido? El niño acaba conmigo y yo a gusto me muero, si es por su bien.

No era codicioso.
Generalmente, los vagos son conformistas.
La pereza es un hábito de resignación. Calmo Arbodio cultivaba la conformidad para mostrar esa costra de modestia y lasitud que con el tiempo hacía más apacible su coartada.

Ay, Dios, qué esfuerzo abrir los ojos, qué pena levantarse. Un día y otro la misma cuesta arriba. Levantarse, lavarse, vestirse, desayunar, lo larga que será la mañana, lo que queda del día hasta dormir la siesta, luego merendar, después cenar, desnudarse, qué tributo, Señor, la vida humana es un duelo y, encima, hay quien tiene pasiones y ambiciones, como si no fuera suficiente este castigo de Dios.

A pesar de todo, hubo una moza de Anterna que se quiso casar con él.

Se llamaba Frama y era muy amiga de la hermana de Calmo, lo que imposibilitaba que estuviese engañada, porque la hermana era su peor pregonera. Al desganado no parecía disgustarle. En el Salón de Baile había consentido moverla una vez, aseverando como siempre que no era codicioso pero que a Frama no quería hacerle un feo. La hermana echó un cuarto a espadas en aquel noviazgo sin destino. La madre veló para que fuese posible y le leyó bien leída la cartilla al hijo, haciendo hincapié en la necesidad de que alguien lo cuidara cuando ella faltase, si su hermana también encontraba partido.

Quererla la quiero, dijo Arbodio, para qué voy a mentir. La veo guapa, limpia y dispuesta. La veo una moza cabal. Por eso mismo no pretendo compararme, para que no se diga. Yo sé de sobra lo que tal compromiso comporta, y del amor no hablemos. De la propia responsabilidad al mismísimo débito conyugal. La vara con la que mido es tan alta como la de cualquiera, no soy menos que nadie, aunque tampoco más. Casarse y acarrear lo que comporta, ahí es nada: es el mayor esfuerzo humano conocido. No tengo preparación, lo reconozco.

Ya hacía mucho tiempo que el vago se había hecho garrulo.

Su hermana cedía contrariada, la madre sobrellevaba el disgusto como buenamente podía.

Frama se acabó casando con un chico de Santa Ula.

La noche es más larga que el día, decía Arbodio a quien quisiera escucharle. Y el sueño, el mayor peligro de la existencia humana. Cierro los ojos y la paz del mundo, que tanto cuesta, se viene abajo: estoy en una cantera, pica el sol, levanto la piedra más grande, se me dobla la espalda. Toda la noche el mismo camino, igual sed, la piedra que me aplasta.

Pájaro de Luto

La edad de Ibro no podía calcularse, era ciertamente mayor, pero aquel corpachón, aquella reciedumbre, luchaban contra el tiempo y lo ganaban.

La enfermedad no era importante, una afección bronquial de poca monta. Y sin embargo, Ibro se había amilanado de tal manera que tenía su tamaño: reducido a la mínima expresión, lo más impropio en él, metido en la cama como si, de pronto, el mundo le diese miedo.

Así llevaba tres días cuando sus hijas, Eridia y Ana, decidieron avisar al médico.

—No quería que lo llamáramos, pero ya nos preocupa.

Nadie en la aldea de Medil, ni en la raya completa de Los Confines, ni probablemente en todo el Territorio, podría creer que las hijas de Ibro llegaran a preocuparse de veras por su padre, tampoco que él pudiera hacerlo por ellas.

Ibro Marzal había enviudado muchos años atrás y se relacionaba con las hijas como se relacionaba con el resto de los mortales: con ese imperio de quien sólo entiende que la autoridad es exclusiva y que uno es dueño de lo suyo en su totalidad, comprendiendo en esa totalidad la familia, el patrimonio y lo que hay alrededor.

Quienes trabajaban para Ibro, que en Los Confines tenía un buen número de Hectáreas y la necesidad de pagar manos ajenas para cultivarlas, eran de Ibro. Los que pretendían a sus hijas corrían la misma suerte. De suyo, Silio

Adal, un pequeño comerciante de Santa Ula que se había casado con Eridia, la mayor, vivía en la casa del suegro bajo su imperio indiscutible, aborreciéndole pero aceptando las anónimas condiciones que casi lo integraban en la servidumbre. Y Gabilo, el pretendiente de Ana, la pequeña, a la que, por cierto, llevaba casi seis años, soportaba sus dicterios con humillada resignación, a la espera de que un día Ibro decidiese dar el consentimiento para que el matrimonio se pudiera celebrar. Gabilo era sastre en Anterna y los trajes que su futuro suegro gastaba por él estaban cortados con esmero y diligencia, sin que jamás se mencionase el precio del tejido y la confección.

No tenía fiebre, no había razón alguna para que permaneciera acostado.

—Es peor... —le aconsejó el médico—. Tumbado respira con más dificultad. Un paseo le haría bien. Aire puro.

Con lo de aire puro se refería a la posibilidad de que abandonase aquella habitación nada higiénica que debía de llevar varios días sin ventilar y en la que, por lo que decían las hijas, no había modo de mudar nada.

—Esas brujas, doctor... —comentó Ibro, reducido entre las sucias sábanas a un sudoroso pigmeo—, a lo que vienen es a darle la vuelta al colchón. Soy un árbol a punto de talar, de los pocos que hay en la Llanura. Dios merienda pero no cena y el alma ayuna lo que el cuerpo necesita...

Eridia era la que tenía más interés en que su padre se levantara. Ana parecía menos preocupada.

—Muy enfermo no está... —les dijo el médico—. Que tome un sobre cada seis horas. Y arriba, a respirar por ahí...

270

Silio Adal aguardaba al médico.

—Ya lo vio... —comentó, sin disimular la inquina—. Ahora se burla de Dios poniéndose malo. Metido en la cama es peor que fuera: las voces más fuertes, los juramentos menos respetuosos.

—Manías de viejo... —musitó el médico.

—Usted de sobra sabe, porque por médico conoce mejor que nadie la raza humana, hasta dónde se puede agriar el corazón de un hombre, y la falta de medida que puede alcanzar el rencor de un suegro.

Había que observar la mano temblorosa de Silio en el mango de la azada, como había que observar el camino torcido de las tijeras de Gabilo cuando, de un tiempo a esta parte, cortaba un traje.

—La ambición de uno y otro... —opinaba Fermín Costal en el Casino de Anterna—. Silio nunca tuvo dónde caerse muerto y Eridia le tiró los tejos, porque el miedo al futuro suegro era libre, sólo se engañaba el que quería. Ves las Hectáreas, ves que nada tienes, Eridia te pasa la mano, y acabas diciéndote: aquí me las den todas. Un viejo no puede ser eterno, por mucho que Ibro esté hecho de pedernal.

—Más pena da Gabilo... —dijo Aníbal Sera—. Está perdiendo las maneras que tuvo y, ahora mismo, es un sastre vulgar al que le huye la clientela. Un noviazgo de rompe y rasga, si no pareciera un chiste. Luego, igual muere Ibro y Anita busca mejor salida: no olvidemos que es seis años mayor que ella.

—¿Adónde van que más les valga...? —dijo Orestes Leva—. Las botas que Silio le limpia al suegro y los trajes que Gabilo le corta los darán por bien empleados. Las

Hectáreas de Ibro son de las mejores de Los Confines. Y ellas, dos mujeres tan tiesas como su padre. El caso es si de ésta se muere o no...

—No se muere... —afirmó el médico—. Ese hombre es un roble, y no va a acabar con él una vulgar afección bronquial.

—No nos engañemos... —dijo Orestes—. Si Ibro se metió en la cama, algún otro motivo tendrá. Dos o tres décimas ni siquiera sabe reconocerlas y malo, que se sepa, nunca estuvo, digo malo de veras.

—Los años... —insinuó Fermín—. Al fin, serán los años los que liberen a esos yernos, que ni acaban de recibir ni acaban de serlo.

—Los años de Ibro no se pueden contar, nadie los sabe, probablemente ni él mismo. De su quinta, todos murieron, si es que hubo alguien de ella. Este hombre no tiene edad, o no hay tiempo que le corresponda.

—Figuraciones. Será el tiempo el que lo mate, como a todo cristiano.

Cuando a la semana siguiente volvió el médico a visitar a Ibro, simplemente para cerciorarse de que no había novedad, coincidió con Ulpiano Nieva, el abogado de Olencia.

El coche del abogado estaba aparcado cerca del corral.

La familia de Ibro, incluido el novio de Ana, esperaba fuera de la casa, las mujeres sentadas en el poyo de la entrada.

—No puede verlo... —dijo imperativa Eridia cuando el médico se acercó a ellos, y quedó extrañado, sin atreverse a decir nada.

—Nos echó de casa, a todos... —informó Ana—. Arriba en la habitación está don Ulpiano, a quien hizo venir de Olencia. No sabemos si perdió la razón.

—Pero no entre, por lo que más quiera... —suplicó ahora Eridia—. Si llega a presenciar el modo en que nos echó, nos hubiera visto morir de vergüenza...

—Pero ¿está bien...? —quiso saber el médico—. ¿Se levantó, se le fueron las décimas...?

—Se levantó dos días después de que usted lo viera, cuando vino don Tino, el cura de Los Llanares. Desde que usted lo vio, esto ha sido una procesión, y el colmo de los colmos esta visita de don Ulpiano, que ahí dentro lleva más de una hora.

Todos estaban quietos y cariacontecidos. Eridia era la que demostraba mayor indignación.

—La razón la tiene perdida... —opinó Silio—. De eso no nos cabe duda.

—No me gusta nada oírlo... —aseguró Ana, que se ponía de pie y era atendida por el sastre.

—Si la tiene perdida... —afirmó Eridia—, somos las hijas las únicas que tenemos derecho a decirlo.

—Es una idea... —se disculpó Silio.

—No sabemos... —convino el sastre— si no sería lo adecuado llevarlo a Ordial, a que lo viesen bien visto. Yo se lo llevo aconsejando a Anita hace tiempo.

—Bueno... —opinó el médico—, no me parece que haya mucho que ver. La salud es de hierro, al margen de algún ligero achaque.

—Por la cosa mental... —insinuó el sastre.

Eridia rompió a llorar, nerviosa y desesperada.

—Loco no, loco no... —dijo entre hipos—. Loca estaría tu madre... —increpó a Gabilo, furiosa— y su hermano, tu tío Belomo, que hacía chaquetas sin mangas y pantalones sin perneras. Mi padre no, mi padre lo que está es perdido...

—Chalecos... —musitó Gabilo, entrecortado— y bombachos. No iba por ahí la sinrazón de su enfermedad. Mi tío Belomo fue el número uno de Celama, no hubo otro sastre. Mi madre sí, pasada la pobre, y bien que lloro su ausencia.

Había lágrimas en los ojos del sastre. También lloraba Anita, a la que tenía entre sus brazos.

—Ya ve el espectáculo... —confirmó Silio Adal, despectivo—. La herencia del viejo es la tribulación de la familia. No se muere y nadie lo mata.

Pero no era verdad lo que Silio decía.
La herencia de Ibro no fue la tribulación de la familia. Al viejo se le había complicado la existencia, pero de otra manera.

Ulpiano saludó al médico, tan efusivo como siempre.
Convocaba a la familia en la cocina y había más revuelo del debido alrededor de las noticias que tenía que comunicar.
El médico aprovechó para subir a la habitación del enfermo.
Ibro Marzal estaba sentado en la cama, intentando ponerse las botas. Tenía revuelto el pelo, legañas en los ojos. La apariencia no de quien durmió bien, sino de quien dio demasiadas vueltas en la cama.
No le extrañó ver al médico, hasta pareció que se alegraba.

—Dios dispone y la conciencia queda tranquila... —dijo—. ¿De qué le vale al ser humano porfiar, si no llega como debe y cuando debe a la resolución precisa? Desayuno temprano, como a su hora, meriendo pronto, ceno poco.

Entiendo que así lo quiere Dios, igual alimentarse que hacer lo necesario, cuando la hora llega o se aproxima.

—Me gustaría auscultarle... —le indicó el médico—. ¿Tomó los sobres...?

No pareció entenderle. La segunda bota le llevaba más tiempo que la primera.

—Lo que soñé fue un aviso del más allá... —dijo, dándose un respiro—. Hay que preparar el alma. ¿Y cómo se prepara...? Don Tino está de acuerdo, usted que es médico seguro que también. El alma se prepara liberando al cuerpo, quitándole empresas y compromisos, también ocupaciones. ¿Qué le parece...?

El médico no supo qué contestar. Logró auscultarle. La afección había desaparecido.

—El sueño fue bien malo, no crea que Dios se anda con monsergas. A la hora de la verdad, es más parecido al de la Biblia que al del Nuevo Testamento.

Seguía sentado en la cama, ya vestido.

—Aquí a los pies... —indicó con una mano los barrotes de latón— se posó un Pájaro de Luto, llámelo usted cuervo, grajo o tordo. Abro los ojos, alza las alas, cierro los ojos, grazna. Ese graznido es el miserere, entendiendo que el Pájaro es el mensajero de Dios y el de la muerte que ya quiere dar la cara.

—¿No habrá tenido más fiebre de la que pensamos...? —inquirió el médico preocupado.

—Fiebre, ninguna. La cama fue el sitio para recibir el aviso y para pensar lo apropiado. Dios dispone y la conciencia queda tranquila. Ahora el Pájaro de Luto busca otro cliente.

—Saberlo ya lo sabe toda Celama... —dijo Fermín Costal en el Casino de Anterna—. Poco corrió Silio a pregonarlo, y el sastre cerró todo el día.

—Una equivocación como la copa de un pino... —opinó Orestes—. La chifladura de un anciano. Lo que viene a corroborar que los años de Ibro son como los de cualquiera. A la vejez, viruelas.

—Lo que más me extraña es que Ulpiano no le aconsejase o no lo hiciera entrar en razón... —dijo Aníbal Sera.

—No había razón ni consejo... —opinó Fermín—. La decisión de Ibro era, como tantas otras suyas, para cumplir a rajatabla. Todo lo quiso donar a las hijas, absolutamente todo. Ulpiano preparó los papeles, por vía de urgencia, y en cuarenta y ocho horas ya había un documento notarial. Dicen que Dios le puso a Ibro el dedo en la llaga por medio de uno de esos pajarracos que salen en los cuentos de las abuelas.

—¿Y ahora qué...?

—Hombre, ahora nada... —aseguró Fermín con sorna—. A vivir de huésped de lujo un mes en casa de Eridia, otro en la de Ana, que se casa, como hay Dios que se casa antes de que cante el gallo.

—Pues qué queréis que os diga... —opinó Medero—. Tal vez no sea lo peor. Ibro es un carcamal y está persuadido de que le llegó el momento de soltar lastre...

La tarde era templada.

La familia regresaba de la Notaría de Olencia. Venían trajeados, como en las contadas ocasiones de alguna extraordinaria celebración.

Eridia y Ana escoltando al padre, Silio y Gabilo compartiendo las riendas.

En la mirada de las hijas, al cruzar las Hectáreas, había un poso de melancolía, como si la tierra ya no fuera la misma, porque la propiedad al depositarla en sus manos le cambiase sin remedio la naturaleza. Los yernos, porque el sastre había asumido tal condición hasta el punto de que el Notario tuvo que advertirle que no podía firmar ningún documento, con la sonrisa satisfecha de quienes ven lo suyo, sabiendo que lo suyo está al alcance de la mano codiciosa que, hasta el momento, no pudo sacarse del bolsillo del pantalón. Y el viejo Ibro, dormitando, cerrados los ojos, extraviada la memoria, entre graznidos y aleteos.

Al llegar a la casa, sacó el viejo la llave, abrió la puerta y dio la orden de que nadie entrase.

—Todavía mando... —dijo, sin alzar la voz—. Algo me queda por hacer, antes de que lo vuestro sea vuestro.

Entró y cerró por dentro.

Todos permanecieron a la expectativa.

Las hijas con la mirada húmeda, los yernos sin salir de su asombro.

Lo escucharon subir las escaleras, luego un silencio que retumbaba en el interior de la casa como pudiera hacerlo el eco de su vacío. La tarde acompañaba aquel silencio. También retumbaba la ausencia en las Hectáreas, y nada se movía.

Se abrió la puerta. Ibro Marzal asomó desnudo.

Por un instante pareció dudar, como si su desnudez insuflara un pudor invencible, pero en seguida salió, haciendo un visible esfuerzo por mantenerse tan altivo como si vistiera sus mejores galas.

Las lágrimas de las hijas se convirtieron en un llanto amargo. Los yernos quedaron aterrados.

Ibro caminó hasta la Hectárea más cercana, se arrodilló en la tierra, comenzó a rezar.

Nadie hizo nada, todos aguardaron hasta que, al cabo de un rato, se incorporó y regresó a la casa.

—Dios merienda pero no cena y el alma ayuna lo que el cuerpo necesita... —dijo.

Ana se casó con Gabilo.

En el Casino de Anterna hacía ya mucho tiempo que Ibro no era tema de conversación.

La figura del viejo se apropiaba de esa sombra de olvido que corresponde al que se está despidiendo de la vida. Posiblemente había contribuido a ello, anticipando tantas cosas.

La torre humana se desvencijaba en el lógico proceso de derrumbe que auspiciaba, mejor que nada, la resignación. No era fácil reconocerle al cabo del tiempo. Solía vérsele sentado en una piedra, a la vuelta del camino de Lises. Cerca de Los Confines.

El anciano no se movía cuando alguien pasaba a su lado.

Tenía la barba hirsuta y muy crecida, el pelo revuelto, la cabeza caída, un espesor de huesos bajo los andrajos.

Era un ser quebrado al que los años empozaban en la miseria, parecía un mendigo.

—Así de penoso resulta... —comentaría Aníbal Sera, todavía muchos meses más tarde, cuando del destino de Ibro todo el mundo estaba enterado.

—Yo lo dije claramente... —recordaba Orestes—. Una equivocación como la copa de un pino. El huésped de lujo acaba siendo un engorro.

—Lo que pasa es que nadie quiere hablar más de la cuenta. Al fin y al cabo, de sus hijas se trata... —aseguró Máximo Toral, que llevaba la voz cantante aquella tarde en el Casino—. Ni una ni otra se hacen cargo como deben, y la gente a lo más que llega es a darle un plato de lentejas al pobre Ibro. Además, el día menos pensado hay una desgracia.

Hubo una desgracia que fácilmente pudo acabar en tragedia. Una noche se incendió una vieja cuadra en Morama. Era un establo medio abandonado que apenas se usaba para meter algo de hierba.

Fue un incendio voraz.

El abandono, la antigüedad de las mamposterías, la hierba, los escombros, facilitaban que ardiese como la yesca. La gente del pueblo hizo lo que pudo, más bien poco, para sofocar el incendio. En realidad, casi se limitaron a evitar que se extendiese y pusiera en peligro las casas cercanas.

El problema surgió cuando, de pronto, se supo que había alguien dentro. Alguna voz, una llamada. No era posible entrar. Las llamas devoraban la parte baja, donde el incendio habría comenzado.

—Arriba, arriba... —dijo alguien indicando el tejado.

Había un hombre que había sido capaz de salir por uno de los huecos y que, con mucho esfuerzo, se sujetaba en las tejas que empezaban a caer.

—Una escalera, una escalera... —pidieron todos los que apreciaban cómo el hombre iba perdiendo el equilibrio.

Sujetaron la escalera y lograron bajarlo. Las llamas ya asomaban en la techumbre.

—Es Ibro... —dijo la primera mujer que lo reconoció.

El anciano estaba chamuscado. Le quitaron los andrajos, le vaciaron un cubo de agua encima.

—Dice Dios —exclamó Ibro, y todos quedaron quietos y asustados ante aquella voz ronca y admonitoria— que el que meriende no debe cenar, así ayuna el alma lo que el cuerpo necesita.

—Quiere decir que tiene hambre... —aseguró otra mujer—. Traedlo a mi casa que, antes que nada, hay que darle un caldo.

Ana y Eridia recogieron a su padre.

A la larga, fue la pequeña quien se quedó con él. El sastre acabó siendo más comprensivo que Silio Adal, que jamás le dirigió la palabra.

Todavía vivió tres años, y cuando en el Casino de Anterna alguien lo mencionaba, Orestes Leva siempre decía:

—El jodido Pájaro de Luto.

El secreto

Furial Veidio fue de los pocos que vinieron a Celama haciendo, de alguna manera, lo contrario de lo que hacían los emigrantes.

Vino joven y vino literalmente con lo puesto: la ropa del que ya se cansó de viajar, el hatillo de las cuatro pertenencias.

Con ese poco lo recordaban en Albora los que ya se habían hecho tan viejos como él, y el último que quedaba, el único que habría de sobrevivirle, estaba aquella tarde entre los vecinos que se agolpaban a la entrada de la casa de Furial, que llevaba varios días muriéndose y, al fin, iba a hacerlo.

Ese viejo sobreviviente, el último que quedaba, se llamaba Dionís y era tuerto y cojo.

—Otro no queda... —decía Dionís—. Veidio y yo, de la misma quinta, aunque él no naciera en la Llanura. Los demás se han ido en los tres últimos años por el camino del que nadie vuelve: Carmo Cartal, pulmonía doble, Avido Bran, estrangulada la hernia, Omilo Sedallar, angina de pecho. Carcamales todos, la quinta completa.

Furial había rodado por algunos pueblos, era un trabajador infatigable y un hombre de carácter abierto, generoso, que expresaba su bonhomía sin ninguna limitación.

Esas cualidades coadyuvaron mucho a integrarle en los vecindarios, y cuando se radicó en Albora ya era valorado y querido en todo el contorno, y nadie hacía la salvedad de que no fuese natural de allí porque estaba considerado como uno cualquiera, con el mismo arraigo.

El trabajo y el ahorro fueron la norma en los años en que Furial se fue haciendo con un patrimonio modesto, incrementado luego por el matrimonio con Somina Illeda, y no tardando mucho compaginó la tierra con el transporte y el comercio. No hubo día que no fuera a la Hectárea, pero también es verdad que Furial era dueño de una peculiar inteligencia, cierta claridad y la necesaria osadía para los negocios, y en todo, el aval de su seriedad, el atractivo de su manera de ser.

—Tiene —decía Dionís aquella tarde, cuando poco a poco todos los vecinos de Albora comparecían atendiendo la llamada de Medina, la hija del moribundo, y sin que ninguno supiese a qué se debía tan peculiar convocatoria, pues todos venían siguiendo con interés la enfermedad de su padre— lo que otros no tuvimos o no supimos tener: capacidad y vista, y no lo digo por lo que me compete por tuerto. Lo digo por la valía y el instinto, saber barajar trabajo y ganancia. Ahora se muere y de la quinta soy el postrero, lo que no me hace ninguna gracia.

Furial se había quedado viudo muy pronto y Medina no sólo era la hija única que había atendido devotamente a su padre, también había sido su confidente y contribuido a su felicidad con un matrimonio de su gusto y tres hijos, los nietos que Furial disfrutó más que nada en la vida.

Amaldo, el yerno, se había integrado en el trabajo y los negocios del suegro con absoluta dedicación. A veces Furial veía en él un hijo verdadero, recordaba a Somina, repetía su nombre al llamar a la nieta pequeña, musitaba algunas palabras imprecisas. Sólo su nieto mediano, Valsorín, era capaz de apreciar el rictus amargo con que tantas veces acababan aquellas palabras, la extraña transición de la felicidad a la tribulación que transformaba la mirada del abuelo.

Valsorín era, de toda la familia, el que estaba más preocupado aquella tarde. La enfermedad irremediable del abuelo había sido aceptada con resignación por todos, entre otras cosas porque Furial se había encargado de que así fuese.

—La vida es este río que se acaba, y el buen fin no hay que llorarlo sino celebrarlo... —decía el abuelo sin la más mínima melancolía, como si esa aceptación fuese un aliciente para saber morir.

Pero Valsorín tenía la impresión de que aquel hombre no sólo se estaba consumiendo por la enfermedad, también por una zozobra que acumulaba todos aquellos gestos atribulados que empañaban su felicidad, los instantes que cambiaban su mirada o derretían las imprecisas palabras de su amargura.

Su madre pasaba mucho tiempo a solas con él y, tras la puerta, el nieto había escuchado la voz del abuelo que decía o dictaba algo, y el llanto desolado de Medina.

—El nieto que más se parece al abuelo... —decía Dionís—. No sólo la misma planta, iguales ojos, también la pena que da la bondad a los hombres buenos. Es un chico sentido.

Era media tarde.

El otoño iba enrojeciendo el erial.

Medina y su marido bajaron de la habitación del enfermo.

La gente se arremolinó.

—Ninguno de nosotros sabía lo que pasaba... —contó Dionís—, aunque yo, si digo la verdad, tengo que confirmar alguna sospecha, porque Valsorín estaba asustado, como si la familia fuera a recibir el mayor disgusto como anticipo de la propia muerte del enfermo.

Lo que Medina traía en la mano era una carta.

El pueblo guardó silencio.

En realidad, nadie había hecho ningún comentario, las únicas disquisiciones aventuraban alguna idea testamentaria de Furial derivada de su reconocida generosidad, cualquier donación que se le hubiera ocurrido hacer para la iglesia, cualquier cosa.

—La leyó emocionada, pero sin perder la voz en ningún momento... —contó Dionís—. Yo veía la cara de asombro de Valsorín, que precisamente estaba a mi lado, luego las lágrimas que le iban cayendo de los ojos con más dolor que esfuerzo. Es de suponer que, como todos los que escuchábamos, tardara un poco en entender lo que aquello conllevaba. Cuando Medina acabó de leerla y anunció que su marido, Amaldo, tenía el encargo de llevarla y entregarla en mano cuando Furial hubiera fallecido, nadie fue capaz del más pequeño comentario, apenas se oyó la voz de la vieja Cardenicia, que suspiraba diciendo, Dios lo ampare.

Murió Furial aquella misma noche.

Nunca en Celama hubo entierro más silencioso.

La condolencia se había mezclado con la piedad y el asombro, y las gentes de Albora reconocían y valoraban en su justa medida la confesión de aquel hombre que se había convertido en un vecino ejemplar, en uno más, tras tantos años de convivencia.

Horas después del entierro, Amaldo partía con la carta.

Era muy lejos donde tenía que llevarla, se trataba de un viaje complicado hasta un remoto pueblo de la provincia de Huesca.

De allí procedía Furial, pero hasta Celama no había venido directamente, tras la huida que la carta relataba.

El emigrante había hecho, de veras, la navegación contraria a la que hacían los que emigraban de la Llanura: del otro lado del mar, adonde huyera, había regresado algunos años después, y el destino de Celama provenía precisamente del encuentro en la otra orilla de alguno de aquellos emigrantes comidos por la nostalgia de la Llanura.

Lo primero que había hecho al volver había sido cambiar el nombre en el sobado pasaporte, cambiar también el rumbo de su existencia pero sin lograr borrar la memoria, ni la marca que en la conciencia imprime la desventura.

—A la familia del hombre que Furial había matado en su juventud estaba dirigida la carta... —contó Dionís, y el ojo sano forzaba por apagarse como su voz, porque pretendía que no resonara más alta que la que es propia de las confidencias más dolorosas—. A solicitar su perdón confesando el secreto, y dando cuenta fehaciente del lugar en que estaba enterrado. Era una muerte inútil, todas lo son, pero muy especialmente aquélla, como penosamente detallaba la carta. Una absurda disputa en un camino, una violenta reyerta, un trágico suceso sin sentido.

Amaldo regresó muchos días después y nadie supo, porque a nadie se le ocurrió preguntar, la respuesta que había encontrado.

Poco a poco la vida volvía a ser la misma para la familia, no en vano el yerno heredaba sin traba todos los dones del difunto.

—Menos para Valsorín... —dijo Dionís—. Ese chico triste que se hizo mozalbete con alguna rara zozobra dentro, y que un día emigró sin ninguna necesidad con el alma hecha pedazos.

VI. Las edades extremas

De la noche a la mañana

La noche que Rodrigo Bordo bailó con Delfina Cuéllar en el Casino de Santa Ula, una celebración de San Juan después de la hoguera, cuando en el reloj del Casino ya habían sonado todas las horas y en los salones apenas subsistían los más impenitentes, tenía Rodrigo ochenta y ocho años, el cuerpo de recio percherón echado a perder por completo, la cabeza pelona que a lo largo de su existencia siempre ahorró peluqueros, y los ojos saltones más aguados que nunca por la nube opaca de las cataratas.

De los ochenta y ocho años de Rodrigo Bordo, que culminaron aquella noche en el Casino de Santa Ula, entre los brazos conmiserativos de Delfina Cuéllar, se puede hacer una exacta evaluación que nadie en la Llanura desmentiría.

Mozo raro, consumido por un carácter tan fuerte como huraño, ajeno a cualquier compromiso colectivo, propicio a la soledad de quienes en la vida sólo pretenden hacer lo que les da la gana, como sea y por encima de quien sea, y sin ningún interés en disimular el gesto del hurón y la voluntad del tacaño. Esa mocedad le dio a Rodrigo su condición de animal torvo, avalada por el buen patrimonio familiar que gobernó en seguida como heredero único, y expresada por el recio corpachón, erguido y amenazador: las manos de gigante, los ojos desnortados y la terca cabezona por la que los barberos de Celama siempre suspiraron y en la que tanto tardaron en poner la maquinilla.

La mocedad de Rodrigo cumplió más años de los habituales, tal vez porque, como en los caballos grandes, esa mocedad se enreda y pervive simulada en el tamaño, pero no se le puede catalogar en la categoría de solterón, de acuerdo a los parámetros al uso, porque no cumplió ninguna de las características propias de los solterones de la Llanura, exceptuando la de no ir a misa ya que, al menos en los tres años posteriores a una erisipela que le tuvo muy preocupado, se acercó todos los domingos al atrio de la iglesia de Santa Ula y paseó por el mismo, de un lado a otro, el tiempo que duraba la misa de doce.

Que a Rodrigo no se le conociera vida amorosa en ochenta años no ayuda a matizar ese destino de su desperdicio y soltería: ayuda mucho más a constatar su virulenta entidad de ser huraño al que la tacañería despojó de cualquier indicio humanitario, como si el animal se avejentara sin ninguno de los signos con que el tiempo promueve la debilidad, o la conciencia se adueña de algún sentimiento más o menos piadoso hacia la propia condición.

Rodrigo era el mismo, nada había cambiado en su talante, sus manías alimentaban la misma usura y los barberos de Celama desesperaban de su expectativa.

Siempre había vivido en su casona de la Plaza, la que mayores corrales tenía en la parte trasera, y todas las mañanas de su existencia, exceptuando las de su enfermedad y algún catarro accidental, las había pasado por las Hectáreas, vigilando las labores pero sin echar jamás mano a nada, encontrando en cualquier ocasión razones más que suficientes para regresar contrariado a casa al mediodía, con el exabrupto a punto de estallar en los labios.

En la casona siempre le aguardó su sobrina Lidia, la hija huérfana de su hermano Vicente, el único ser de la escasa familia que Rodrigo acogió con la secreta mezcla que nadie podría deslindar, probablemente ni él mismo, de la ternura y el egoísmo: una mixtura que justificaría sus sentimientos y aliviaría sus necesidades.

Lidia llevó la casa y soportó a su tío con esa dedicación que proporciona el obligado agradecimiento, acotando con inteligencia la libertad de sus labores y la economía doméstica, de modo que la usura moral y material del tío no supusiese un continuo detrimento en la vida cotidiana. Rodrigo fue cediendo ese favor de la convivencia en aras de su extrema comodidad y de su irremediable egoísmo. Lidia creció a su lado, se hizo moza y mujer y maduró sin más alicientes que el gobierno de aquella casa y la atención de aquel hombre, que jamás debió de considerar otras posibilidades para su futuro, ni siquiera mentarlas.

De los secretos del corazón de Lidia no hay indicios, apenas la constancia de un fugaz enamorado de Ordial que iba y venía algunos domingos, comía en la Fonda Corsino, paseaba la Plaza y en algún momento miraba el balcón, donde los más atentos habrían vislumbrado un movimiento en los visillos.

También, cuando ya Rodrigo se había convertido en un auténtico y absurdo tarambana, los jocosos y enojosos comentarios a que le sometían sus amigotes y que él celebraba sin el menor respeto, causando en Lidia, cuando llegaba a enterarse, la más honda indignación.

Porque Rodrigo Bordo sufrió al cumplir los ochenta años una estrambótica metamorfosis que lo convirtió en un viejo perdulario, juerguista, jugador, encaminado a los malos pasos que nunca había dado, en manos de esos malos amigos que son más propios de la juventud.

Lidia fue la primera en percatarse de aquel cambio en el carácter y en las costumbres de su tío.

En menos de un mes, el cambio era radical: todos los horarios estaban trastocados, muchos días no venía a comer, casi nunca a cenar, a veces se levantaba casi al mediodía, no comparecía en las Hectáreas, y las noches discurrían con una ausencia cada vez más prolongada, de modo que comenzó a ser habitual verle llegar de madrugada y entrar sigiloso y pesado por el corral.

En la mesita de su habitación, el billetero, del que Rodrigo jamás en sus ochenta años se había separado medio metro, permanecía abandonado un día y otro, lleno de billetes a rebosar, vacío al otro día, con la calderilla tirada por el suelo, como el signo más desbaratado de aquella transformación que Lidia no lograba entender.

Los exabruptos y los gestos de animadversión y enojo se suavizaron hasta casi desaparecer, y en algún momento de sus largas siestas en la mecedora de la galería, cuando reponía fuerzas hasta que al oscurecer decidía de nuevo irse, una sonrisa de inocencia y sosiego amparaba su rostro mientras una baba rala se le iba por la comisura de los labios, como si el viejo percherón rumiase la cebada de su inédita felicidad.

Fueron tres los personajes que dominaron aquellos ocho años de desvarío en los que Rodrigo Bordo derrochó la hacienda, logrando una fama que sobrepasó con creces las fronteras de Celama y la Vega, la Ordial de los saraos nocturnos, las Ventas de la carretera de Ahumada y los antros de los Rabanales y La Puebla.

De esos tres personajes, el más perseverante fue Ibraíno Mol, el sastre de Vericia que le cortó a Rodrigo los trajes de su desmadre, al menos dos por año, más del doble de los que hubiera usado en toda su existencia.

Ibraíno se acababa de quedar viudo cuando a Rodrigo le dio la ventolera, y la desaforada amistad prendió alguna de las primeras noches, en el mismo Casino de Santa Ula donde, sin venir a cuento, se descorcharon seis botellas de un champán francés que Virgilio, el encargado del bar, rescató de la bodega. Esas noches ya estuvieron presentes los otros dos correveidiles: Tarso Elpima y Vito Almenar, dos zascandiles que se pegaban como lapas en las noches más descarriadas de la Llanura, allí donde asomara el dinero más fácil o la propuesta más oportuna.

Ninguno de ellos pudo pensar que Rodrigo Bordo fuese el compañero de las más largas farras, pero a ninguno le falló el ojo a la hora de arrimarse, y eso que entre los tres difícilmente sumaban la edad del pródigo.

A Rodrigo se le empezó a ver por Santa Ula hecho un cromo, y el barbero de la Plaza estuvo a punto de sufrir un infarto el día que entró en su establecimiento y apostó la oronda cabezota en el respaldo del sillón solicitando corte y afeitado, mientras se hacía con el periódico más a mano y advertía:

—No me perfumes, que no me fío de la colonia que gastas...

Era un dilema afrontar el destino de aquel cráneo imponente, donde la crespa incertidumbre de los pelos parecía una amenaza, pero el barbero comprobó en seguida que, en contra de lo que se pudiera suponer, Rodrigo era un cliente dócil y generoso, capaz de doblar con la propina el precio del servicio.

—Es que no me va la lavanda... —se disculpó, atusándose ante el espejo—. Embrujo de París o Esencia Diamantina, perfumes de embeleso, menos no merece la pena.

Lidia fue asumiendo su preocupación con el esfuerzo de resignarse, confiada en que aquel disparate de vida desaparecería como apareció: de la noche a la mañana. Pero los meses pasaban y, con el discurrir del tiempo, ella iba constatando, entre la amargura y la vergüenza, el derrotero de esa existencia desvariada que ya era la comidilla de toda Celama.

La extrañeza había propiciado, con las primeras habladurías, una lógica discreción, pero la personalidad de Rodrigo era muy conocida, y la transformación resultaba tan abultada que en seguida formó parte de una especie de espectáculo al que concurrieron todas las opiniones, malévolas y despiadadas unas veces, pues eran muchos los que con él mantenían rencillas derivadas de su intemperancia, compasivas otras, porque a fin de cuentas la imagen del anciano revelaba un melancólico contraste que la iba reduciendo a la tristeza de su caricatura.

La mayor vergüenza de Lidia sobrevino al enterarse de que su tío, más allá del juego, las copas, las merendolas y las serenatas, estaba obsesionado con el baile, y era la figura más esperada y aplaudida en los salones de los Casinos y las verbenas.

El romo danzarín, que nunca supo dar dos pasos seguidos, se aferraba vicioso a los bailes de salón, y los comentarios de su sorprendente destreza remitían a las clases particulares en la Academia Terpsícore de Ordial, donde, por supuesto, también le habían acompañado sus compinches.

Ya no había fiesta a la que no compareciera, con Ibraíno Mol haciéndole las presentaciones y Tarso y Vito jaleando la gracia del percherón, que en tales ocasiones perdía cualquier atisbo de respeto y se convertía en una peonza enloquecida e incansable.

Nunca faltaban las mozas festivas e interesadas que le reían la gracia, ni los mozos que celebraban aquel temple desbocado y, por supuesto, la generosidad de la invitación colectiva.

Pensar que su tío había perdido el juicio hasta tal extremo fue lo que movió a Lidia a pedir auxilio.

La vergüenza la tenía más retirada que nunca en la casona, pero en Santa Ula contaba con amistades suficientes y eligió entre las de mayor confianza, aunque en todas ellas se habían incrementado el aprecio y la compasión hacia la desgraciada sobrina, pues no había nadie que no estuviese al tanto de la liquidación a que Rodrigo estaba sometiendo su hacienda cuando a los tres correveidiles, los más pertinaces e impíos, se les había ido añadiendo una recua incontrolada, y en algunos festines en las Ventas de la carretera de Ahumada y en los antros de los Rabanales y La Puebla se decía que habían participado más de cincuenta personas.

Fueron don Orillo y don Esteban, juez de paz y maestro jubilado, quienes asumieron la encomienda de hablar con Rodrigo.

Les costó mucho trabajo hacerlo porque las noches y los días del irredento percherón ya no tenían linde, ni existían horarios en el tiempo del calavera.

La sobrina se había acomodado a aquella existencia amargada y el tío era un vendaval que entraba y salía sin orden ni concierto, desatendiendo cualquier indicación, con más prisas que nadie.

Las noches que no volvía siempre había un mensaje para que Lidia no se preocupara, y en aquellos ocho años los mensajes se fueron incrementando de tal modo que la cama de Rodrigo permanecía sin deshacer semanas enteras.

Lloró como un niño, dijo don Orillo a la sobrina y a las amistades más íntimas, y don Esteban corroboró aquel llanto de arrepentimiento que tantas veces volvería a repetirse.

Era un llanto blando y copioso, una enorme cantidad de lágrimas que los ojos saltones de Rodrigo vertían sin miramiento.

Tanto lloraba, aseguró don Orillo, que tuvimos que pedirle que desistiera porque, entre otras cosas, creímos que podía darle algo y se nos encogía el corazón.

Pero no hubo modo, dijo don Esteban, cuando se toma conciencia de lo errado que se anda pasan estas cosas: el llanto es la primera demostración de la penitencia.

A Rodrigo el arrepentimiento le duró menos de un mes. Luego, en los días que irían conduciendo su cuerpo arrumbado hasta aquella noche de San Juan en el Casino de Santa Ula, las enmiendas se repitieron y las promesas volvieron a producirse con parecidas lágrimas.

De la extrema situación del patrimonio se enteró Lidia en los días posteriores al óbito: de las deudas, de los créditos, de la evaluación ruinosa que hipotecaba la casona y las pocas Hectáreas que no habían sido malvendidas.

Nadie sabía lo que pintaba Delfina Cuéllar en aquellas horas de la madrugada en el Casino.

Sólo los más impenitentes permanecían en los salones, jugando, bebiendo.

De los antiguos correveidiles estaba Tarso Elpima, y fue él quien primero escuchó las notas del vals en la gramola.

Delfina era la hija viuda de Silván Cuéllar, apoderado de la Caja Rural, una mujer todavía joven a la que la viudedad había restablecido la serena belleza que los cortos años de matrimonio le habían robado, porque el suyo había sido un matrimonio desastroso por culpa de un marido que sólo había hecho que maltratarla.

Solía acudir a las fiestas del Casino con su padre o con su hermano mayor, que también era viudo, y normalmente se retiraba en su compañía a una hora razonable.

Rodrigo Bordo bailaba el vals con ella.

En el Salón de Baile las luces estaban apagadas y el sonido de la gramola desprendía en la penumbra de algún rincón las notas polvorientas de *El Danubio azul.*

Bailaban como dos sombras urgidas por el requerimiento de la música y lo hacían, según comprobaron Elpima y los dos camareros que acudieron con él, con la lentitud del sueño, como si intentaran preservar el secreto de su abrazo, el instante de su afición. Eran dos bailarines profesionales extraviados en la nocturnidad.

Otro de los camareros que llegaba dio la luz, y todos supieron que el cuerpo de Rodrigo se sujetaba en los brazos de Delfina con una imprevista pesadez que ella no podría sostener.

—Estaba muerto... —dijo Tarso, volviendo a mirarle en el suelo.

Delfina Cuéllar posaba una mano en la frente de Rodrigo, le cerraba los ojos saltones que con la muerte todavía parecían agrandarse.

—Dios mío, se me estaba declarando... —musitó, sin que ninguno de nosotros entendiera sus palabras, hasta que las repitió.

La pena del patio

La imagen de Sino Cegal era la del vacío.

Estaba solo en el patio, de pie, quieto, alzados los ojos al cielo de noviembre que comenzaba a exudar una llovizna helada. El patio era grande, defendido por unos muros de ladrillo extremadamente altos. La imagen era la misma de diez años atrás, cuando lo vi la anterior vez.

La figura de Sino tenía enquistado el envejecimiento, el golpe de la edad lo había vencido de la noche a la mañana y la forma de vencerle, con tan inusitado e impropio adelanto, motivaba el hundimiento del cuerpo, arqueado y roto, la rugosidad de la piel, un extravío en los movimientos que desorientaban sus pasos, y el fluido lacrimal que difuminaba su mirada, sin que la mano acertara a llevar convenientemente el pañuelo a los ojos.

El vacío llenaba aquella imagen en el mediodía del patio del Psiquiátrico de Armenta.

Un ser humano sin nada dentro, como había dicho don Aníbal, el padre de Sino, cuando la familia decidió ingresarlo: sin nada que no sea el viento de su desastre.

Ese vacío, esa oquedad en la que Sino se sumió hasta perder cualquier huella de su conciencia, batía la soledad de la figura, quieta bajo la llovizna, y la impresión lejana de aquellos años ayudaba a corroborar el desastre que don Aníbal no superó, ya que el padre viudo murió seis meses después de que el hijo ingresara.

299

Ordicio Cegal hacía gestiones en la Administración del manicomio.

Le había acompañado a Armenta, en un viaje no muy distinto al que hiciéramos diez años atrás, cuando trajimos a Sino. Ordicio y Mela, únicos hermanos que le quedaban al enfermo, lo visitaban alternándose todos los meses, pero yo no había vuelto a verlo.

—Está en el patio... —nos dijo uno de los enfermeros—. Llueva o nieve, no hay quien lo impida. Pero sigue siendo tan bueno, el mejor de todos...

La llovizna era extremadamente diminuta.

Me acerqué a Sino.

El vacío se percibía mejor mientras más cerca de él se estaba. Contribuía mucho la ropa antigua que conservaba la talla demasiado holgada para el cuerpo demediado, también, por supuesto, la sensación de ausencia de los ojos inundados de Sino, esa disolución de la figura en el estatismo de su quietud, de su abandono.

Estaba a su lado, convencido de que acabaría mirándome sin verme. Tardó un momento en percatarse. Bajaba los ojos, tan húmedos como siempre, mantenía las manos metidas en los bolsillos del pantalón, me pareció que se encogía de hombros.

—Vamos a dar un paseo, Sino... —le dije, alzando la voz más de lo debido—. Vine con Ordicio, vamos a ir a comer y a dar una vuelta por Armenta.

—Dame la mano... —musitó, y comprobé que alargaba la suya tras sacarla del bolsillo.

—¿Te acuerdas de mí...?

Me había cogido de la mano y comenzaba a caminar.

—Ahora el otoño, luego el invierno... —dijo—. Celama donde puede. Escuchaba la lluvia, frío no hace. Ayer balaba el cordero, la mula ni se movió. Quiero darle un abrazo a mi hermano del alma. La pena de este patio es que no haya gallinas.

Comimos en la Fonda Burgalesa.

Siempre que Ordicio o su hermana Mela sacaban a Sino del Psiquiátrico, como se saca a un apacible colegial del internado para paliar la rutina de su condena, lo llevaban a comer a la Fonda, cuya especialidad era el arroz, el plato preferido de Sino, que no variaba su gusto ni en las épocas de mayor ausencia: ensalada de arroz, paella, arroz blanco, arroz con leche.

—Rica... —decía, contabilizando hasta el último grano—. Échame otro poco, Ordicio, hermano mío. La fuente hay que limpiarla, el último grano el más sabroso, el socarrado lo que más apetece. Los garbanzos fríos, las alubias templadas, una sopa boba, la berza seca. No voy a manchar el mantel, no te preocupes. Y tú, amigo mío, dime que Celama no la movieron.

—No la pueden mover... —le aseguré—. Está donde siempre.

—Ay, qué rica, qué rica, ni el alpiste para los pájaros, ni la alfalfa para el ternero. Arroz tres estrellas. Dice Don Tristrás que el arroz comerás, si no lo comieres, el gusto perdieres. Lo cato, lo como, ni un grano perdono. Tanto me gusta, que de gusto me muero. Ordicio, hermano mío, échame otro poco. Un grano a la boca, el otro a la oreja. Me dices la verdad: si a Celama no la mueven, ¿quién es su dueño? ¿Quién la trae, quién la lleva? Nada diré que no sea preciso, pero hay tres cosas que conviene saber. El arroz exquisito, Ordicio, rico como lo hiciese mamá, que en paz descanse.

Sino despedía un olor añejo, esa rara acritud de los objetos acumulados en el desván que contamina la atmósfera cerrada, el polvo de los despojos.

En su rostro caduco resaltaba el brillo acuoso de los ojos, aquellas lágrimas inermes, pero en ellos todavía quedaba cierta vivacidad.

—¿De veras te acuerdas de Celama...? —quise saber, mientras Ordicio volvía a llenarle el plato.

—Bien que me acuerdo, bien que la quiero. Si fuera preciso lo diría. La vela de noche el que no tiene sueño, de día quien la trabaja, no hay hora que no esté animada. Si yo os dijera el nombre del niño que más corrió por ella, igual no me creíais. La recuerdo como el pan negro, la miga de la cebada. Dieciséis árboles la última vez que la vi.

—El niño serías tú... —dijo Ordicio, acariciando la mano derecha del enfermo sobre el mantel. Sino comía con la izquierda.

—Uy, uy, uy, qué pena me diera si fuese yo. El niño perdido y hallado en la nieve. No tuve corazón de tal, trazas de ello, jamás lo fui. Este grano está duro, lo escupo por eso. El arroz, superior. No corría, la pata mala, dolida la cintura, estaba cansado. Con Celama sueño. Bendita sea la Santísima Virgen del Cejo. Lo devota que era mamá. Misa, comunión, rosario, novena.

—¿Qué sueñas, Sino...?

Había dejado el tenedor en el plato, acababa de escupir algunos granos, se llevó la servilleta a los ojos.

—Ay, Celama, qué entraña... —musitó, luego intentó alcanzar el vaso de agua torpemente, la mano izquierda le temblaba, Ordicio se lo acercó—. Ay, qué entraña. La pena de rezar, la pena de sufrir, la suerte está echada. Sueño el cielo morado, la piedra, el trabajo, me canso mucho. Mi madre me quería más que nadie, hermanito del alma, papá menos. ¿Y hoy por qué no vino Mela...?

—No podía... —dijo Ordicio—, pero viene la próxima vez. Si no quieres más arroz, te cambiamos el plato.

—Quiero, quiero. Arroz lo que sea, patatas menos, la berza seca, ya se sabe, un pepino, una sandía. Y tú, amigo mío, ¿ya curas sólo a la gente o también a los bichos...? Aquella gallina, la más ponedora, no tuvo solución. Hay gatos peores que los perros, que ya es decir, partiendo de la base de que no hay perro malo ni gato bondadoso. Bueno, me lo pides con leche, Ordicio, el postre que más me pete.

En el comedor de la Fonda Burgalesa nos habíamos quedado solos. La dueña nos atendía con especial esmero. Observaba a Sino moviendo la cabeza comprensiva, recordando a un sobrino que, según nos había dicho, también tenía perdida la razón. Pero perdida sin tino, no como este inocente que dice cosas...

—Ay, qué oscura la veo... —musitó Sino, y en los ojos empañados había un brillo lejano, una luz que acaso iluminaba un recuerdo remoto de la realidad o el sueño—. Ese cielo se apagó. La nieve sucia, todas las piedras amontonadas. Me daba miedo. Todas las piedras de las Hectáreas, los cantos, las rañas. Ahora Celama es un monte de piedras. ¿Qué se podrá cultivar...? Las alimañas lo guardan. El cielo morado. La noche más oscura. No la tiene Dios de la mano. Ay, qué pena verla de ese modo, tan bonita como fue.

Ordicio tenía que hacer algunas compras.
Yo me quedé con Sino en el Café Montalbo.
Llovía con quietud. Tras las cristaleras del Montalbo, la Calle Mayor de Armenta se apagaba en la media tarde.

Sino no separaba los ojos de aquella panorámica que empequeñecía la ciudad, como si las cristaleras redujesen el paisaje urbano al concentrar el limitado espacio de una esquina mojada y solitaria.

—No hay nadie en el patio... —dijo, llevando con muchas dificultades el pocillo del café a los labios, derramando en la barbilla lo que no logró sorber—. Nadie en Armenta. A Celama jamás volvería...
—¿Por qué...?
—Las tres cosas que conviene saber, voy a decirlas ahora que no está Ordicio. Ni se te ocurra comentarlas con Mela.

Se limpió la boca con la servilleta, después los ojos.

—Una es que el buen tiempo ya se acabó para siempre. Otra es que Dios no perdona por mucho que Cristo se ponga como se ponga. La tercera es la que más miedo da, no sé si querrás escucharla.
—Claro que quiero.
—Todos los cuerdos se van a matar entre ellos. Los locos nos quedaremos más solos que la una en el mundo. Padres e hijos, hermanos contra hermanos, amigos y cuñados. Esta tierra se acaba, Celama no se salva. Y esto no va a suceder hoy, ni mañana, pero puede que pasado. Toma nota: España hecha trizas, las mulas sueltas por las Hectáreas, los Pozos anegados, los pájaros huidos, el niño que corre sin parar...

Aguardé a Ordicio a la puerta del Psiquiátrico.
El tren para Olencia pasaba a las ocho y media. Ahora la lluvia era más espesa.
Fue la última vez que vi a Sino.
Murió en el manicomio año y medio más tarde, en un accidente al caerse por las escaleras.

Quieto y vacío. La pena del patio llenaba con su soledad lo que él no tenía. Aquella llovizna, los ojos vidriados, el temblor de las manos. La Celama oscura de su memoria o de su sueño.

Lo enterraron en el Argañal una mañana de abril.

La superficie mansa

Para que Londo llegara a ser el pobre de la Llanura tuvieron que darse muy variadas circunstancias. La primera, su dudoso arraigo, la segunda, un grado de beatitud más fácil de percibir que de explicar, la tercera, la vana impresión de que la indolencia puede llegar a ser una suerte de enfermedad.

Los pobres pertenecen a la esencia del Territorio, la pobreza es como el humus de su condición, pero los mendigos no son bien vistos, la aureola de la mendicidad es negativa y no da pie a los gestos caritativos con que, en otros lugares, se socorre a quienes solicitan limosna.

No hay mendigos en Celama.

Habiendo tanta pobreza, sería un desdoro que algunos la profesionalizaran. La pobreza del Territorio da pie, cuando se asume sin remisión, a una condición precaria de supervivencia que obtiene la razonable solidaridad precisamente por eso, porque la pobreza está muy repartida, y la conciencia de la misma ayuda al consuelo moral de su desgracia.

No hay mendigos.

El pobre más extremo encuentra el amparo vecinal en el trabajo que se reparte, cuando se puede, y las familias que no logran alcanzar en modo alguno la subsistencia buscan el alivio de la emigración.

Los pueblos pierden lo que les sobra, y lo que les sobra es casi siempre lo que no se justifica, lo que materialmente no subsiste, en el límite de lo que por subsistir puede entenderse, ya que todas las posibilidades se agotan al máximo.

No hay ninguna impiedad en esa ley familiar y vecinal que prescinde de lo que no puede. Los dramas de la indigencia se solventan, dolorosamente por supuesto, con la aventura de la emigración, ese impulso, tantas veces baldío, de ir a ganarse la vida donde sea posible.

De la Celama emigrada jamás hubo censo, y es muy significativa la desproporción de los regresos: volver resulta muy costoso cuando, al fin, uno se fue. Esta tierra provoca, en la lejanía, una nostalgia rara.

—Sombría... —dijo una vez a don Carlos Cimadevilla, Registrador de la Propiedad en Olencia y, como tal, avezado en la suerte de contabilizar almas y tierras, ya que su bondadoso carácter hacía propicia tan extraña mixtura—. Un sentimiento que la distancia y la pérdida enrarecen, de modo que la añoranza se hace amarga mientras más se oscurece el recuerdo. Una tierra que al perderla nadie la ama, al contrario de lo que en otras sucede. Su perdición es un dolor y, como mucho, una suerte de melancolía envenenada.

El desarraigo de Londo no provenía de una renuncia o de alguna decisión que le hubiera separado de su familia y entorno, si bien es verdad que todo el mundo lo recordaba como un huérfano de memoria liviana que parecía haber perdido el rumbo.

El adolescente era como un saltimbanqui o uno de esos pájaros a los que el azogue no deja un minuto quietos en el poste.

Ese movimiento desaforado, un voy y vengo sin principio ni fin, hizo que su mocedad tuviera el mismo vértigo de su recorrido. Ya resultaba difícil reparar en Londo, apreciar lo que hacía un día u otro, preguntar dónde estaba o quién recordaba haberlo visto.

Celama es grande para quien la abarca entera, pueblo a pueblo, camino a camino, Hectárea a Hectárea, sobre todo si se considera que un tanto por ciento importante de sus habitantes mueren sin conocerla al completo o, en muchos casos, poco más allá de las Heminas colindantes donde hacen el trabajo.

Londo no parecía de ningún sitio y, tantos años después, nadie era capaz de aventurar su procedencia, el ritmo del vagabundo había borrado cualquier indicación.

La beatitud se percibía en Londo como una suerte de incapacidad, ese temblor de la inocencia que hace inútiles a los que son demasiado buenos, si entendemos que la bondad extrema es una suerte de inopia que complica el gobierno del mundo, la administración de nuestra supervivencia.

También en Celama, como en tantos otros sitios, se equipara la inocencia con la idiocia, de modo que se llama inocentes a quienes tienen deficiencias en sus facultades mentales, y no hay condición que merezca más entrañable respeto.

En la beatitud de Londo existía alguna indeterminada sensación de imposibilidad y desamparo. El chico suelto se hizo mozo tarambana y el hombre en que derivó, con las canas prematuras, conservaba la misma mirada de jovial ausencia. En esos tránsitos de la edad, también difíciles de percibir por la presencia inadvertida de Londo, sus imprevistas apariciones y desapariciones, nadie se acomodó a la imagen transformada del mendigo: Londo no tenía tiempo, del mismo modo que no tenía carácter, ni memoria ni voluntad. Lo único que había logrado era dar sustancia a su condición de mendigo, hacer de la mendicidad el destino de sus días. Con la beatitud que asomaba, sin especial esfuerzo, en sus pupilas, entre la escoria legañosa y el lagrimal humedecido, alcanzaba la limosna sin ninguna necesidad de solicitarla, como si la mano temblorosa aprehendiera la dádiva que en cada pueblo tenía reservada.

La candidez de Londo parecía el mejor aval de su indolencia.

El mínimo asomo de malicia denuncia al perezoso, y ése es un defecto que en la Llanura tiene peor consideración que la tacañería. La indolencia de Londo era enfermiza, una especie de decaimiento del cuerpo que proviene de la aflicción, si entendemos que en la existencia del mendigo la carne y el espíritu integran la misma masa sin peso ni solidez: la aflicción no se contabiliza, ni en el cuerpo anida ninguna de las pasiones convencionales.

La indolencia de Londo era como la superficie mansa que nivelaba sus sentimientos o, acaso, su falta de emociones.

Si la vida del mendigo fue tan difícil de contabilizar, de la muerte casi puede decirse lo mismo.

Londo era un ser invisible, verlo y no verlo daba lo mismo. La gente de Celama se percató de que faltaba cuando se conjuntaron media docena de comentarios sueltos que correspondían a pueblos distantes.

De aquélla era un anciano al que la mata blanca del pelo se le había llenado de una costra de ceniza.

Había muerto, y cuando hubo conciencia de que la desaparición probablemente la justificaba la muerte, apareció el cadáver sin que hubiese que hacer demasiadas pesquisas. La muerte del mendigo a nadie conmocionaba. Aquel esqueleto ambulante llevaba años arrastrando una soledad empedernida, y también hacía mucho tiempo que había perdido la jovialidad y casi hasta el habla.

Al lado del montón de huesos, en una casilla del Branto, había otro de mendrugos de pan, la lata con el asa de alambre en que hacía las colaciones, la cuchara de madera, la navaja mellada y una petaca con cuatro briznas de tabaco, lo que no dejaba de ser una excentricidad porque el mendigo jamás había fumado.

En un bolsillo del pantalón, un lapicero canijo, con la punta muy afilada.

El primero que habló de la libreta fue un vecino de Ozoniego que se llamaba Almanzor.

Luego la historia de la libreta corrió como la pólvora. Tenía las tapas de hule y unas hojas apelmazadas y nutridas, como si hubiera sido usada durante muchísimos años y hubiese pasado por variadas vicisitudes.

A las manos de Almanzor llegó por un transportista que, al parecer, la encontró en una linde cercana a la comarcal.

Lo que más asombraba era la minuciosa letra que atestaba todas sus hojas. Una aquilatada miniatura imposible de descifrar y que, sin embargo, parecía responder a una precisa enumeración donde sólo en ocasiones se adivinaba un nombre, una cifra, la referencia de un pueblo.

Poco a poco la libreta corrió de mano en mano.

La curiosidad hacía que la gente la requiriera, porque el indescifrable contenido, y la acumulación de comentarios y divagaciones, estaba incrementando su calidad de objeto misterioso, y nadie se resignaba a no intentar desvelar su contenido.

Pero no fue posible. Hasta los que con más ahínco se quemaron las cejas acabaron desistiendo.

La libreta había ido de pueblo en pueblo y, meses más tarde, quedaba olvidada en un cajón del mostrador de Ultramarinos Acedo, en Santa Ula, donde Franco Cirarda, el dueño, guardaba otros tres objetos misteriosos, propios de un absurdo coleccionista: una lezna quebrada con la que su suegro se había sacado un ojo, un sello de correos con la efigie del Rey con medio bigote borrado y una baraja de odaliscas desnudas en las que el vello púbico componía notas musicales.

Fue un viajante de Armenta el que un día, cuando ya nadie se acordaba de la dichosa libreta, aseguró que se trataba de un escrupuloso y escueto libro de contabilidad.

Con menos esfuerzo del previsible, fue descifrando, de una a otra hoja, la referencia de pueblos, días, personas y cantidades, una esmerada evaluación de las limosnas que Londo había percibido a lo largo de su existencia, determinadas con el virtuosismo de un auténtico maniático, como un notario de su propia indigencia y de la caridad precaria de quienes le habían atendido, avergonzados ahora de la impiedad que zanjó la memoria del mendigo, como algo que se emparentaba sin remedio con la mala conciencia de su pasado.

VII. Fabulario doméstico

La Gallina Cervera

Parece que fue en los tiempos antiguos, los que pueden sumar algún siglo en la medida peregrina de esta tierra, porque de otros ni hay memoria escrita ni nadie sabe nada, cuando el primero de los Rodielos se estableció en la Hemina de Lepro con su exigua familia y de ella, y de las circundantes, tomó posesión, precisamente por ese procedimiento: el de la posesión que luego acarrea la propiedad, cuando nadie la discute.

Las tierras pobres no son de nadie a base de ser pobres, y suele ser la miseria de las mismas la que mejor avala el olvido de los Registros. Tierras sobrantes, decían algunos en Celama para indicar las que estaban fuera de todo destino, porque sólo el cansancio de verlas producía tanto desánimo como vergüenza. Tierras dejadas de la mano de Dios que la más recóndita escritura de algún Archivo Histórico nombraría en la carencia, quiero decir con una fórmula que las mentaba en el confín de lo que ya no tiene nombre.

Pero los Rodielos parece que vinieron cuando alguno de los antepasados más remotos se extravió por la Llanura o, vaya usted a saber, con la intención aventurera que infunde un ánimo desorbitado a los que conocemos como pioneros.

Lo que quedó claro es que, cuando en algún momento de los pleitos más sonados en que se vieron metidos, hubo que rehacer lo que pudiera parecerse a una testamentaría, la estirpe de los Rodielos evidenció una línea hereditaria que subía por el siglo como una serpiente y asomaba a los tiempos antiguos con la cola indecisa, porque encima del siglo en cuestión había otro y el único rastro de la mayor lejanía era el mismo nombre de cada cabeza de familia, un Olivio Rodielo que, de cuando en cuando, tartamudeaba, aunque no todos ellos fueron tartajas, pero sí los más cerrados y violentos, según se sabe.

Con un poco de imaginación, podríamos situarnos en la Hemina de Lepro allá en un mediodía del mil ochocientos, fecha arriba o fecha abajo, y podríamos ver al pionero de los Rodielos, el primer Olivio de las dinastías del erial, probablemente cargado con los cuatro enseres de su patrimonio y la esquilmada familia.

O en algún pueblo cercano le habían dado la orientación y el destino, diciéndole que aquellas tierras eran un regalo para quien las quisiese, o venía con alguna otra encomienda que desconocemos.

El caso es que podemos figurárnoslo sobre la enseña rapada de la Hemina dispuesto a acampar, que es lo primero que hacen los pioneros cuando llegan a donde deben.

De ese Olivio a los que le sucedieron hay un patrimonio humano ni muy conocido ni muy querido en Celama, hasta que tantos años después los Rodielos desaparecieron del mundo, porque ni siquiera en esa soledad se puede vivir sin compañía, quiero decir que en fechas paralelas, año arriba o año abajo, tuvieron los Rodielos muy cerca a los Baralos, otra estirpe que más que pionera parecía trashumante pero que, en el ir y venir de su trashumancia, fue cogiendo apego a lo que llamamos la vida sedentaria.

La desgracia de ambas estirpes fue la vecindad y el destino incierto de la frontera que escindía las Hectáreas de una y otra en una tierra como aquélla, en que sólo el abandono y el olvido eran las medidas agrarias más justas, porque nadie quería sentirse dueño de lo que sólo servía para ir muriendo un poco más cada jornada.

Historias de ellos se cuentan muchas en Celama, pero probablemente la que mejor caracteriza el pleito y el aborrecimiento de sus afrentas es la de la Gallina Cervera que, durante años, compatibilizó la desgracia de las dos dinastías. Muchos heridos y algún que otro muerto dan buena medida de lo que el odio y la envidia pueden socavar en los ánimos irreconciliables, sobre todo si esos ánimos se alimentan exclusivamente de ese pan.

El Rodielo de turno tenía cuatro hijos y una hija. El Baralo de al lado, tres hijos.

Las estirpes habían llegado en aquellos años a un acuerdo meramente táctico que consistía en haber delimitado, más o menos a ojo de buen cubero, una Tierra de Nadie en la linde de las Hectáreas, ceñida a una franja sin cultivar de unos seis metros.

El secano a nadie hace rico y, como decían en Celama, los metros cuadrados que desperdicias siempre son trabajo que te quitas de encima.

La franja, eso sí, era vigilada con todo el rencor posible y la delimitación de la misma más que a un pacto de armisticio y distancia se debía a un mero intento de sosiego en la subsistencia, quiero decir que hasta las mismas cosechas eran continuamente perjudicadas y una parte importante del hambre de las familias provenía de los desmanes de las desavenencias. Cebadas arrasadas, trigos quemados, machos heridos, herramientas robadas y hasta el agua del Pozo de la Hemina de Lepro echada a perder con malas hierbas.

De la casa de los Rodielos a la casa de los Baralos había la distancia que alcanza la vista y, aunque habitualmente, unos y otros procuraban trabajar al tiempo las Hectáreas más lejanas, para no tener que verse, era imposible sustraerse por completo a la presencia familiar, lejanos y ajenos pero continuamente dispuestos a hacerse malos gestos o a subir la voz con un improperio para quien quisiera adjudicárselo.

Dicen que la Gallina Cervera, que era un hermoso ejemplar de gallina guineana, más alta que la común y con una rampante cresta ósea, muy distinta de las desvalidas gallinas de la Llanura, esmirriadas y ponedoras, eso sí, que sólo lograron alzar la raza cuando un industrial de Sormigo importó los gallos de la Cochinchina y Ancona, apareció como una de esas hembras sin destino que hacen posada una noche donde alguien las solicita y se quedan luego vencidas por el halago y la indolencia.

La verdad es que se la vio por vez primera un mediodía, en el límite de la franja fronteriza, y aquel mediodía el mayor de los Rodielos, otro irremediable Olivio, y el mediano de los Baralos labraban a paralela distancia, de espaldas uno a otro y, sólo de cuando en cuando, alzaban la azada con el gesto de una amenaza muda.

Parece que la Gallina la vio primero el mediano de los Baralos, quieta y oronda en el límite mismo y, con más nerviosismo del preciso y no excesiva habilidad, comenzó a chistarle para atraerla, lo que en seguida motivó que Olivio se removiera como alma que lleva el diablo, ya que insultarse con la llamada de las gallinas era el más bajo de los oprobios.

Sin asustarse, tan oronda y pagada de sí misma como siempre se mantuvo, con esa inconsciencia de las damas preciosas que acarrean la desgracia de quienes por ellas pugnan sin enterarse de la misa la media, la Gallina Cervera avanzó por la raya fronteriza mientras, a uno y otro lado, los presumibles raptores se comían la empuñadura de sus respectivas azadas. El mediano de los Baralos quiso hacer valer su derecho de haberla visto primero, pero Olivio alzó el hacha de guerra con la misma decisión de un amante enojado en la disputa de su dueña y señora. Fueron los primeros heridos graves en aquella guerra de plumas ensangrentadas, ya que la Gallina difícilmente logró sacudirse la salpicadura de las heridas de uno y otro.

Puede que la belleza de la Gallina Cervera exacerbara el odio tribal de las estirpes, quiero decir que probablemente un bicho menos vistoso y preciado, más común, no habría llevado tan lejos la conflagración. Alguna que otra vez un perro o un gato habían dado pie a un escarceo y lo más grave que podía suceder era que el perro desapareciese o el gato llegara al pote de la familia de turno, pero la Gallina levantaba otras pasiones y, además, no era de nadie, lo que suponía que la pasión de la propiedad estaba por decidir, aunque cada cual entendía que esa decisión estaba perfectamente saldada desde que apareció: los descalabros de los hijos daban fe de la convicción de cada uno.

La Gallina debió de sentir ese mismo halago de las damas codiciadas y con persistencia, como si hubiera aprendido que el territorio de la franja la liberaba de sobresaltos, paseó y picoteó por él arriba y abajo, sin salirse ni un centímetro.

Las familias, después de curar a los heridos, seguían con la mirada el cuidadoso paseo, atentas al más leve desliz, pero convencidas de que las damas asustadizas son las más peligrosas a la hora de descontrolarse, y un mal gesto o una llamada inoportuna podían provocar la reacción contraria: la huida de la dama al terreno enemigo, donde sería cazada sin remisión.

Fue discurriendo el día y la Gallina Cervera siguió acrecentando la coquetería al verse tan admirada, al sentirse el objeto de una atención sin desmayo. Las carúnculas de sus mejillas se habían hecho más rojizas y el plumaje, de un negro azulado, brillaba remarcando los tornasoles de las pequeñas manchas blancas, mientras alzaba la cola corta y puntiaguda y mostraba elegante sus tarsos sin espolones.

El abuelo de los Rodielos, que era el único que había decidido no perder el tiempo contemplando a aquella señoritinga, aunque no podía soportar la idea de que fuera el padre de los Baralos el que, al fin, se apoderase de ella, decidió, sin consultar a nadie, que quien mejor podía resolver el asunto era el gallo bermejo que tenía en el corral, un bicho con más años que espolones, al que no consentía que sacrificaran, y con mucha más ciencia que el gallo joven que en la actualidad se encargaba de las gallinas.

A esa putilla, pensó el abuelo, la pone en su sitio sin mancillarla siquiera.

Esperó la ocasión eligiendo el momento en que la expectación era más baja y soltó al gallo bermejo que, después de un instante de desconcierto, avistó a la Gallina Cervera y fue hacia ella erizando los espolones y alzando el cuello, como un galán maduro que difícilmente disimula la cojera pero es capaz de mantener, al menos un momento, la apostura de los mejores tiempos.

La Gallina quedó paralizada y el bermejo llegó a su lado intentando apresurar penosamente la carrerilla, y fue en ese momento cuando el abuelo Olivio vio que el gallo recibía un proyectil en la cabeza y caía seco al lado mismo de la Cervera.

El proyectil había salido de la mano del hijo pequeño de los Baralos y en la gresca que en ese instante se armó participaron como contendientes todos los miembros presentes de ambas familias, resultando heridos de gravedad el hijo mayor de los Baralos y el abuelo Olivio, quien precisamente fallecería mes y medio más tarde sin ya haberse levantado ni un día de la cama, exigiendo que el bermejo fuera enterrado y no comido, aunque el sopicaldo con que se le alimentó los primeros días tenía, según pudo constatar airado, el sabor de los valientes.

Fue un gallo convaleciente de los Baralos, un bicho que otorgaba la galladura enfermiza de las estirpes que se acaban, el que se llevó a la Gallina Cervera al huerto, y esto sucedió después de la gresca, cuando los ánimos estaban más que aplacados, derrotados, mientras los heridos se retiraban del campo de batalla.

Hay un momento culminante en que toda gallina se entrega y, como a veces pasa con las personas, el más remolón, el que más aguanta, es el que conquista a la señorita remilgada a quien acaba perdiendo la necesidad. La verdad es que el gallo demediado de los Baralos estaba, como mucho, para una necesidad, y quien pudo contemplar y admirar a la Gallina Cervera en el boato de sus plumas mejores difícilmente podría entender que cayera tan bajo.

Quienes menos lo entendieron y, sobre todo, se resignaron fueron los Rodielos, abatidos por la derrota de ver a la dama en el corral vecino, pero dispuestos a rescatarla con la misma determinación con que el Príncipe rescata a la Princesa en el torreón de los felones.

La primera escaramuza de un Rodielo, excesivamente intrépido y confiado, le llevó a perder el juego del brazo derecho y a quedar lisiado o, al menos, impedido, incapacitado también para meneársela, según publicaron con malevolencia los contumaces Baralos, al menos los más pajilleros de ellos.

También se lisió un Baralo, el pequeño, en una desgraciada persecución en la que el mayor de los Rodielos le hizo creer que había secuestrado a Cervera, y en el mismísimo Oasis de Broza le cazó con un cepo y le destrozó el empeine de la pierna izquierda, dejándole más cojo que al Pirata del Yermo, uno de esos personajes fabulosos de Celama con que las abuelas asustaban a los nietos para que se durmiesen, contándoles el cuento del Pirata que con la pata jerela tocaba el laúd y se rascaba la nariz.

Pasaban los meses y venían los años con la misma demora con que la Gallina Cervera se había hecho reina del gallinero de los Baralos, y con la misma insistencia con que las dos dinastías del erial se seguían infligiendo las más atroces afrentas, ponía la Gallina los huevos, que los Rodielos consideraban cautivos y robaban o cascaban siempre que les era posible.

Hasta que un día, sin saber cómo, porque si algo existía en la conciencia de los Baralos de norma inquebrantable era la custodia de la dama, que ya devenía en matrona, la Gallina Cervera se fue del gallinero, picó por la frontera donde un nieto Rodielo cazaba gusanos, y cruzó a la tierra enemiga, dicen que atraída por un raro reclamo de gallo pendenciero, o hastiada por la melancolía de las ralas galladuras de los amantes de un corral cortesano donde la indiferencia estaba a punto de convertirla en clueca.

Aquélla fue la ocasión en que los Baralos, armados hasta los dientes, se dispusieron a cruzar la frontera para rescatar a la dama, con el ánimo no menos alterado que el de los griegos cuando Paris raptó a Helena y dio pie a la guerra de Troya. Ciertamente el Paris de Cervera era ya un gallo cochinchino capaz de ponerle las plumas del revés a cada acometida, dueño de una galladura que para sí hubieran querido los genitores de las dos encontradas dinastías del erial.

Descalabros, contusiones, heridas variopintas fueron el saldo de la batalla, y el armisticio, con la ayuda de un vecino de Sormigo, a quien hubo que recurrir para que la contienda no derivara en exterminio, quedó pactado de una forma que a ninguno de los contendientes convencía, pero que no había medio de rehusar, porque matarse todos era, al fin, un trabajo más costoso que el de limpiar de piedras las Heminas, aunque en eso en Celama puede que no hubiera unanimidad.

El pacto consistía en rememorar el mediodía en que, años atrás, la Gallina Cervera había asomado milagrosamente por en medio de las Hectáreas dinásticas, y de nuevo depositarla en el mismo sitio para que, sin reclamos ni incitaciones de ningún orden, tomara la Gallina la decisión que más le conviniera, resignándose unos y otros a aceptar esa decisión.

Fue un vecino de Sormigo el encargado de situarla en el lugar indicado y, a uno y otro lado de la frontera, respetando escrupulosamente los metros que la demarcaban, aguardaron los Rodielos y los Baralos a que la voluntad de la matrona determinara su preferencia. Unos y otros, eso sí, diezmados y maltrechos, con vendajes y cabestrillos, ojos a la funerala y contusiones, mirando a Cervera con la paralela ansiedad con que el odio les hacía mirar a los enemigos.

Y por lo que cuentan las abuelas de Celama, que a veces cuentan esta historia en lugar de relatar las dichosas aventuras del Pirata del Yermo a los nietos que no quieren dormir, la Gallina Cervera se quedó muy quieta en medio de la franja divisoria, tan quieta que parecía que iba a desvanecerse y, cuando ya todos comenzaban a pensar que estaba poniendo un huevo, se alzó con la prestancia de sus mejores tiempos y caminó por la línea del erial tan altiva como en su día lo había hecho, enrojecidas las carúnculas de las mejillas y lustroso el plumaje de una negrura azulada.

Todos fueron tras ella y todos la vieron salir de las Hectáreas con el mismo empaque, y perderse, más allá de cualquier previsión, por la tierra extraña de la infinita Llanura, donde Rodielos y Baralos ya no tenían ni posesión ni propiedad.

Fábula de Amigo

Éste es el cuento que te contaré, uno de esos cuentos que en Celama llamaban fábulas sin que nadie explicara la razón, aunque yo siempre entendí que la diferencia estaba en la intención del que lo contaba, la idea de que se sacase alguna enseñanza o provecho moral.

Así pues, esta fábula que te cuento es la de un perro que se llamaba Amigo, uno de esos bichos valientes, discretos, juiciosos, que entregan al amo y a la casa la completa fidelidad de la especie, que no sólo son un seguro de vida y compañía, también la garantía de una servidumbre cariñosa que acaba recabando la bondad del dueño.

Y aunque por ella no se distinga, en justa correspondencia a la generosidad del animal, ya se sabe que esa servidumbre es un ejemplo de modestia y entrega no muy distinto al que algunos monjes ofrecen a Dios.

No podemos olvidar que ésa sería la única religión posible de los animales domésticos, y en este caso nada hay que decir en contra del amo y de la casa.

Amigo corría allí la misma suerte del monje que Dios bendijo, ninguno de los miembros de aquella familia dejaba de agradecer su fidelidad y valentía.

En el propio Territorio era un perro célebre porque la armonía de los bichos y los dueños llamaba la atención cuando resultaba tan aparente, su propio nombre contribuía a su condición, era como si el que se lo puso hubiese refrendado esa cualidad que probablemente ya el cachorro expresaba en su mirada, y la armonía hizo que los años corroboraran su destino de perro ejemplar.

Y lo era hasta el punto de que en Celama a él se hacía referencia para demostrar no ya que el perro es el mejor amigo del hombre, sino que el afecto desinteresado llega al límite de lo posible cuando sólo puede sostenerse desde el instinto y el trato.

No habría así mayor grado de amistad que esa en la que no interviene la razón, exageraciones por otra parte muy propias del Territorio, donde a todo se le quiere sacar punta, frecuentemente con pensamientos vanos o hasta extravagantes, ya que las gentes son muy observadoras y propensas a salvaguardar su intimidad y preservar sus secretos.

En ello existe cierta contradicción que suavizan echando a volar la cabeza, como una suerte de pensamiento liberador que alivia esa tensión de guardarse tanto: gentes reflexivas que miran y se callan, cuentan y no opinan y, a veces, rompen la soledad con las palabras de su pensamiento, y lo hacen igual que un murmullo.

Con los años se percató Amigo no ya de la vejez propiamente dicha sino de una desgracia mucho mayor, al contrario de lo que suele sucedernos a los humanos, que en la vejez propiamente dicha vemos la mayor desgracia.

Perdía el olfato, perdía el instinto, y esas pérdidas hacen que el animal pierda no ya las facultades sino el estímulo interior, la inclinación que marca su naturaleza.

Y entonces Amigo comenzó a ser poco a poco un perro torpe, un animal descuidado y aturdido, un bicho sin orientación ni criterio.

De algo se percató el amo.

Alguna carencia observaron en la casa.

Nadie dijo nada.

A lo mejor, hasta el que mayor previsión hizo más se esforzó en disimularla, aumentando las carantoñas al pobre animal, pero la mala conciencia del perro se ajustaba, seguro que penosamente, a su condición de fidelidad y valor, un bicho de su categoría no iba a conformarse con la piedad como respuesta a la amistad y el cariño.

Se fue de casa, huyó sin que nadie lo viese.

El olfato extinguido, el instinto echado a perder, serían los justificantes de la vida desolada que le aguardaba: el hambre, el desamparo, la ausencia con que los animales fieles padecen la enfermedad de su deshonra, un perro huido entre los desheredados que acaban asilvestrándose y con frecuencia se hacen malhechores.

De la vida de Amigo desde que huyó nada se supo.

Las aventuras del perro en la estepa no forman parte de la fábula, aunque sería fácil adivinarlas.

Sin instinto ni olfato se degrada la existencia del que ya no vive donde vivió ni tiene lo que tuvo ni es el que fue, un bicho que se busca la vida en esas condiciones ya es un bicho resignado a irla dejando por los caminos.

La primera pedrada que recibe es el primer aviso de su ganancia.

Cuando lo muelen a palos ya sabe lo contradictorias que resultan la bondad y la maldad en el corazón de los hombres, el monje que perdió la fe y abandonó el monasterio perdió a Dios y, al fin, un monje sin Dios es lo que más se parece a un perro sin amo.

Pasarían los años que pasasen, el tiempo es otra cosa cuando ya no queda ningún orden en la vida del perro o en la del hombre, el que huye acepta el extravío que supone no volver, el que vuelve no sabe exactamente adónde porque nada de lo que queda sigue siendo lo mismo, lo que se deja o abandona se transforma sin remedio o desaparece.

Por eso el día que Amigo asomó al corral de la casa que había sido suya y en él vio sentado al dueño no pudo reprimir un gemido ni tampoco sujetar el temblor del rabo ni el fluido que, como una ráfaga instantánea, le hizo recobrar el estímulo interior, el instinto, el olfato, la conciencia de lo que un perro fiel y valeroso preserva por encima del bien y del mal.

Se volvió el dueño y apenas pudo reconocerle, enviscaba a un perro enorme atado a una cadena, lo soltaba y le daba una patada para que corriese tras el intruso, no era posible que Amigo pudiera gritar que era Amigo, al menos para defenderse.

Por la estepa, aunque sin olfato ni instinto, siempre tendría más maña para huir de aquel guardián excesivamente alimentado.

Maldecía el amo y Amigo recordaba su voz.

Pero ya se sabe que un perro y un hombre no hablan con las mismas palabras, los que lo hemos hecho ha sido a base de decirlo todo nosotros mismos.

El perro es el animal que mejor escucha. La sabiduría la gana en la paciencia.

El amo olvida.

Le daría vergüenza, si la tuviera, reconocer que alguna vez habló con el perro.

Amigo corrió como alma que lleva el diablo, el alma vieja, el corazón consternado...

Zumido

Quinto de la misma camada y único superviviente, porque los cuatro primeros quedaron desperdigados por los recovecos del corral y el sexto y el séptimo fueron arrojados en seguida a la huerga, mientras la gata parda llegaba exhausta al tenado y se escondía entre la paja, huyendo de aquel reguero de criaturas que aflojaban su vientre.

De la gata parda había la peor opinión en casa de Olmina y Orto, que eran sus dueños: un bicho arisco, holgazán, con esa planta de raza señorita llena de ostentación y coquetería. Una gata que no caza, que siempre está donde nadie la necesita y más molesta.

Orto siempre quiso deshacerse de ella, pero a Olmina le hacía gracia y la disculpaba.

El quinto, el superviviente de aquella camada sin destino, fue Zumido.

Decir que de tal madre tal hijo resulta demasiado fácil, y ni siquiera en las fábulas de Esopo o Samaniego el dato acarrearía justificación, una fábula propone en su alegoría sugerencias morales de más relieve, la madre descastada no daba más de sí.

El huérfano forzoso que fue Zumido contó con la animadversión de la gata parda y con la caridad ocasional de Olmina, y tuvo que ganarse la vida por libre desde que se sujetó de pie. El modo más razonable de comenzar a ganársela fue huir de aquella casa, donde la propia madre descastada se convirtió pronto en el mayor peligro para su existencia.

Los huérfanos tienen el riesgo de echarse a perder porque la supervivencia es muy dura para quienes, antes de afianzar el mínimo aprendizaje de la vida, se ven solos y desasistidos.

Un gato diminuto sin hogar ni destino en un medio tan desconocido como hostil es, sin remisión, un ser a la deriva, un bicho que nadie advierte o que cualquier enemigo devora.

Pero Zumido, lejos de los animales personificados en las fábulas con afanes de moralidad, era un bicho de la vida y, como tal, ajeno a la sumisión y los afectos. No se iba a descarriar porque no iba a tener ocasión de domesticarse. La vida del expósito era la vida libertaria de quien a nadie debía nada, aunque su instinto e inteligencia lo hacían dueño de una notable sabiduría para contentar a los amos casuales o disimular las fechorías.

Entre El Horzán, Casamarza y Los Baldíos, por las alquerías diseminadas y en algunas tiendas de Anterna y Pobladura, esas fechorías de Zumido fueron tejiendo la leyenda de su existencia.

Por unos y otros lugares se tardó bastante en atar cabos para, al fin, percatarse de que aquel gato de pelaje oscuro y ojos esquivos era el mismo que alguien había apadrinado, más zalamero y agradecido, el bicho heroico que arrasó el ejército de ratones de un granero, pero también el que se encaró a un niño aterrorizado y llegó a arañarle: el gato contradictorio del que todos tenían algo que decir pero que a nadie parecía el mismo.

Y era el mismo, claro que lo era, contaba Brogal, el anciano de Casamarza que conservaba en la rodilla izquierda una cicatriz más propia de un tigre de Bengala que de un gato, según ponderaba al mostrarla.

No hay en los pueblos estadística de los gatos más allá del censo doméstico. Usted que va y viene lo sabe de sobra, el gato de cada casa es dueño de su territorio y la gandulería propicia cierta dejadez en tal propiedad, lo que hace posible que haya otros gatos que aprovechan las mismas jurisdicciones. Las razas mezcladas ayudan a la confusión, porque quitando la variedad de colores, pocos por cierto, todos se asemejan. A veces se les escuchan las reyertas secretas, pero la convivencia no es complicada, este animal va a lo suyo con mayor convicción que ninguno, el orgullo y la desidia son su norma, la maldad no, aunque en el caso de Zumido podría hablarse de perfidia.

Yo le cuento algunos casos comprobados, reiteraba Brogal, otros podrán contarle muchos más. Cuando se me tiró a la pierna no voy a mencionarlo, la patada que le di la tenía merecida: un saco de harina abierto al medio, la harina echada a perder después de revolcarse en ella, sólo diré que se me tiró cuando dormía la siesta.

Aquí en Casamarza lo tuvo Roldán.

Era un bicho joven que ocupó el lugar de una vieja gata a la que habían sacrificado al quedar ciega. No hay muchas contemplaciones en la Llanura con los animales ancianos, sobre todo cuando se les ve abocados a la inutilidad o el sufrimiento. Nada raro contaría Roldán de aquel gato aseado que mantenía a raya a los ratones de la casa. Lo raro podrían contarlo algunos vecinos: despensas saqueadas, gallineros revueltos, objetos perdidos. La ocurrencia no es pensar cabalmente quién puede provocar aquello. Se piensa en quien se aborrece, se sospecha de quien peor te cae o al que menos quieres. Los vecindarios son proclives a tales atropos. Comentarios solapados, pesquisas absurdas. Donde Roldán no pasa nada, y él y Marita, su mujer, despiertan ciertas envidias antiguas.

Durante seis meses, Casamarza es un pueblo puesto patas arriba. Zumido es un gato invisible. Los mejores bichos de esa raza lo son. Un gato pelma, pegajoso, no hay quien lo aguante, a no ser alguna viuda solitaria. Como doña Salina, por ejemplo, que es otro de los casos que voy a contarle. Al gato de doña Salina, no tan joven y más achacoso de lo debido, lo pone firme Zumido. Ella vive sola en la casa más grande de Casamarza. Es una enferma crónica, el corazón, los bronquios, lo que le venga en gana. Tampoco ve muy bien, y además ahorra en luz porque la tacañería no tiene medida: se ahorra lo que más se necesita, así es de contradictoria. El asunto es que la viuda tiene dos gatos: el suyo propiamente dicho y Zumido, que cuando quiere lo espanta y lo sustituye. La casa se la va alterando a su gusto. Si el pueblo está patas arriba, la casa de doña Salina no es para contar. Yo mismo la vi cuando, pasados varios días sin que nadie supiera nada de ella, se decidió que entráramos Bolivio y yo, los únicos con los que todavía se hablaba. Una casa que no había por dónde cogerla. Y ella estaba muerta, como no podía ser menos, y como en el pueblo todos sabíamos que acabaría pasando. En el escaño de la cocina, caída sobre la mesa, los cojines tirados por el suelo. El ruido del gato nos asustó. El ruido de los gatos, dijo Bolivio, y yo le desmentí como un tonto. Murió de lo suyo, pero ¿quién precipitó tal muerte? El cadáver estaba arañado, sobre todo las manos y los brazos. Buscaron al gato de la vieja, el achacoso, y le dieron el pasaporte. Había dos, decía Bolivio, éste era el tonto y el otro sería el listo. Cuando Zumido desapareció de Casamarza, precisamente por aquellos días, se pacificó el pueblo, aunque las antiguas rencillas no se saldaron.

Luego pregunta usted en Los Baldíos y la historia de las desavenencias es casi la misma, con un agravante: dos mujeres se echan en cara lo que falta en la cocina, la olla rota, el pendiente birlado, la colcha rasgada de arriba abajo, llegan a las manos y, como consecuencia del disgusto y la reyerta, los mismos maridos se suben por las paredes.

Hay un juicio y una condena nada decorosas.

Las familias sublevadas y, a la vez, avergonzadas.

Del Horzán no quiero decirle nada.

Las fechorías de Zumido siempre tienen igual intención, nada inventa que no sea para comprometer a unos con otros, y los tiberios que monta en los gallineros son espectaculares, mostrando más de una vez su condición asesina, si de este modo queremos llamarla, porque es él, y no la zorra que a veces baja del Bustillo, el que liquida las gallinas, o las espanta de tal manera que las deja desquiciadas. Gallinas ponedoras que jamás volverán a ser lo que fueron. Las personas soliviantadas, los otros animales puestos en cuarentena. Y el gato viéndolas venir, cauto y falso. Alguna razón existirá para que no haya gatos en las fábulas de Esopo.

En las de Samaniego sí, y también en las de Iriarte. Gatos sagaces, dicharacheros, bigotudos y ufanos. Nada que ver con el pérfido y capcioso de tantos atentados.

El viejo Brogal me lo contaba enardecido.

Lo que un miserable felino les puede complicar la vida a las personas, decía, y rascaba nervioso la cicatriz de la rodilla.

La definitiva desaparición de Zumido del Territorio se produjo tras la desgracia de Lito y Morada, que es uno de esos asuntos delicados que causan conmoción y pena aunque, dadas las circunstancias, tanto se prestan al comentario malévolo y jocoso.

Los novios de Anterna se casan.

Siempre hay unos novios característicos en la mayoría de los pueblos, esos que acaban convirtiéndose en los novios por antonomasia, dada la duración o peculiaridad del noviazgo.

Los de Anterna eran Lito y Morada. Primos carnales, ilusos y sosos, de esas parejas que lloran a rabiar en la ceremonia. Entre primos hermanos parece que hay menos que hacer que entre novios sin parentesco, quiero decir que con poco que se haga ya da la impresión de que todo está hecho. A fin de cuentas, todo queda en la familia. Siendo ilusos son inocentes y siendo sosos son arrobados, por este motivo se les tuvo más consideración y a ningún invitado se le ocurrió la broma de turno. Lo que la noche de bodas debiera ser, eso sería, porque por muy primo y muy iluso que se sea, el matrimonio hay que consumarlo, ya que el derecho canónico no se anda por las ramas.

Por las ramas el que andaba era Zumido, por las del nogal que daba al balcón de la habitación de los contrayentes. Por él se coló, probablemente cuando la pareja se arrullaba. El gato pérfido en la alcoba, bajo el lecho, encima del armario...

Ahora pensemos en los dos pardillos, mucho más inexpertos que ruborosos. Pongámonos en el punto y hora de una noche en la que todos reconocemos la transcendencia del cometido.

Lo que hizo el gato nadie lo sabe, acaso ni ellos mismos, pero mayor destrozo moral y espiritual es imposible.

Yo qué quiere que le diga, volvía a reiterar Brogal, ya tengo demasiados años y del día que me casé sólo recuerdo unas pastas de almendra que trajo mi suegra. Eso indica que la noche de aquel día fue la primera de las mil que vinieron luego, todas parecidas, sin acontecimientos de mención.

Lito y Morada no podrían decir lo mismo. A las consecuencias de lo que les pasó, por culpa del miserable gato, se las suele llamar de un modo muy concreto, nada agradable por cierto.

Dicen que no hay quinto malo, yo sostengo lo contrario.

La otra parte de la vida

Cuando Tito Cerbal vio al perro Mastorda en el camino del Cejo, recordó las infructuosas señales que circundaban los últimos seis años de su existencia y sintió, a la vez, la ilusión y el desánimo de una experiencia tan controvertida.

—Será la buena... —se dijo, acercándose al perro con mucho cuidado para no espantarlo y poder comprobar de cerca lo que desde lejos le parecía cierto: el perro tenía la pata izquierda quebrada y la arrastraba con la impericia de un tullido reciente.

Las señales de Tito se habían producido en los seis años con intermitencia desigual.

Desde que soñó que la muerte voluntaria era su sino y logró reconvertir el sueño, que como todo sueño que se precie resultaba difuso y contradictorio, en un pensamiento que reflejaba una idea clarividente y definida, aguardaba la señal, el indicio, como él decía, para proceder en consecuencia.

El sino no era caprichoso, la muerte no podía ser una chapuza. Tampoco se trataba de improvisar nada. Lo que Tito asumía era el resultado de aquel sueño, la determinación de lo que llegaba, como una orden cabal, del otro lado de la conciencia.

—Del lado verdadero... —decía Tito a quien quisiera escucharle, con mucha timidez y discreción al comienzo, con más locuacidad de la necesaria posteriormente, de modo que de Vericia a Los Confines ya no quedaba nadie que no le rehuyera—. De esa otra parte de la vida que tenemos cuando no somos conscientes, donde todo es más puro y más bueno.

—No empieces con lo mismo, Tito... —solicitaba el más resignado—, porque sólo de oírte me descompongo. No hay piramiento mayor. En Celama todos los que se mataron lo hicieron sin echar el cuarto al pregonero. Un suicida puede ser todo lo que se quiera menos pelma...

—No es mi intención dar la vara a nadie, Dios me libre... —decía Tito, circunspecto—. Lo único que hago es exponer mis consideraciones, las dudas, los sentimientos. ¿Somos vecinos sólo para prestar la herramienta, o también lo somos para el cuidado del alma, que dice don Cizo?

—No nos vengas con ésas, porque lo tuyo no se sabe bien de lo que es: si del alma, del cuerpo o de la mera chifladura. Déjanos en paz, Tito, que no hay peor señal que verte aparecer en lontananza.

Así estaban las cosas.

Entre los pueblos y las Hectáreas por donde Tito Cerbal invertía la existencia, ya que vivir propiamente no lo hacía, si entendemos por vivir la costumbre de estar en el mundo con parecidas inclinaciones que el resto de los mortales que con uno están, trabajando y comentando lo que hay, ya no quedaban novedades ni interlocutores para él.

Su familia había sido la primera en ponerle la proa: estás mantenido pero nada más, le dijo su padre, don Tenadio, que ya había visto desfilar a los hijos mayores, con más pájaros en la cabeza que sentido común.

—¿Y esas señales qué son y cómo se sustancian...? —le preguntaban a Tito con sorna, cuando todavía quedaba ánimo para aguantarle.

—Improbables... —decía Tito, misterioso—. Inespe-
radas. Impropias si no se supieran ver. Todas ellas escondi-
das donde menos se espera. Ojo avizor, se me dijo en el
sueño. Y sin engañarse, claro, la señal errada no lleva a
ningún sitio, en el mejor caso me mataría en balde.

—No se mata de otro modo el que así se mata, en
balde, en vano, ¿o es que tienes ganas de irte de este mundo donde, por cierto, vives como Dios...?

—No vivo, existo... —decía Tito, y la afirmación no
estaba exenta de una premeditada pedantería—. La mayor
parte del tiempo ando desvelado, la muerte será el consuelo
de este despego. Ojo avizor, advertido, atento. Ése es el sino.

El perro Mastorda debía de ser por aquélla el más viejo de Celama. Un gozque de los que tienen entreverada la
raza hasta el límite de la confusión, arruinado por la edad
y el trabajo, pero que nunca, hasta aquella mañana, había
arrastrado una pata.

—Viste el can que alza el hocico... —musitó Tito,
emulando la voz del recuerdo y el sueño, sin poder contener la emoción del descubrimiento—, como viste el gato
que tenía cortada la oreja izquierda y el gallo tuerto del
mismo ojo. Viste que ese can tenía quebrada la pata, y era
la izquierda. Siempre por esa guía, la zurda, no hagas caso
de ninguna otra. Si cierro los ojos, y lo pienso un instante,
cuenta me doy de que ahora mismo por la vereda izquierda vengo y con la mano zurda me restregué los ojos al divisar al perro que alzó el hocico.

Lo del gato le había costado a Tito el mayor disgusto.
Había pasado mucho tiempo desde el sueño y ninguna
señal era perceptible. Fue en casa del panadero de Mambia
donde una tarde, entre los sacos de harina y centeno, vio al
gato atigrado que acababa de saltar sobre un ratón.

—Una rata le mordió la oreja en alguna pelea... —dijo el panadero.

—¿La izquierda...? —quiso saber Tito, ansioso.

—La misma... —reconoció el panadero sin demasiada convicción, como si después de convivir tanto tiempo con el bicho pudiera dudar de algo tan obvio.

—Es la señal... —musitó Tito, que ayudaba a su padre a descargar unos sacos, porque de aquélla todavía trabajaba—. Donde vaya el gato la primera noche que lo vea, al pie del primer bardal donde se pare, bajo la viga del primer pajar o tenado...

Aguardó al gato toda la noche, después de reñir con su padre y lograr que el panadero de Mambia lo echara del obrador con viento fresco, ya que Tito reiteraba sin duelo la absurda información sobre el felino.

—No es de la casa, joder... —gritó, al fin, el panadero—. Aquí los gatos, como los perros, van y vienen a su albur, un mendrugo o un fermento nunca faltan.

De madrugada venía el gato con todas las señales de una correría desgraciada, despeluzado y roto. Tito lo oyó maullar. El gato se movía con dificultades, lo llamó para que se acercara, pero el bicho se asustó. Tito fue tras él. Cerca de la panadería había un poste de la luz y allí se acomodó el gato, probablemente extenuado.

—La señal es doblemente luminosa... —musitó Tito, viendo el poste, del que colgaba el cable como un hilo combado en el que se hubiesen posado más pájaros de los debidos—. Lo propio es que me suba y me tire de cabeza, porque otro procedimiento no se me ocurre.

Fue hacia el poste. El gato no se movió.

—Éste es el fin de Tito Cerbal... —dijo santiguándose, mientras posaba la mano derecha en la madera rugosa del poste—. Nacido en Vericia hace dieciocho años, hijo de Tenadio y de Almozara. De la señal del sueño que lo mata nadie es responsable, porque un gato no tiene voluntad y mucho menos inteligencia o malicia. Muere en cumplimiento de lo previsto, de muerte voluntaria, sin que Dios intervenga. En consonancia con el sueño y la señal, maullará el gato al caer el cuerpo del interesado.

Cuando Tito Cerbal comenzó a trepar por el poste, el gato rebulló.

—Quieto, minino, no intervengas todavía... —le dijo—. El indicio está claro, la señal no conviene precipitarla.

Desde la media altura del poste comprobó Tito que el gato no tenía mordida la oreja izquierda, sino la derecha. Entonces, aterrado, se dejó resbalar mientras el gato huía:

—Dios me libre, Dios me libre... —gritaba—. Metro y medio más y me desnuco sin contemplaciones. La pifia, el engaño, la señal temeraria. Y el agravante de la gayola que me hice después de comer, en pecado y con la oreja cambiada, menudo chasco.

El gallo tuerto era de un gallinero del Poruelo. Estaba tuerto de veras, del ojo izquierdo sin remisión. Un gallo petulante, como todo gallo que se precie, que había perdido el ojo en un accidente absurdo.

—Monta el gallo a la gallina correspondiente, en la fila india de las que aguardan a ser pasadas por la piedra...

—contaba Camisares, su dueño, una tarde en la Plaza de Vericia, y estaba Tito tan atento como otros paisanos del pueblo que le escuchaban, ya que Camisares tenía fama de contar las cosas con equidad y gracia—. Cae la primera, cae la segunda, cae la tercera. Mi mujer y yo lo mirábamos asombrados: un gallo con ese fuelle, con esa galladura, no tiene parangón. Caen la cuarta y la quinta. No puede ser, decía mi mujer: viéndolo me doy cuenta de lo poco que vales. Tampoco yo podía creérmelo. La media docena revoloteaba por el corral y, si os soy sincero, mi mujer me miraba con ojos de fuego: Camisares, Camisares, a mí tú me tienes engañada. Fue a la octava cuando el gallo se bajó, yo creo que ya sin poder, y entonces cayó fulminado sobre la púa del alambre cercano. El ojo quedó ensartado, tal como digo, y el bicho sin moverse, alzadas las patas, un espasmo postrero. Todas las gallinas picoteando alrededor, satisfechas y dolidas. Que no muriera desangrado fue porque mi mujer y yo estábamos presentes. Ella sin resignarse: ocho o siete y media si contamos el accidente, el tanto por ciento más elevado de lo que tú pudieras soñar, me decía.

—Un gallo no es un hombre... —aseguró muy serio uno de los paisanos.

—Ni una gallina una mujer... —dijo otro.

—Pero el ejemplo ¿quién lo contradice...? —inquirió Camisares, desolado—. Nunca volví a ser el mismo, ni el débito se justificó. Ese bicho en el corral es la voz de mi conciencia. Quise matarlo lo antes posible, justificando que con un ojo las gallinas ya no se le daban con tanta facilidad, pero mi mujer no lo permitió. Al menos, dijo, que haya un hombre de veras en la casa.

—¿Y qué ojo averió...? —quiso saber Tito.

—No se lo digas, por Dios... —pidieron unánimes los paisanos a Camisares.

—El izquierdo... —dijo Camisares sin percatarse—. Este mismo que desde aquélla me parpadea.

Hasta que Tito se acercó al gallinero pasaron algunos días. La imagen del gallo no se compaginaba bien con la señal del sueño o, al menos, no acababa de orientarla, como si esa imagen desentonara en el aviso.

—El gallo tuerto casi parece una informalidad... —se decía Tito—, teniendo en cuenta lo penoso que resulta un bicho lujurioso, si el amo no exagera.

Lo vio en medio de las gallinas, jovial y altanero, y comprobó que las gallinas se espantaban a su paso.

—De que es el izquierdo no cabe duda... —musitó al cerciorarse—. Ahora sólo me queda escoltarlo, por si acaso la señal se sustancia. El gallinero no estaba en el sueño, de eso estoy convencido, pero veremos si un bicho de éstos tiene otras querencias.

Fue la mujer de Camisares la primera que se alertó al ver a aquel muchacho un día y otro, rondando el gallinero como la raposa.

—No me fío... —le dijo al marido—. Por mucho que te hayan comentado en Vericia que está chiflado, no me fío. Igual asalta el corral y arma la tremolina.
—Hay que matar al gallo... —decidió entonces Camisares—. Ese chico lo que trae es el aviso de la muerte del dichoso tuerto, a la que en su día te negaste por hacerme un feo. Con tomate mejor que en pepitoria, ya lo sabes.

Aquella mañana, cuando Tito Cerbal vio que el gallo había desaparecido, y que el revoloteo de las gallinas era como el llanto ruidoso de un corral de viudas, sintió un raro alivio. La muerte tenía en el sueño dos pupilas palpitantes, un doble fulgor en la oscuridad, la hoguera repetida de quien desde el monte nos llama. El gallo tuerto era la mayor equivocación.

El perro Mastorda no huyó al verle a su lado, antes al contrario parecía aguardarle y hasta se esforzó por hacer más perceptible la pata quebrada, como si temiera que Tito no se hubiese fijado lo suficiente.

—Otra señal más perentoria resulta imposible... —confirmó Tito—. Ahora no me equivoco. En el sueño ladraba un can, no maullaba un gato ni cantaba un gallo.

Por el camino del Cejo fue detrás del perro.
Era una mañana de abril y las Hectáreas brillaban como el metal mojado que exprime la herrumbre. Mastorda andaba ligero, sin que la pata quebrada le creara muchos problemas.

—¿Adónde me llevarás, tunante...? —inquiría Tito—. ¿Adónde se te podrá ocurrir, siendo como eres el emisario de mi destino, el guardián de mi resolución, el guía verdadero de mi suerte? Un hombre cabal, si así me considerara, no le iría a la zaga a un perro resolutivo, entendiendo que el perro es el Ángel de la Muerte, cosa difícil de entender. ¿Adónde voy que más me valga, si el rabo inquieto nada indica y el gozque viejo perdió hace tiempo el instinto y la orientación...?

El perro se detuvo en la Viña de Amido.
Había una caseta entre los sarmientos retorcidos como alambres. Lo vio respirar agitado, la lengua suelta, alzado el hocico. En los ojos de Mastorda, que lo miraban requiriéndole, había más conmiseración que curiosidad, como sucede en los ojos de los ancianos que ya están cansados de ver el mundo pero no de compadecerlo.

—No te entiendo... —dijo Tito, observando alrededor—. ¿Qué hago aquí, por dónde empiezo, cómo acabo...? La Viña no se distingue del erial, vale lo mismo que el sitio más menesteroso de la Llanura.

Mastorda se incorporó con un gruñido.

—Encima te molestas... —le dijo Tito, enojado—. Aquí no hay nada que rascar. ¿Adónde vas ahora...?

El perro iba por la Viña hacia la caseta.

—¿Ahí dentro...? —preguntó Tito, después de seguirle indeciso unos pasos—. Peor lugar, imposible. No me gusta un pelo. Ahora el can se burla del penado.
—Pasa, perillán... —dijo una voz en el interior de la caseta, cuando Tito asomó tras Mastorda—. Te trae el can para que veas que, a veces, es más cuerdo un animal doméstico que una persona. Te trae para que alguien con dos dedos de frente te lea de veras la cartilla.

El viejo Amido estaba sentado en una banqueta, fumaba y atizaba un fuego de brasas que olía a sarmiento.

—Eres un botarate, muchacho. Y lo menos que debes saber es que nadie tiene obligación de aguantar tus bobadas, a no ser que la familia tenga ese capricho. No hay guía para la muerte ni sueño que indique otra cosa que la disipación de dormir. Da gracias a que Mastorda se fijó en ti, y aquí te condujo para que yo te diese una bofetada, que es lo que mereces. Con ella se acaba la historia.

El viejo Amido se la dio y Tito perdió el equilibrio en la banqueta en la que se había sentado a su lado.

—Ahora corre por las Hectáreas y hazte a la idea de que escapas del sueño. Y no duermas tanto, que la indolencia es muy mala consejera.

Tito Cerbal corría y el perro Mastorda le ladraba a la zaga y daba la impresión de que había recuperado la movilidad de la pata quebrada.

—Se acabará matando, no digo que no... —musitó el viejo Amido—, pero puede que, al fin, lo haga sin engaño.

La fidelidad traicionada

Por el camino de Hoques no había nadie en la mañana helada.

La hora y la distancia ayudaban a los pasos secretos de Elirio porque nadie madrugaba en esos días de febrero y los cinco kilómetros en esa dirección eran cinco kilómetros sin destino para cualquiera que tuviese dejadas de la mano de Dios las Hectáreas en el invierno.

En realidad, en esos meses todas las Hectáreas estaban dejadas de la mano de Dios, pero había caminos entre las Norias y senderos por los Pozos que seguían frecuentándose, porque algo siempre quedaba por hacer en algún sitio, por mucho que la desgana también enfriara la voluntad de moverse.

Rodeó el pueblo, simulando la desorientación de quien sale sin muchas convicciones sobre la ruta que va a seguir, y cuando tomó el camino de Hoques se detuvo un instante y miró a sus espaldas, hacia la mediana lejanía donde las casas estaban dormidas en un desorden que en vez de amontonarlas las esparcía extraviadas.

Elirio se había percatado de ese desorden, que afectaba a los pueblos de Celama, cuando regresó de su segunda emigración. Tras la primera le sucedió lo contrario: el contraste de aquella disposición alterada de las casas, emancipadas una a una como islotes en un imposible archipiélago, le llevó a pensar que no era allí donde se había perdido la armonía, sino en las ciudades y pueblos por donde había estado.

Existía un canon en el interior de su mirada y su memoria que otras miradas y recuerdos no habían logrado alterar, y en los primeros días del regreso sintió no sólo esa paz de la Llanura que tanto alimentaba las nostalgias de los que se iban, sino ese criterio del adobe desparramado con una libertad caprichosa que hacía de las casas refugios de la soledad de cada uno, parapetos del respeto o la indiferencia.

Pero cuando volvió de su segunda emigración, el canon interior de su mirada y memoria se había borrado en los largos años de ausencia, y a ello había contribuido la convicción de que Celama no representaba otra cosa, más allá de las nostalgias y el desamparo, que un brumoso pasado lleno de incertidumbres y sufrimiento.

La paz de la Llanura era más exactamente la de la pobreza, y en la cansada observación del emigrante enfermo que volvía derrotado era el desorden lo que estructuraba aquellos pueblos dejados de la mano de Dios, crecidos en el naufragio del archipiélago, con el adobe que aferraba su existencia como una lepra calcinada.

Acababa de tomar el camino cuando tuvo la impresión de que le seguían.

Los cinco kilómetros escoltaban en algún tramo la huerga, derivaban entre los viñedos más nutridos, que ahora mostraban el exterminio de los sarmientos, y dividían las Hectáreas en una longitud en la que confluía la demarcación de varios pueblos.

Aminoró la marcha, simuló atarse una bota apoyándola en una piedra.

La mañana tenía el blancor helado que acabaría asentándose como una costra por todo el firmamento a lo largo del día.

Sólo por un instante dudó Elirio si dar la vuelta.

348

Era imposible que en aquel tramo alguien pudiese acecharle sin ser visto.

Volvió a caminar decidido y fue al cabo de medio kilómetro cuando comprobó que era un bicho el que venía detrás.

Entonces se sentó a esperarle para que tomara confianza, y en unos minutos vio a un perro que le observaba a la vera del camino. Lo llamó, pero el perro parecía recelar.

—El mejor amigo del hombre y el más fastidioso... —musitó al reemprender el camino, después de hacer el gesto de tirarle una piedra.

A lo largo de los kilómetros el perro vino tras él, guardando una distancia razonable pero sin perderle en ningún momento de vista, como un tozudo merodeador.

Cuando Elirio se detenía, él hacía lo mismo, y cuando apuraba el paso ganaba la distancia adecuada.

Nadie tiene en el pueblo un perro así, pensó Elirio. Puede llevar tres días sin comer y a lo mejor me quedo corto. La oreja rota es de haber peleado con otro por un mendrugo y el andar medio lisiado, más de viejo que de impedido. Es de los que no tienen collar ni amo, de los que viven de las uvas, los ratones y los pájaros, hasta que el invierno los condena.

Era un perro sin raza, raquítico y enfermo, con el pelaje arruinado de los proscritos.

Llegó al punto en que el camino de Hoques viraba hacia la encrucijada de la carretera comarcal y se detuvo para comprobar que el hombre, que ya parecía totalmente desentendido de él, se salía hacia una senda menos precisa en dirección a una casilla que limitaba con los marjales.

Vina le había dicho a Elirio que aquélla era la última vez que se arriesgaba a verle.

Los kilómetros longitudinales desde su casa al camino de Hoques, que ahora tenía que desandar, eran sólo tres, pero las veredas resultaban menos gratas y el invierno derruía los pasos y hacía más costosa la desolación de los atajos.

El perro la vio salir de la casilla una hora después de que hubiese entrado el hombre y aguardó unos minutos para comprobar que también el hombre salía y retomaba la senda hacia el camino.

Le sintió pasar muy cerca y todavía, durante unos instantes, lo vio alejarse sin mucha decisión, como si el regreso contuviera el desánimo de lo que se pierde.

Vina tuvo el presentimiento de que alguien la seguía, pero no se atrevió a contener los pasos agitados.

El desánimo de lo que se pierde se diluía en su corazón entre la zozobra y la duda de lo que nunca se tuvo, porque el amor de Elirio duraba bastante más de lo que duraron sus dos emigraciones, y esa duración marcaba un tiempo de esperanza y desgracia que presidía su matrimonio con Somes y dos hijos que habían nacido en el recuerdo de quien hizo imposible la fidelidad debida.

El perro mantenía tras ella una distancia calculada.

Vina respiró al comprobar que se trataba de un escuálido bicho, como si esa comprobación limitase la inquietud que siempre alimentaba sus pensamientos, porque en los avatares de su relación con Elirio jamás había existido un momento de sosiego: la desazón guiaba el destino de un amor desordenado que le había causado el mismo sufrimiento en el secreto de la pasión y en la ausencia.

Nadie tiene en el pueblo un perro así, pensó Vina para tranquilizarse.

De todas formas hizo un regreso mucho más precipitado, porque aquella vigilancia a sus espaldas no le resultaba nada grata.

En su memoria de niña había un perro proscrito que una mañana la había hecho correr desesperada, y los perros, aun los más mansos y familiares, concitaban un recelo que la mantenía a la reserva, incapaz de tratarlos con la naturalidad con que lo hacía con los gatos y demás animales.

Entró en casa por el corral.

La mañana intensificaba su blancura de hielo, inmovilizada como si esa palidez fuera ganando un espesor cada vez más aterido.

La Llanura incrementaba el vacío invernal, la inclemencia de la nada que se esparcía con la misma parsimonia con que días después caerían los copos de una nevada que inundaría el alma de los amantes.

Esa misma mañana, cuando Somes asomó al tejar, tras oír la voz de Vina que lo reclamaba para el desayuno, vio a un perro que parecía aguardarle en la distancia que mantienen los animales cimarrones que vuelven al dueño dispuestos a restituir el pedazo de fidelidad que traicionaron.

—Surco... —exclamó Somes incrédulo, viendo cómo el perro alzaba la cola raída y ladraba con una furia desafiante cuando Vina asomaba temerosa a la ventana.

VIII. Deidades, santidades y vaticinios

El sueño de Midas

Hacia el mediodía comenzaron a llegar la media docena de coches que habrían de juntarse en la Hemina de Midas, donde Roco y sus dos hijas, Aceba y Mara, se habían refugiado después de malvender la casa de Dalga y las dos Norias más maltrechas que les quedaban, las heredadas de su difunta madre.

En la Hemina de Midas había una casa abandonada, que reconstruyeron como buenamente pudieron, y a ella llevaron los cuatro enseres rescatados y el único baúl de sus pertenencias, un viejo trasto que olía a alcanfor y lana.

Llegó primero el coche de Avidio y cruzó la Hemina por el camino polvoriento que conducía a la casa, pero antes de alcanzarla se detuvo un momento.

—Ésta es la piel de la miseria… —musitó escupiendo el palillo que sujetaba entre los dientes, mientras observaba el pedregal—. Cincuenta céntimos el metro cuadrado para un incauto que no sepa lo que son las rañas…

Roco le esperaba a la entrada de la casa y le indicó la sombra de dos frutales arruinados para que aparcase.

—¿A qué huele…? —quiso saber Avidio, que olfateó un aroma de hierbas al bajar del coche.
—A los corderos que asan Aceba y Mara. La lumbre la tenemos detrás y en la sombra del corral está la mesa puesta.

—Si invitas es que puedes... —comentó Avidio desconfiado, evitando la mano de Roco y palmeándole el hombro.

—Se puede con lo que se tiene y con lo que no se tiene, siempre que se sea generoso. Uno de pobre ya no baja porque ya llegó al último escalón. Comer y beber en un día como éste sólo es un gesto agradecido...

—Todavía no me enteré de lo que se celebra.

—Con el estómago lleno se ven las cosas mejor. Lo que está garantizado es lo que asan mis hijas, el vino, el café y las copas. A lo que huele es a tomillo y a sarmientos...

El mediodía alcanzaba una luz primaveral que sacaba un brillo oxidado a las piedras.

Aceba y Mara habían logrado cubrir la mesa con un mantel de retales bastante disimulados y la loza de la vajilla mostraba las violentas mordeduras de unos platos que debían de tener muy distintas procedencias, tantas como dibujos y colores. Las servilletas debían de provenir de los mismos retales del mantel y la cubertería era tan escueta que difícilmente ofrecería una navaja y un tenedor para cada comensal. Las jarras del vino eran más fáciles de compartir y, cuando los invitados comenzasen a hacer uso de ellas, Roco estaría especialmente atento para rellenarlas. En el pellejo quedaba por lo menos una arroba y había una botella de coñac y otra de anís.

—Huele que alimenta, es verdad... —corroboró Avidio, que se había acercado a la lumbre, donde trajinaban hacendosas las cocineras.

—Para beber no hay que esperar a que lleguen los otros... —aclaró Roco alcanzando una jarra.

Los otros fueron llegando en cortos intervalos.

En el coche de don Rabanal vino también Bugido y después llegaron, cada uno en el suyo, Risco, don Manolín, Orbe y Palmiro.

Todos ellos, menos Orbe, que era el director de la Caja de Anterna, hicieron la misma parada que Avidio en el camino polvoriento de la Hemina, y todos pensaron en la piel de la miseria y en el valor exiguo de cada metro cuadrado de aquella escueta tierra que brillaba oxidada, como si la luz primaveral contribuyese a iluminar la herrumbre de su abandono.

—Ni para trigo argañudo, Bugido, te lo digo yo... —aseguró don Rabanal—. Si éste es el patrimonio de Roco, ya podemos darnos por jodidos los acreedores...

—El patrimonio hay que sacarlo a flote porque, como usted bien sabe, es muy frecuente dar largas cambiadas y disimular lo que se tiene y lo que no se tiene... —opinó su acompañante—. Esta Hemina no lleva precisamente el nombre de un pobre.

—Jamás conocí a nadie que se llamara Midas.

—Es el nombre de quien convierte en oro todo lo que toca.

—En la miseria de los créditos lo convierte Roco... —masculló don Rabanal—. La invitación que hoy nos trae aquí es la quimera de un pobre desgraciado. Se pierde el tiempo viniendo y, mucho más, viendo estas rañas.

Los invitados se saludaron con más desconfianza que complacencia. La extrañeza de verse juntos acarreaba casi tanta prevención como disgusto, ya que en algunos casos ni siquiera la relación era buena.

Sólo Orbe, como director de la Caja de Anterna, tenía más datos para calibrar el nexo de los convidados, porque los relacionaba profesionalmente y estaba mejor informado que ninguno de la situación financiera de Roco, aunque acudía al banquete tan extrañado como los demás.

—Cuando se invita a tanta gente... —le dijo don Manolín a Roco en un aparte— hay que contar con el beneplácito de la concurrencia. Yo con Risco no me hablo desde hace ocho meses y donde don Rabanal come, prefiero en vez de alimentarme escupir...

—La vida no me dejó ser dueño ni siquiera de las amistades... —se disculpó Roco, pasándole una jarra de vino—. Estoy en las manos de quienes echármelas quisieron, unos con mejor voluntad que otros y todos, finalmente, al cuello. Este convite es, antes que nada, una muestra de agradecimiento.

—Yo no la necesitaba... —dijo don Manolín sin disimular el aborrecimiento—. A mí con que me pagues lo que me debes me es suficiente. Comer y beber con esta jarca puede destrozarme el estómago.

En la contemplación del asado de Aceba y Mara hubo unanimidad. La carne llegaba en las fuentes de barro y el aroma fluía del jugo como una emanación de sustancias perfumadas.

Las hijas de Roco habían partido las hogazas de pan y se mantenían a los extremos de la mesa con el gesto hacendoso y discreto de las sirvientas que velan para que nada falte.

—La pinta que tiene esta carne... —reconoció Palmiro, conteniendo con dificultad el ímpetu glotón— dice mucho de lo que valen tus hijas. La fama de cocineras y atildadas la tienen mejor ganada que la tuya, amigo Roco. El jugador y el manirroto siempre la ganan a base de perderse, y en perjuicio de los demás.

—Ellas salieron ambas a su madre... —reconoció Roco, que no cejaba en llenar y pasar las jarras de vino—.

De mí apenas tienen el azul de los ojos y el cariño con que me corresponden. Con su compañía es con lo único con que puedo compararme al Midas de esta Hemina...

Se habían ido sentando alrededor de la mesa y el orden demostraba con mayor claridad la animadversión que la confianza.

Las hijas de Roco advertían del mal estado de las sillas y, en algún caso, estaban dispuestas a proporcionar un apolillado cojín para salvaguardar el asiento.

—Hay convites pensados de tal manera... —dijo Risco abalanzándose sobre las primeras tajadas y sin disimular el gesto airado— que lo mejor que puede pasarles es que acaben lo antes posible. Seguro que de los presentes no hay nadie que no tenga prisa.

—No hay obligación de entretenerse más de lo debido... —asintió Roco complaciente—. Mi intención no era otra que la de convocar a quienes tanto debo, como muestra agradecida de lo poco que puedo.

—Y tanto que debes... —dijo don Manolín torciendo el gesto, mientras alcanzaba una segunda tajada—. Nos ha jodido aquí el amigo Roco. Tanto y tan mal debido, que sólo por misericordia se alargan los plazos, aunque en la vida todo tiene un límite.

—Eso de lo poco que puedes no se entiende bien... —dijo Bugido muy circunspecto, después de mondar un hueso—. Puede el que arrima el hombro, el que madruga y no trasnocha, el que tiene bien demostrada la intención de saldar las deudas.

Era Orbe, el director de la Caja de Anterna, el único que mantenía una atención silenciosa, atraído por la curiosidad de aquella celebración en la que todos participaban con aparente malestar pero dando cuenta de los alimentos y la bebida sin la mínima contención. El pellejo del vino se iba desinflando con notable celeridad y las fuentes quedaban arrasadas.

Todos los presentes eran clientes suyos, y a todos podía contabilizarles, por distintos conductos, los créditos y los débitos que ataban a Roco, en más de un caso de forma sangrante.

—Lo que no hay es postre... —dijo el anfitrión cuando sus hijas retiraron las fuentes—. El banquete del pobre siempre queda cojo, aunque en la Hemina de Midas se celebre. Lleno las jarras y liquidamos el pellejo. Luego el café, eso sí, hay dos botellas de coñac y anís para acompañarlo...

A los comensales no pareció agradarles la noticia.

Orbe vio el rostro desairado que unificaba en todos ellos el mismo gesto de desprecio, la salpicadura del vino que acentuaba el rencor de las miradas, sobre todo las que se dirigían los que compartían el mayor aborrecimiento.

—Llamas pobre al tacaño... —dijo Bugido con voz espesa, mientras la jarra se le iba de la mano—. Un dulce no iba a aumentar mucho el déficit de tus finanzas, otra cosa son los naipes...

Aceba y Mara servían el café y Roco dejó sobre la mesa las botellas de coñac y anís.

—Ahora, si me lo permiten —dijo cuando ellas se retiraron—, les cuento un sueño que mi hija Aceba tuvo la otra noche.

Los comensales tardaron un momento en darse por enterados. Las botellas corrían de mano en mano con excesiva codicia y Roco aguardó paciente a que todos se sosegasen.

—Vino Midas a la Hemina en el sueño de Aceba y le acarició el cabello para que se despertara. Le dijo: no tengas ningún miedo, que soy el rey de esta tierra del mismo modo que lo soy de Frigia. El dios Dioniso me ha dado el don de convertir en oro todo lo que toco. Sal a la Hemina y elige las siete piedras que más te gusten y me las traes, que yo te las devolveré convertidas en oro. Aceba hizo lo que el rey le dijo y, cuando por la mañana me contó el sueño, yo entendí que esas siete piedras eran para sufragar las deudas de los siete acreedores que se sientan a esta mesa...

Los comensales miraban atónitos a Roco y por un instante parecían haber perdido el interés en disputarse las botellas.

—Ni los sueños ni los cuentos valen para otra cosa que para hacer de la vida una estúpida quimera... —dijo don Rabanal—. Cualquiera que observe esas piedras —indicó, señalando los cantos oxidados del yermo— sabe que nada hay más ajeno a ellas que el oro. Midas tendría éxito en Frigia, pero siempre fracasaría en Celama.
—Tienes a las hijas un poco grilladas ... —opinó Palmiro—. Contando esos sueños no vas a casarlas.
—¿Y cuándo dijo ese Midas que volvía con las piedras convertidas en oro...? —quiso saber Risco.

Roco se encogió de hombros.
Orbe lo vio alzar luego los brazos con un gesto resignado, después volver a bajarlos y llevar las manos a los bolsillos del raquítico pantalón.
Extrajo con la misma resignación los forros de los bolsillos, vueltos y rotos como dos monederos esquilmados,

y los mostró como el inocente muestra la inútil prueba de su descargo.

—Pues la verdad —dijo Roco, después de un largo silencio que los acreedores respetaron— es que eso que comieron y bebieron es todo lo que había. Los dos corderos, el pellejo, el pan, el café y las botellas. Ahora puedo jurar que se acabó lo que se daba. La Hemina está empeñada y la única esperanza que queda es que lo que soñó Aceba sea cierto.

La Diosa de Urz

En el Oeste de Celama nacieron los dioses o, al menos, está el Olimpo de los únicos que se conocieron. Raro Olimpo de dioses astures, cuyos improbables nombres figuran en inscripciones votivas.

Ese monte sagrado del Oeste, a muchos kilómetros del Territorio, asoma, en los días claros, su cresta solemne y esquiva que, con más frecuencia, velan las brumas y que, en los inviernos luminosos, brilla cuando puede con el mármol de la nieve en el resol de su hermosa divinidad.

A los dioses no hay mucha afición en Celama.

Las inscripciones votivas que los mencionan son precarias. Las lápidas más numerosas son romanas y hablan de augures que yacen con la única pretensión de que la tierra les sea ligera y benigna.

Algunas necrópolis se exhuman cuando se nivela un terreno, algunas tan misteriosas como la de El Carbal, donde aparecieron treinta y dos tumbas, distribuidas en hileras regulares, y sepulturas hechas de lajas de canto rodado sobre el suelo de aluvión, tapadas luego con losas, en la orientación de las líneas solsticiales.

Los cuerpos enterrados eran todos de pequeña estatura, tan sólo uno de niño, siendo de mampostería su sepulcro. Y no había restos de ajuar ni material alguno, nada que involucrara la memoria del difunto. Muchos restos se deshicieron al entrar en contacto con el aire, otros se dispersaron sin conocimiento, con la misma tenacidad con que alimenta el abandono el olvido de los antepasados, fuesen quienes fuesen.

Pero los dioses nacieron al Oeste, y también al Oeste nació la diosa que tanto habría de trastornar la imaginación de Celama, si entendemos que esa imaginación alimenta el deseo y la fantasía de quienes no podrían venerarla.

Nació en Urz, que es casi como decir que nació en el mismo Olimpo, ladera abajo, donde las aldeas apenas eran huellas diseminadas de viejas cabañas que buscaban el llano.

Es muy larga la discusión sobre el origen de la diosa, mayor todavía sobre su destino. Tantas versiones y tan contradictorias han logrado que, a veces, su memoria se difumine por aburrimiento, sobre todo cuando los años, ya no se sabe si los siglos, echan tierra al patrimonio de esa locura común que insuflaba los malos pensamientos, el anhelo de la adoración y la consabida desdicha.

Brodio sostenía la versión más estricta de la divinidad, también la más disparatada. Brodio era pastor en Dalga, pero no tenía antecedentes parameses.

—De la tierra del dios Tileno, si se me apura, de donde ella... —declaraba—. Y tal mujer no vino a la tierra como hija espuria del dios que la mandó a freír gárgaras, sino como diosa propiamente dicha, si por tal entendemos la que un dios engendró.

—El término hay que aclararlo... —le decían sus detractores— para que no haya contradicción. ¿Diosa o mujer?

—Diosa. Diosa completa de la divinidad más esmerada. Diosa verdadera, auténtica como el más puro manantial.

—Y luego mujer, en lo que aquí entendemos que como tal se recuerda, encarnada o transformada o echada a perder en su deidad, que diría don Palomino.

—Nada de eso... —aseguraba Brodio, ya casi indignado—. Ni se encarna ni se transforma ni se transmuta.
Mujer de apariencia, para que los mortales pudiesen verla
y conversar. El fluido de una diosa mata a un mortal a la
primera de cambio, y hay que paliarlo para evitar la catástrofe. Se evita con la apariencia. La mujer es entonces el
remedo de la diosa, pero sin que la diosa deje de serlo.
    —Andas todo el día al sol con las ovejas y se te reblan-
decen las meninges, Brodio... —le decían los que más lo
despreciaban—. Es un cuento chino.
    —Yo tengo esta fe... —aseguraba el pastor—. El que
tenga otra, que la defienda o la guarde. Pido respeto para
la mía. A fin de cuentas, la diosa nació a cuatro millas de
mi pueblo. De Urz era también mi tío Atanasio.
    —¿Y se echó a perder o es que le iba la marcha?, ¿cómo
demonios una diosa pudo caer tan bajo...?
    —Ahora tocamos un asunto más peliagudo, pero ante
todo conviene saber que diosas y dioses se rigen por otros
mandamientos, tienen otras moralidades, muy distintas a
las de los humanos. El Olimpo no es la Plaza de Santa Ula.
    —¿Diosa de la vida...? —inquirió con mucha sorna el
más atrevido.
    —La comparación no es buena... —opinó Brodio—.
La vida como tal le está vedada a cualquier dios, a cualquier
diosa. La apariencia es para ellos un juego. Jugando corte-
ja la diosa a los hombres, que en ella imaginan a la mujer
y no deja de ser un sueño, una banalidad. Humo de pajas.
No podéis imaginaros lo que de todos se habrá reído.

    Alma Lira era el nombre de la diosa cuando era mujer.
    Birgal, que traficaba con enseres y era de los habituales
en la Taberna de Remielgo, mantenía la tesis contraria a la
divinidad, aunque dicha tesis no estaba exenta de un com-
ponente de adoración que le hacía radicalizar las aprecia-
ciones tan irracionalmente como Brodio.

—Digo mujer, debiera decir hembra... —aseguraba—. Lo de mujer se queda corto, no da la medida exacta. Lo de hembra se contrapone mejor a diosa, que sostiene el pastor de Dalga. Nada divino, todo humano, pero humano con el esplendor de la humanidad más pródiga y, a la vez, prodigiosa. Tampoco hay acuerdo con el nacimiento en Urz, la susodicha aldea no está comprobada. Que fuese conocida con aquel sobrenombre de batalla que todos sabemos no lo justifica. En determinados ambientes, hay costumbre de cambiar la identidad y la ubicación. ¿No lo hacen en ocasiones las mismísimas monjas de clausura...?

—Alma Lira tampoco parece un nombre... —opinó alguien—. A no ser que se trate de una música o de una bailarina.

—Hay que hacerse a la idea de que no estamos en el Territorio, ni siquiera en la Provincia. Estamos en Madrid, estamos en Barcelona, estamos en París, estamos en Berlín. Alma Lira aquí te suena a chino, pero en esas capitales suena a lujo, a misterio, a pecado, a lo que tiene que sonar. Era su nombre para los pasaportes y las misivas. También para la intimidad de las personalidades que con ella trataran. ¿De Urz...? El pastor arrima el ascua a la sardina porque por esos pueblos nada hay que rascar, ni centeno siquiera.

—¿Y lo de diosa...?

—Diosa, diva, vestal, maneras de nombrar lo que tanta admiración causa. Mujer, hembra de rompe y rasga. ¿Qué diosa ni qué ocho cuartos...? Y más os digo: de aquí, del Páramo, de Celama. La embajadora mundial de la esencia de esta tierra, entendiendo en la embajada los secretos del placer, la vida galante, los amoríos de alto copete. Una hija del Territorio.

—Eso parece menos probable que lo que cuenta Brodio. Al fin, una diosa es una figuración y nada más, cada cual la imagina de su pueblo y a nadie perjudica, pero una persona de tal rango...

—Hay cartas, hay correspondencia. Escribe un ministro, un chambelán, un káiser, igual escribe un cardenal o un pachá o el Papa de Roma. Ella es mundial, porque se puso el mundo por montera. Mayor fama nadie pudo darnos.

—¿De qué pueblo...? —quiso saber el más interesado.

Birgal hablaba apostado en la esquina del mostrador.

—¿Cuál es el tuyo...?

—Vallarimo.

—No hubo suerte.

—No era de aquí... —dijo otro, convencido—. Lo único en lo que el pastor tiene razón es que era de Urz.

—Voy a decíroslo... —decidió el traficante—, pero antes llena los vasos, Tamarilo, y todos brindamos por ella.

Brindaron.

—De Pobladura, mal que os pese. Allí nació lo poco que merece la pena de esta tierra mendiga.

Con el agitado nombre de la Trepidación se conocía una vieja Casa que tuvo su esplendor en las ferias de Olencia y cuando el Casino, que siempre celebró unos afamados Juegos Florales, apadrinaba las más sonadas timbas de la Provincia.

Fue un esplendor avalado por la discreción y la materia prima, pues la madama que la gobernaba, doña Bisquet, era una catalana muy sabihonda y refinada que mantenía excelentes relaciones comerciales con el puterío de lujo de medio país.

En fechas señaladas, y en conmemoraciones a convenir, el ramillete de pupilas, en su gran mayoría pasajeras, pues las estables cumplían un trámite de mera confianza, variaba con sofisticado exotismo y, en alguna ocasión, los más caprichosos, que venían de Ordial, de Armenta, de la Castilla profunda y el Norte minero, abogados, ingenieros, tratantes, industriales, lograban alguna artista de renombre, acaso un poco ajada o en trance de abandonar el escenario, pero de renombre.

Lolo Cadencia era putero, lo había sido toda la vida, lo fue hasta un mes antes de la muerte.

Con él íbamos a veces a la Casa de Trepidación algunos amigos, cuando la ilusión de una copa postrera se había desvanecido y concluía el aburrimiento de lo poco que daban de sí los fines de semana en Celama.

La verdad es que el decadente lupanar, que de los antiguos esplendores apenas conservaba higiene y discreción, con pupilas fijas más lánguidas y aburridas de lo preciso, tenía un particular encanto. Otras experiencias más lejanas y lujosas, a las que Lolo era adicto, nunca estuvieron a nuestro alcance.

La antigua Casa de Trepidación estaba ahora regentada por una teórica sobrina de doña Bisquet, que se había retirado hacía mucho tiempo y había regresado al pueblecito ampurdanés de sus orígenes.

Se llamaba Mariola, tenía una edad difícil de calcular, esa edad socarrada que da el oficio, en la que en la juventud se aparenta la madurez y en la madurez una juventud desaliñada y rota. Era muy simpática y tenía completa conciencia de que la Trepidación tocaba a su fin: las ferias de Olencia ya no eran lo que habían sido y en el Casino se jugaba a la brisca.

—Te la recomiendo... —me había dicho Lolo Cadencia la primera noche que lo acompañé—. Es una experiencia. Hace tiempo que no ejerce pero, de cuando en cuando, sobre todo conmigo, se da un capricho. Si cuando la veas te decides, estás invitado.

Siempre le agradecí a Lolo aquel detalle. Lo que Mariola aportaba a la Trepidación era la antigüedad de su refinamiento, esa morosa idea que emparenta el sexo y el sueño, de modo que el placer que todos soñamos con la intensidad errática que el sueño infunde es atrapado para hacerse real, para hacerse estricto, profundo y verdadero, y uno se venga así de los mil deseos incumplidos, de los frustrados despertares.

—Eres una diosa, Mariola... —le dije aquella noche, y reconozco que me salió del alma, aunque la ocurrencia fuese una cursilería.

Mariola fumaba grifa.

—Ya te contaron el cuento de la diosa en Celama, poco tardaron en hacerlo.

Lo cierto era que nadie me lo había contado y fue Mariola quien lo hizo.

—Nadie la conoció, pero mi tía oyó hablar mucho de ella, no sólo aquí, en muchos sitios, ya te puedes figurar la carrera de una mujer de su casta y escuela, olfateando los meublés de todo el país con el fin de acabar poniendo el suyo. Alma se llamaba, Alma Lira si es que puede existir un nombre tan peregrino, pero en la profesión se la conocía como Puteza de Urz, un nombre mucho más fuerte y verdadero. Debe de ser cierto que tuvo fama, fama en las grandes Capitales, en las Cortes y las Repúblicas. Una puta refinada, exquisita, dueña de esa belleza que sólo podemos tener las putas, lo que llaman la belleza manchada, que nada tiene que ver con una belleza sucia, y que tanto gusta a los hombres. En Celama algunos dicen que era una diosa:

bajó del Olimpo, del Monte del Oeste, y tomó apariencia de mujer. Una Venus. Así son de ilusos en el Territorio, no en vano aquí en Olencia no los pueden ver.

Fue Lolo quien me acabó contando lo que podía ser la verdadera y triste historia de una Diosa errante, lo más apropiado a la otra cara de las ocurrencias que sobre ella se repetían en Celama.

En Remielgo habíamos escuchado, una vez más, las disquisiciones de Birgal y del pastor de Dalga.

El asunto de la Diosa siempre interesaba, sobre todo cuando Tamarilo había servido más vasos de la cuenta, y los presentes luchaban denodadamente por bajar a los detalles.

—Ahora se trata de concretar —decía uno— la cantidad de amor que Birgal atribuye a la hembra o Brodio a la diosa.

—No hay medida... —decía el pastor.

—Todo tiene medida en el mundo... —aseguraba otro, que no parecía dispuesto a que los contendientes rehuyeran la más ínfima curiosidad, habida cuenta del conocimiento del que ambos presumían.

—Cantidad de amor, cantidad de amor... —se mofaba el traficante, molesto—. No seáis pusilánimes. Amor absoluto, fuera mujer o fuera diosa.

—Lo que se podía trajinar, absoluto o relativo, Birgal. Un ser de tal categoría, de esa entidad, sería sobrehumano aunque no fuera divino, que en la discusión no me meto. ¿Cuánto y de qué modo...? A ver si nos enteramos.

—La vida de Puteza —dijo el pastor, paciente— no tiene en la tierra medida, tampoco contención. No hay normas ni señales para regirla. ¿Cuánto...? Todo. ¿De qué modo...? Del que ningún humano pudiera figurarse, ni Jefes de Estado ni de Gobierno. La diosa arremete y arrebata. No habría semen, fijaos bien lo que digo, esperma en el universo entero.

—No lo habría, lo reconozco... —secundó Birgal—. Alma eligió el nombre en contraposición al cuerpo, para que se notara lo que puede despreciarse la herramienta de trabajo, la vil materia en contraste con el espíritu. ¿Y eso?, diréis, porque no acabáis de enteraros: eso, porque es con el alma con lo que se ama y se mata amando, con el alma que gobierna el cuerpo. La estadística de los que murieron en su cama no se puede hacer pública. Algunos países tendrían serios problemas, algunas monarquías se vendrían a pique, las propias finanzas internacionales, vete a saber...

—Ahora va a resultar que era una asesina... —comentó desinteresado Tamarilo, que no dejaba de servir.

—No hay sangre en el amor... —afirmó Brodio—. El hombre se electrocuta, por decirlo de algún modo. En eso estamos de acuerdo Birgal y yo. Mata el abrazo de la diosa, mata el de la mujer. Mujer más mortífera que Venus no se conoce. Electrocución o asfixia.

Los disparates habían llegado más lejos que nunca.

De Remielgo salieron por pies Birgal y Brodio en más de una ocasión.

Era una noche clara. Lolo y yo caminábamos sin rumbo. En algunas ocasiones, en esas noches de luna y tempero en que el silencio hace sentir el somnoliento latido de la tierra, callábamos, quedábamos quietos un rato, volvíamos a andar.

Fue en uno de esos momentos, tiempo después, cuando por vez primera Lolo me habló del presentimiento de la muerte, de esa muerte que heredaba la fragilidad coronaria de la familia y que, al fin, lo mató de sorpresa.

Habíamos llegado a los pagos comunales del Cindio.

El antiguo cementerio, con sus paredes de adobe medio derruidas, perdía su condición mortuoria, porque el relumbre lunar acentuaba esa otra condición de depósito submarino que emergía de las profundidades. La noche y la luna eran cómplices en Celama para que la tierra conquistase el mar, como si las Hectáreas sufrieran los sobresaltos del agua en unas olas secas y arrebatadas. Podía entonces percibirse una superficie de vidrio alterado, y no era raro que algunas adolescentes soñaran en esas noches que perdían la virginidad en una playa extraña, sin que nadie estuviese con ellas.

No era una imagen que se contrapusiera a la del mar cereal que se ondulaba con la mies en sazón al mediodía: se trataba de un mar verdadero que, aguzando el oído, podía escucharse, igual un rumor o un eco de sombras y arrecifes.

Las lápidas del Cindio tenían las huellas borrosas. Nos sentamos en una. Lolo rehuyó la tagarnina y lio uno de sus cigarros.

—Ahí la tienes... —me dijo, indicando con la cabeza una tumba de tierra que alzaba su protuberancia entre un corro de piedras desordenadas.

En el cercano muro de adobe el palor iluminaba la paja petrificada. El cementerio estaba sumido en una niebla de cristal.

—Alma, Puteza, Dolida... —nombró Lolo—. Dolida Fernández Garzán, ni de Urz ni del pueblo de ese cantamañanas de Birgal. De más cerca, de Orillo. Amiga y compañera de escuela de mi bisabuelo Nocero. Una niña inquieta y pobre, una chica avispada más tarde. Una diosa de la supervivencia, si alguna divinidad pudiera alcanzarse habiendo nacido aquí. No era normal que una chica se fuese de Celama en aquellos tiempos, no lo es aún. Para las mujeres no había emigración. Pero Dolida se marchó. Era guapa cuando todavía estaba desnutrida, más tarde debió de convertirse en una mujer espléndida. Aquí jamás volvieron a saber nada de ella. Lo que fue de su vida, la fama, algo de lo que cuentan esos dos tarambanas, proviene de las más contradictorias noticias. Se hizo llamar Alma Lira, es cierto, y también es verdad que en los grandes lupanares fue conocida como Puteza de Urz. Una mujer errante, de vida desarreglada, que anduvo medio mundo.

—¿Y yace aquí...? —inquirí, más incrédulo que extrañado.

—Sí, señor... —aseguró Lolo—. Pocos en Celama lo saben, pocos se enteraron. A mi bisabuelo lo citó un día un abogado de Ordial en su despacho. Una antigua amiga de la infancia, una señora ya muy mayor, le dijo, quiere pedirle un favor muy grande. Está muy enferma, hospitalizada en Armenta. Es una mujer de posibles, aclaró el abogado, y quiere verle, todo con mucha discreción: yo le acompañaría mañana a Armenta, si está dispuesto. Mi bisabuelo Nocero lo estaba, fue un hombre parco pero bastante novelero. De aquélla ya estaba viudo. Fueron a Armenta. A Dolida no era posible reconocerla: lo que va de una niña a una anciana, con una vida tan agitada, es más de lo que se puede imaginar. Toldín Nocero, dijo ella, sin embargo, cuando mi bisabuelo se acercó desconcertado a la cama, y nadie, absolutamente nadie, le había vuelto a llamar Toldín desde la escuela. Doli, musitó entonces él, y no pudo contener las lágrimas. Mataste un pardal con el tirador, recordó ella, y me manchaste el mandil, y ésa fue la causa de que me dieran una tremenda panadera y de que empezara a pensar en irme. Matabas pájaros, Toldín. Vas a tener que arrepentirte de más cosas que yo...

Lolo alcanzaba con el pie la piedra más cercana de la tumba. En seguida nos dispusimos a ordenarlas.

—Dolida quería volver a Celama, quería que la enterraran en el Cindio, y ésa iba a ser la misión de su antiguo compañero de infancia: disponerlo todo y hacer que se cumpliese su voluntad con la mayor discreción, sin que nadie supiera que se trataba de ella. No fue difícil. Así de parcas son las verdades de las leyendas áureas de Celama, el Olimpo del yermo y la necesidad.

Gamar el Santo

Hubo una noche en la vida de Gamar comparable a las que marcan tránsitos cruciales en la existencia humana, tras el consabido ayuno y las zozobras que salpican el espíritu como olas reincidentes.

No es inocuo mencionar el ayuno y el espíritu en el caso de Gamar, tampoco la vigilia, ya que para esa noche tenía bien ganada la aureola de la santidad en todo el Sur de Celama, y era más conocido como el Santo de Udiermo que por su propio nombre.

No hay en los altares santos de la Llanura.

Tampoco se conocen referencias de vidas ejemplares que hayan podido encaminarse a la exaltación de la virtud o el misticismo, más allá de lo que puede decirse sobre la bondad de la gente o algún sacrificio familiar especialmente llamativo. Ese hombre era un santo o esa mujer merece la gloria de Dios, se decía al remate de algunas vidas en las que sólo había existido dolor y paciencia.

El caso de Gamar no tenía nada que ver.

La santidad comenzó a comentarse cuando curó a su sobrino Elito, a doña Medra y a don Pento.

El niño se ahogaba y no era posible saber si se había tragado algo o tenía un ataque de histeria, ya que se trataba de un niño extremadamente nervioso. Dejadme con él, pidió Gamar, y echó a todos de la habitación. Elito escuchaba sonriente el cuento que le contaba su tío y jugaba con una castaña cuando los familiares volvieron a entrar.

Doña Medra llevaba un año y medio sin levantarse de la cama, imposibilitada por los dolores reumáticos.

Don Pento tenía un asma que no le permitía moverse.

Nadie requirió a Gamar. Lo hizo, como con Elito, por decisión propia: cuando iba a la Hectárea y oyó quejarse a doña Medra, y cuando otro día regresaba y vio a don Pento abatido en el poyo de la entrada de su casa.

En ambos casos, como al parecer había hecho con su sobrino, impuso las manos con una técnica no muy distinta a la que empleaban los saludadores del Castro Astur, los únicos de los que había noticia en Celama.

Pero Gamar no era un curandero.

Tampoco era un hombre especialmente piadoso, aunque iba a misa y cumplía por Pascua.

Aquellas improvisadas curaciones, como las que vinieron luego, suscitaron los lógicos comentarios en Udiermo, pero provenían de una natural inspiración, como si de pronto hubiera tomado conciencia de lo que debía hacerse para eliminar el padecimiento, igual que de manera sorpresiva se descubre la solución de un problema o la mejor decisión para solventar un asunto.

Fue con los casos de Minerva, Balusario y el niño poliomielítico de la Venta Siceda con los que empezó a brillar la aureola virtuosa de Gamar.

A Minerva le desaparecieron las terribles fiebres del posparto, Balusario se libró de la pulmonía, y el niño de la Venta echó a andar después de entregarle la muleta a su madre.

Entonces ya se decía que en Udiermo había un Santo.

La santidad trastornó la existencia de Gamar.

No es posible detallar las vicisitudes de un hombre joven, soltero, que todavía se defendía con razonable estima del destino de solterón, que es un avatar que en la Llanura se consuma con tanta perseverancia como obcecación ya que, al fin, se trata de un grado muy especial.

El Santo perdió la naturalidad, ese resorte espontáneo que le llevaba a apreciar la dolencia de los otros, y comenzó a sentirse no sólo requerido sino abrumado.

Fue entonces cuando decidió retirarse del mundo, una opción difícil de llevar a cabo con la discreción precisa, porque el Páramo no es pródigo en lugares donde esconderse.

Se supo que había ido al Monte Bustillo y tanto sus familiares como los vecinos de Udiermo velaron por que se respetara la clausura del Santo.

Habían transcurrido tres años desde las primeras curaciones y la aureola de Gamar incrementaba la virtud de un hombre que imponía las manos temblorosas sobre el dolor, cerraba los ojos, musitaba una oración.

El dolor se había cambiado en alguna ocasión por la zozobra de algún alma en pena o el indeterminado destino de un ser querido ausente, y la extorsión que inclinaba a Gamar a hacerse adivino forzaba su espíritu, aumentaba una suerte de sufrimiento moral que estaba derrotando su vida.

Hay pocas contemplaciones con los santos, y menos en los lugares donde la santidad es rara avis y donde la supervivencia no resulta fácil.

Gamar cavaba en la Hectárea siempre vigilado por alguien. Volvía a casa cansado, roto, lleno de confusas emociones cada día más amargas.

Del Monte Bustillo hizo su eremitorio.

Se supo que andaba desnudo por aquellos riscos medianos, entre las zarzas. A veces asomaba por las Hectáreas de Grajal corriendo detrás de un conejo. La primavera era fría, y en la herrumbre de las Hectáreas el cuerpo enteco de Gamar resaltaba como un garabato de tiza.

La que más sufría con aquel retiro era su madre, que era también la persona que más se había asustado de los poderes del hijo, porque no lograba comprender de dónde venían ni qué sentido tenían. Lo que no tiene una explicación natural no tiene razón de ser, pensaba en el fondo de su alma doña Crima.

Gamar volvió a casa en otoño.

El ermitaño era un ser envejecido, triste, mugriento. Aquellos meses de ausencia habían contribuido a un razonable olvido. En Udiermo, la familia y los vecinos cerraron filas ante el Santo depauperado que había malbaratado el brillo de su aureola con un fulgor de fiebre que le quemaba los ojos.

La virtud de Gamar no auspiciaba un talante positivo que rescatara su propio ánimo.

El Santo estaba deprimido y todo a su alrededor se inundaba de melancolía, como si el espíritu destilara desde su interior un veneno tibio que paralizaba sus músculos y sus emociones.

Primero se negó a salir de casa, a no superar las bardas del corral, después se recluyó en su habitación, más tarde subió al sobrado y recobró algunas raras costumbres penitenciales de cuando habitaba el eremitorio, entre otras la de permanecer desnudo.

La noche crucial de su vida, la que marcó el tránsito de su santidad y existencia, fue una noche de invierno.

No hubo más curaciones desde su retiro y regreso del Monte, pero sí se mencionaba algún milagro acontecido bajo su advocación. Al Santo, al parecer, se habían encomendado un pastor de Abando al que le dio un ataque de epilepsia en medio del rebaño y un muchacho de Hontasul que escupía sangre.

Su madre le oyó salir de casa.

Era una noche helada y en la Llanura rezumaba la luna un resplandor de vidrios que crepitaban como pavesas de una hoguera blanca. No había cuidado mucho Gamar la vestimenta, caminaba descalzo, el pantalón se sujetaba con dificultad a su cintura, la chaqueta doblaba su espalda y apenas cubría los flancos de la camisa rota.

El frío azotaba la desazón del Santo. En ese sentimiento de aflicción y amargura venía discurriendo su soledad, y sólo doña Crima, en muy contadas ocasiones, había percibido ese dolor espiritual en que su hijo se debatía.

—No me aumente la desgracia... —le había respondido una vez Gamar, cuando lo requirió apenada—. Lo que soy y lo que recibo no lo distingo, qué más quisiera yo...

Desde la casa a la Santa Quilla, por las Hectáreas que ardían bajo la hoguera blanca, caminó Gamar con paso decidido, como si esa noche su voluntad tuviese claro el designio de lo que debía hacerse, aunque la agitación no cesara.

Un Santo no puede consumirse en el desánimo, un hombre no se debe conformar. Probablemente es lo que doña Crima le hubiese dicho, aunque ella estaba tan desconcertada como su hijo.

La cancilla del cementerio chirrió en la oquedad nocturna. El cuerpo de Gamar era un témpano. Los vidrios lunares brillaban sobre las tumbas, anticipando el propio centelleo de la escarcha.

Cruzó el cementerio hasta la tapia oriental, donde las tumbas conjugaban la huella de sus demarcaciones con menos nitidez, como si los muertos de aquellos cuarteles se hubiesen desordenado o hubieran decidido reorientar su muerte común.

Fue en ese lugar y en ese momento cuando el Santo, después de corroborar su extrema soledad entre los muertos, alzó la voz. Lo que dijo lo dijo primero sin convicción, con el temblor de quien duda y tirita. La voz no superó el movimiento aterido de los labios.

Después, como él mismo reconoció tantas veces, cuando los sucesos de aquella noche formaron parte de un pasado que hasta le gustaba rememorar, tal vez porque su recuerdo era el aval de su suerte, de lo que el Santo fue cuando dejó de serlo, tras aquel tránsito, apretó los puños, alzó los ojos, recobró la voz en lo más profundo de sí mismo, de su virtud y confianza.

—Climo... —dijo, casi gritando—, levántate y anda.

Es posible que aquel tenso requerimiento al más allá tronase en la Llanura como una invocación absurda.

No hay atisbo de vida en la oquedad invernal, por mucho que la luna haga vibrar sus vidrios o que un perro ladre en la inquietud del sueño, cosa que ni siquiera sucedía.

El Santo siguió apretando los puños e invocando a Climo Murada para que saliese de la tumba, con mayor crispación con la que Jesucristo requirió a Lázaro.

Climo Murada era un muerto antiguo, un tío abuelo de Gamar, famoso en Udiermo por sus tres matrimonios errados y consecutivos.

Requerir a Climo tampoco tenía, según luego contó Gamar, razón de ser, cualquier otro hubiese servido, se acordó de él sin proponérselo.

En la tapia oriental de la Santa Quilla, como en algunas otras, hay roturas, desmoronamientos. También algunas zarzas.

Conviene decirlo para entender que, al cumplirse el requerimiento del Santo, hubiera sucedido como cuando alguien llama a alguien que no está lejos y asoma en seguida porque la puerta está abierta. Por algún sitio tenía que aparecer el que apareció, aunque no fuera fácil percatarse.

—Dios, Dios... —invocó el Santo, cayendo de rodillas con más asombro que miedo—. Hágase tu voluntad... —musitó luego, dispuesto a entregar al Señor cuanto de él solicitase.

El muerto miraba al Santo y el Santo todavía no se decidía a alzar los ojos para mirar al muerto. Cuando lo hizo, vio una figura borrosa que se sujetaba con dificultades.

—¿Quién eres...? —inquirió entonces el muerto al Santo, y sus palabras tenían el tono desabrido de alguien a quien se molesta.
—Soy Gamar, el hijo de Ferido y Crima, el Santo de Udiermo.

La figura trastabillaba.
Debe de ser difícil que un muerto vuelva al mundo después de tanto tiempo y logre mantenerse de pie.
Un muerto resucitado se tambalea en la vida hasta que la vida lo reconoce y de nuevo lo acepta.
Otra cosa es que el muerto venga como un fardo e intente abrazarse al Santo al que debe su regreso del más allá. Gamar no fue capaz de soslayarlo. El abrazo se produjo de forma abrupta.
Lo lógico es que el muerto resucite con la impedimenta de su defunción o, al menos, los andrajos de ultratumba. No era así, la tela de su pelliza tenía un apresto sobado, el aroma de la podredumbre destilaba un efluvio alcohólico.

En ese abrazo se diluyó la santidad del Santo y el cielo helado de la Llanura cedió su plaza en el santoral. No había resurrección alguna en los ojos del muerto grimoso, apenas un centelleo de aguardiente y delirio.

Salieron de la Santa Quilla y Gamar se percató de que sus pies desnudos se estaban congelando, no los sentía, tampoco sentía la angustia de su virtud ni la pesadumbre que se había adueñado de su espíritu.

El hombre de la pelliza derramó el licor de la botella en sus pies y le frotó los dedos.

—Nunca supe quién era... —decía Gamar al contarlo—. Las almas compasivas no tienen nombre.

El fin del mundo

Se acabó el mundo la noche del veintiséis de noviembre de mil novecientos treinta y cinco.

Esa noche había en Casa Samodio siete parroquianos. El aviso lo dio Vasallo, que asomó sofocado y tembloroso, como si el aliento nocturno lo persiguiera igual que el de una alimaña.

—Se acaba... —gritó desaforado y cerró la puerta tras de sí, evitando en el último instante la garra de la alimaña.

No hay razón que explique el hecho de que todos los presentes, la mayoría apostados en el mostrador, alguno sentado en la banqueta más cercana a la estufa, reaccionaran del mismo modo, sin la menor duda, entendiendo las palabras de Vasallo en su justo sentido.

Siempre corrió en Celama la especie de que el fin del mundo empezaría en la Llanura, de acuerdo a la lógica que determina que las cosas se acaban donde menos hay, pero no pasaba de ser uno más de los comentarios negativos con que las gentes de Celama dejaban constancia de la menesterosa conciencia que tenían del Territorio.

—Al astro Zodial le lavaron la cara, la Estrella Garabita acaba de caer... —ratificó Vasallo, después de apurar la copa que le servía Samodio, y todos los presentes asentían circunspectos, como si los datos corroboraran la previsión que el emisario ilustraba y que todos conocían a la perfección.

383

—Pues ya se sabe lo que hay que hacer... —dijo el dueño del local, que lavaba unos vasos en el fregadero—. Primero que salgan los cobardes y luego, tras tomar la última copa a la que, dadas las circunstancias, invita la casa, los valientes. En cualquier caso, en menos de diez minutos aquí no quiero ver a nadie. El fin propiamente dicho voy a pasarlo en la cama.

Todos los parroquianos se las dieron de valientes o, al menos, aceptaron la invitación.

De los siete quedaron dos porfiando para que la invitación se ampliara, pero Samodio no estaba por la labor: el fin del mundo no tiene alternativa, no hay más copa que valga.

Masmo y Lopena escucharon el cierre del establecimiento a sus espaldas, después de que el dueño los empujara fuera sin que fuese posible convencerlo de que otra copa supondría un alivio al desperdicio de lo que el fin del mundo se iba a llevar.

Era el cierre del exterminio, la liquidación de la vida y del negocio, y aquel ruido metálico contagió un escalofrío vertiginoso en sus espinas dorsales.

Era una noche confusa, al menos eso apreciaban Masmo y Lopena al sentirse solos y alzar los ojos al firmamento con el temor de lo que las palabras de Vasallo vaticinaban, aunque ni del astro Zodial ni de la Estrella Garabita tuviesen especial conocimiento.

La confusión provenía de la oscuridad helada que reconvertía la inmensidad de la Llanura en la estrechez de un agujero, y acrecentaba el sentimiento, también confuso, de perder la condición humana para ganar la identidad del hurón, como si la oscuridad no ofreciese el mínimo amparo racional.

Masmo y Lopena se sintieron bichos huraños e indefensos y, cuando habían dado cuatro pasos, se percataron de que lo habían hecho tan apretados uno a otro que no era raro que hubiesen rodado confundidos por el suelo.

—Nos falta Calomín... —dijo entonces Lopena, al que le costó más trabajo incorporarse—. Se acabará el mundo, pero ello no es razón para que los amigos se pierdan.

—Creí que venía con nosotros... —aseguró Masmo, mirando alrededor, más con la aprensión de percibir alguna presencia temerosa que con la esperanza de distinguir al amigo.

—Ahora que lo pienso... —dijo Lopena—, la última no la tomó. Y no por cobarde. A Calomín no lo amilana la adversidad. El fin del mundo será un contratiempo, pero no justifica desperdiciar la copa que te ofrecen.

Los bichos seguían confundidos en el agujero y no tenían nada clara la orientación, tampoco la voluntad. La noche no colgaba del cielo, supuraba de la tierra como un humo pernicioso.

—Ahora me acuerdo... —advirtió Lopena—. Lo que tuvo Calomín fue una necesidad. Hay que avisarlo.

Se volvió decidido a la puerta clausurada de Casa Samodio, pero no llegó a golpear el cierre metálico.

—Vamos por la tapia... —convino Masmo—. Entrar ya no le sería posible, salir nada fácil. El fin del mundo no perdona, cuánta gente ahora mismo estará en Celama dormida, y cuánta inadvertida o ilusa.

Saltar la tapia del corral de Casa Samodio les costó un esfuerzo más estorbado que compartido. La noche llenaba el corral de basura y las sombras eran más confusas.

—Calomín... —llamó Lopena, con los pasos completamente extraviados, mientras a Masmo le castañeteaban los dientes—. Calomo, por Dios, ¿dónde te metiste...?

La respuesta tardó en llegar, y hasta la puerta del retrete fueron los dos amigos tentando la pared, sujetándose en ella más que orientándose.

—Venimos a por ti, venimos a sacarte. Se acaba el mundo. Avisó Vasallo. El astro Zodial perdió el color y se apagó la Estrella Garabita. Tenemos la Llanura hecha una pena.
—Pues eso me ahorro... —dijo Calomín muy tranquilo—. Desastres y desgracias lleva uno vistos suficientes en la vida. ¿Samodio cerró o todavía podemos tomar la última...?
—Cerró sin más contemplaciones... —informó Lopena tembloroso—. Invitó a la que restaba y nos echó a todos. Ahora quedamos huérfanos, porque por mucho padre que se tenga no hay mayor orfandad que no tener adónde ir, estando como está el mundo acabándose.
—Entonces aquí me quedo. Mejor lugar no encontraría, y más a gusto en ningún sitio.
—Es que Lopena y yo pensamos... —dijo Masmo, tras el desconcierto de la decisión de Calomín— que tres vamos a defendernos mejor que dos. Ya que la mayor parte de las noches de nuestra vida las corrimos juntos, la última deberíamos completarla de igual modo.
—No contéis conmigo... —zanjó Calomín—. Todavía me queda tabaco en la petaca para liar unos cigarros y estoy a punto de mover el vientre. Las razones del estreñido valen como las de cualquier otro. Si Samodio cerró, allá él con su conciencia. Los huérfanos del mundo alguna vez tienen que asumir su condición.
—No te vamos a abandonar... —advirtió Lopena, alterado.

—No lo tomo por abandono, id tranquilos. Cuando el mundo se acaba, como cuando se acaba la vida para el que le llega la hora, no hay otra alternativa que el desvalimiento. Las buenas compañías son para vivir, en la muerte no queda amigo que merezca la pena.

—Eso a nosotros no nos lo puedes decir... —opinó Lopena—. Y menos después de haberle afanado una botella a Samodio. Íbamos a beberla contigo, mientras se acaba Celama.

—Por ahí podíais haber empezado. Nadie más dispuesto que el estreñido crónico a aplazar la encomienda de su destino. Apago la colilla y salgo.

No era fácil moverse por la Llanura ahumada.

La noche contabilizaba la perdición de su fatalidad espesando las sombras que amasaba la propia tierra. El agujero se había convertido en una cueva de hurones extraviados, porque la propia oscuridad solidificaba las galerías y taponaba la salida.

—Está cayendo el telón... —dijo Calomín en el momento en que los tres amigos, cogidos del brazo y sin atreverse a confesar el miedo de su absoluta desorientación, decidieron sentarse en medio de la Hectárea.

—Ahora se demuestra que el fin del mundo es el propio Dios que cierra los ojos, tal como decía don Islán en las Escuelas Graduadas de Anterna.

—Una mala comedia en la que los artistas no tienen tiempo de decir el papel completo.

—No hay que desanimarse... —convino Calomín—. En este punto final, y en aras de la amistad que nos une, no somos otra cosa que la conciencia última que a Celama le queda. Los huérfanos devinieron en fugitivos porque así lo exigieron las circunstancias. Algo importante nos compete, si es que de veras somos testigos de este apocalipsis.

Tirados en la Hectárea, con la última gota de aguardiente en la comisura de los labios, los tres amigos percibieron el hedor del invierno, la antigüedad del mantillo soliviantado que el aire le robaba a la congelación.

El humo era el aliento de alguna entraña podrida, del animal abandonado que no se resignó a desprenderse de la piel.

—Adiós, Celama... —gritó Calomín—. No soy el mejor de tus hijos pero a nadie hice mal, a no ser que se me tenga en cuenta el único desliz de mi vida matrimonial antes de enviudar, porque enviudado no hay desliz, apenas resarcimiento.

—Igual digo, Celama mía... —gritó Masmo, con la voz tomada por el llanto—. Los kilos de menos que pesé al cliente los pesé en la báscula que mi padre dejó arreglada, el hijo es fiel a lo que hereda o no es hijo en el sentido estricto de la palabra.

—Yo te pido perdón, Celama... —musitó Lopena, temeroso de que le oyeran—. Te lo pido por lo que no te di y por lo que te sustraje: el sudor que contigo me ahorré, el pan que nunca dejé de comer.

La helada abatía los cuerpos de los tres amigos.

El silencio unificaba su estremecimiento sin que ninguno fuese capaz de quejarse y hubo un momento, cerca de la congelación, en que llegaron a estar dormidos.

—¿Estáis seguros...? —inquirió Calomín bajo el brillo de las esquirlas que grapaban sus pestañas.

—Si ya llegaste... —dijo Masmo, molesto—, no interrumpas a los demás, espera a que te alcancemos.

—Es que no da la impresión de que esto acabe.

—Todos sabemos que el fin empieza en Celama y que la Llanura es perezosa. Acaba, como hay Dios que acaba, de otro modo jamás Samodio hubiese invitado a la concurrencia.

Celama: un destino
Estudio de Ángeles Encinar

No hay mejor camino para avistar Celama que esa imagen de los páramos en la voz de Don Quijote y, además, no sólo como descripción escueta de ardor e inclemencia, sino como terreno propicio donde asumir una jurisdicción de sufrimiento y aventura, un ejercicio valeroso. [...] Cualquier Celama ofrecería gustosa el sueño de su Territorio para que lo cabalgase el Caballero de la Triste Figura.

Luis Mateo Díez, *Vista de Celama*

La obra de Luis Mateo Díez ha sido reconocida por lectores y crítica especializada desde sus primeras publicaciones. Con su segunda novela, *La Fuente de la edad* (1986), obtuvo el Premio Nacional de Narrativa y el Premio de la Crítica. Le siguieron un libro de cuentos —*Brasas de agosto* (1989)—, novelas —*Las horas completas* (1990), *El expediente del náufrago* (1992), *Camino de perdición* (1995)—, un ensayo —*El porvenir de la ficción* (1992)— y un volumen de cuentos y microrrelatos —*Los males menores* (1993)— que demostraron su versatilidad genérica y la calidad de su escritura. Su producción supera el medio centenar de publicaciones; entre las más recientes están *Vicisitudes* (2017), *Juventud de cristal* (2019) y *Los ancianos siderales* (2020). El Premio Nacional de las Letras Españolas, otorgado en 2020, reconoce el conjunto de su obra.

Tres novelas componen *El reino de Celama*: *El espíritu del páramo. Un relato* (1996), *La ruina del cielo. Un obitua-*

rio (1999) y *El oscurecer. Un encuentro* (2002). Al terminar la primera, el autor percibió su magnitud y vio la necesidad de dar continuidad a ese mundo ficcional. Fue «un hallazgo», en sus propias palabras, al que había llegado después de un largo camino, «de una depuración en la escritura» (en *Orillas de la ficción*, 2010: 43). La segunda es la novela más celebrada de la trilogía y, sin lugar a duda, una obra cumbre en la historia de la literatura española. El argumento, la estructura, el despliegue de recursos técnicos y la perfección del lenguaje la singularizan. Con ella obtuvo nuevamente el Premio Nacional de Narrativa y el Premio de la Crítica, y al año siguiente de su publicación, en 2000, fue elegido miembro de la Real Academia Española, señal de ese reconocimiento. También lo son las numerosas ediciones de la trilogía, así como una versión teatral, en colaboración con Fernando Urdiales (2008), y su puesta en escena por el grupo Teatro Corsario; además de una edición crítica aparecida en 2015. *El oscurecer* clausuró este tríptico de Celama que, en su totalidad, remite a la existencia del ser humano —desde la niñez del protagonista de la primera obra, pasando por la vida adulta del narrador y supuesto autor de la segunda, hasta la vejez del personaje en la última—, sin olvidar, a su vez, que se trata de una fábula de fin de siglo que subraya el crepúsculo de las culturas rurales.

I. El origen

Novelas compuestas

El espíritu del páramo y *La ruina del cielo* son dos novelas compuestas. Este término, acuñado por Maggie Dunn y Ann Morris en su libro *The Composite Novel. The Short Story Cycle in Transition* (1995), se refiere a una obra literaria compuesta de textos más cortos que —aunque individualmente completos y autónomos— están interrelacionados en un todo coherente según uno o más principios organizativos. Denominan así a títulos célebres —*Dublineses*, de James Joyce, *Desciende, Moisés*, de William Faulkner, y *Winesburg, Ohio*, de Sherwood Anderson, por ejemplo— también designados en otras ocasiones ciclos de cuentos, concepto al que nos referiremos más adelante. El vocablo acentúa el parentesco con la novela y lo sitúa a medio camino entre ésta y la colección de cuentos. No obstante, ambos términos son diametralmente opuestos, según las autoras, novela compuesta resalta la totalidad, ciclo las partes.

Muchos estudiosos han propuesto una analogía entre música y literatura. E. M. Forster hablaba de la estructura asociativa de la novela como «ritmo» y la veía similar al desarrollo de una partitura (en *Aspectos de la novela*, 1927: 213-240). Distinguía entre ritmo simple y ritmo complejo; con el último describe la estética de la novela compuesta. El efecto se produce no sólo por la repetición de melodías y motivos, sino también por la relación dinámica entre los movimientos y la sinfonía, entre las partes y el todo. La trilogía de Celama puede considerarse desde una perspectiva sinfónica: la obertura, el *adagio* y la conclusión. El profesor español Mariano Baquero Goyanes se valía también de un símil musical para relacionar la novela con la estructura de una sinfonía, integrada por varios movimientos, un juego de tensiones y una sucesión de vibraciones (en *Qué es la novela, qué es el cuento*, 1988: 131). En la novela compuesta se amplían los contrastes y la tensión entre las partes y el todo, al tratarse de un conjunto integrado por relatos. Se induce a contemplar las variaciones sobre un mismo tema.

La definición de novela compuesta precisa que es un trabajo literario compuesto de textos más cortos. Esta palabra se antepone a ficción o prosa porque, aunque la mayoría está en prosa, a veces puede tratarse de una mezcla de cuentos populares, historias o autobiografía. Tampoco aparece en la descripción la voz cuento, pues se pueden incluir poemas o piezas teatrales en un acto, como sucede en *La ruina del cielo*. Además, los textos deben estar interrelacionados en un todo coherente. El énfasis se pone en la totalidad lograda mediante una interacción dinámica entre las partes. Por último, se especifica la necesidad de uno o más principios organizativos. Hay cinco fundamentales: el escenario; un protagonista único en quien se centran los relatos o que los une, ya sea un narrador protagonista o una figura central; en otros casos, un protagonista colectivo, utilizado a menudo para forjar vínculos complejos en novelas compuestas que abarcan una amplia franja de tiempo o cuyo enfoque es multigeneracional o multicultural; un patrón o un modelo que se repite en las historias, a veces con exactitud; y, finalmente, el acto de contar (*storytelling*), el proceso de crear una ficción se convierte en el verdadero foco (en Dunn y Morris, 1995: 3-16).

El espíritu del páramo y *La ruina del cielo* son magníficos ejemplos de novelas compuestas. La autonomía de los diversos cuentos se yuxtapone a los enlaces intratextuales con el conjunto —espacio, personajes, temas— y se comprueba la tendencia a la cohesión, a la creación de un universo ficcional integrado por diversos fragmentos; de ahí la imagen de un mosaico narrativo. También es esclarecedora la forma de organizar las dos ficciones: Celama es el escenario de interconexión entre los textos; Rapano e Ismael Cuende son los protagonistas unificadores en una y otra novela; no obstante, los habitantes del Territorio pueden considerarse el protagonista colectivo a lo largo del tiempo; hay, asimismo, un patrón que se repite a través de símbolos y de la metáfora de la ruina (destrucción, decadencia, pérdida, vacío); por último, el arte de contar y la consciencia de narrar prevalecen en ambas novelas.

El espíritu del páramo es un relato, como reza el subtítulo, de poco más de ochenta páginas. Sirve de preámbulo a la trilogía: crea la atmósfera prevalente en el conjunto, define y describe el paisaje. Ésa es la función del primer capítulo de los quince que lo componen. Hay ocho que son cuentos, autónomos y con significación propia, pero en la totalidad del relato concurren para subrayar la singularidad de Celama y sus habitantes; forman parte de la novela compuesta. Los otros siete no son cuentos, no tienen esa entidad, son fragmentos de un todo que dan cohesión y significado a lo narrado.

La ruina del cielo es una obra sobresaliente y excepcional en la historiografía literaria española, como hemos afirmado. Dividida en sesenta y ocho capítulos, veintisiete son cuentos independientes y completos. Además, hay poemas —capítulo 18, «Tríptico del invierno en Celama», capítulo 33, «Dones del campo (versiones muy libres de versos griegos y latinos)»— y una escena teatral —capítulo 49, «Antígona de Orión», versión libre de la tragedia de Sófocles—. Ismael Cuende, supuesto autor y narrador de gran parte del relato (a su vez responsable de los poemas y del texto teatral), cohesiona el conjunto. Predomina la variedad en los cuentos autónomos: humorísticos, grotescos, paródicos, dramáticos, fantásticos, maravillosos; son múltiples los temas, los tonos y las estructuras.

Paisaje y escenario. Raigambre cervantina

Celama es un territorio imaginario delimitado, como lo fueron Yoknapatawpha para William Faulkner, Macondo para Gabriel García Márquez o Región para Juan Benet. En *Vista de Celama* se detallan su extensión y su origen, con el mapa dibujado por Ismael Cuende, narrador de la segunda novela, y con los cinco capítulos que la describen. Se inicia este apéndice con una cita de Miguel de Cervan-

395

tes: «… resista en los páramos despoblados los ardientes rayos del sol en la mitad del verano, y en el invierno la dura inclemencia de los vientos y de los yelos…» (en *El reino de Celama*, 2015: 643). La invocación cervantina es intencionada, señala la voz autorial en el capítulo primero de este anexo, como lo es también la cita que encabeza el presente estudio.

El Páramo, la Llanura o el Territorio, nombres indistintos para denominar a Celama, está perfectamente demarcado entre los ríos Urgo y Sela (juego lingüístico del Esla y el Órbigo) de Oeste al Este, mientras que la planicie pierde su carácter hacia el norte, por la proximidad a la cordillera, y hacia el sur por la deriva hacia los valles. Se dan estas precisiones en la primera novela y en el apéndice. Este paisaje imaginario tiene cierto correlato con el real, con el Páramo donde transcurrieron algunos veranos del escritor, sobre todo cuando la vida de sus padres llegaba a su fin. No extraña, por tanto, que la desaparición, la soledad, el sufrimiento y la muerte sean parte intrínseca del paisaje. Por otro lado, en los relatos se repiten las medidas de la propiedad, Hectáreas y Heminas, así como Lindes y Pagos para delimitar y ubicar los terrenos.

Una cita latina precede al inicio de la primera novela, con ella se apunta a la antigüedad, y además se menciona, en el primer capítulo, el origen geológico de Celama, situado entre el Neógeno y el Cuaternario; todo ello sirve para asociarlo después al destino de sus habitantes. Se establece un marco espacial donde se desarrollarán los acontecimientos: se presenta el escenario. El Territorio es la imagen destilada y se convierte en la sustancia ficcional. Luis Mateo Díez lo describía bien en uno de sus ensayos:

> Una idea o una imagen son siempre —en mi caso— el más primitivo latido de la novela. Una idea o una imagen «narrativas»: capaces de segregar, y esto

las distinguiría de otras imágenes o ideas sustentadas exclusivamente en la pureza de sus significaciones, algo susceptible de ser «narrado», alguna sustancia relatable dispuesta a mostrarse, a cuajar, únicamente por ese conducto de lo que se cuenta (en *El porvenir de la ficción*, 1999: 8-9).

Celama es, por tanto, paisaje y escenario, también reflejo de la vida de sus habitantes. El Territorio imaginario persiste en otras creaciones del escritor. Así sucede en el cuento largo «El sol de la nieve o el día que desaparecieron los niños de Celama» y en el relato experimental «Hemina de Ovial», hasta ahora inédito. La yuxtaposición de los cuentos viene cohesionada por este espacio, como sucedía en *Dublineses* —la ciudad de Dublín era siempre el escenario— o en *Winesburg, Ohio* —el pueblo era sede de todas las narraciones (también se incluyó un mapa en la edición de 1960)—. El lugar se erige en principio organizativo, desempeña un papel fundamental para dotar de coherencia a los textos. En un interesante ensayo de 1956, la autora norteamericana Eudora Welty señalaba que la ficción depende del lugar para su vida, se le nombra, especifica y concreta, en consecuencia, une (en «Place in Fiction», reimpreso en *A Modern Southern Reader*, 1986: 538). En Celama se percibe este sentido colectivo del espacio. Tiene protagonismo.

Narradores y el arte de contar

Son múltiples las voces narradoras de las historias. Se utiliza la tercera y la primera persona, conocida o anónima. Rapano es el protagonista de la primera novela y el narrador omnisciente le cede la palabra varias veces: al rememorar su llegada al Páramo, por ejemplo, o en la conclusión, en un monólogo donde reflexiona sobre su existencia y la transformación de Celama. Por otro lado, Ismael Cuende, autor implicado, «escriba oficial» o «segundo ego» del autor (términos mencionados por Wayne Booth en su pionero estudio *La retórica de la ficción*, de 1961) y narrador, cohesiona *La ruina del cielo*. Protagoniza ocho capítulos y a través de su voz, en forma de monólogo o fluir de conciencia —resalta la impresionante técnica narrativa—, sabemos de su vida familiar y de su personalidad, que a lo largo de los años asimila con la desolación y el abandono del Territorio. Con él se inicia y se clausura la novela, su función de narrador aporta la perspectiva totalizadora.

Sin embargo, Cuende cede la palabra a numerosos personajes encargados de relatar, de ahí la polifonía sobresaliente. Hay distintos narradores de las historias; además, los oyentes colaboran de vez en cuando para hacer precisiones o impedirle al relator que se aparte del foco del cuento, por ello se intercalan expresiones como «No te vayas por las ramas», «Al grano» o «Te enredas» (en «La tumba de los amantes»).

En este y en otros relatos sobresalen la oralidad y el arte de contar. Ese placer de narrar en las reuniones vecinales ha sido un elemento constitutivo de las obras de Luis Mateo Díez. El gusto por referir historias, tendencia destacada en la literatura española a finales de los setenta y en los ochenta frente al experimentalismo anterior, se da en Díez de manera natural desde sus primeras publicaciones, porque admite, al reflexionar sobre lo oral, que «en la palabra dicha, previa a la escrita y sofisticada, se concentra una carga imaginativa peculiarmente sugerente, como si en su desnudez [...] estallara más misteriosamente la sugerencia, se removiera con el poder de lo espontáneo el estanque común de nuestra imaginación y memoria» (en *Las palabras de la vida*, 2000: 64).

Las fórmulas del contar se reiteran en *El reino de Celama*: «El cuento lo cuento como se lo oí contar a [...]. Pero el cuento que se cuenta de...»; «Érase que se era, dijo la que lo contó...»; «Lo contaba Aurelio Oceda»; «Del tiempo de este cuento nadie se acuerda...». Un ejemplo memorable lo encontramos en el capítulo 15 de *El oscurecer*. Es el Viejo protagonista de la tercera novela quien relata la historia anunciada desde el primer capítulo, postergada durante varios para crear un clima de misterio e interés. Está dirigida a su nieto y en ella se subraya la falta de cuentos para niños en el Territorio, aunque ellos protagonicen muchos y haya escasez de distracciones para los más pequeños. Se resalta la interacción entre el emisor y el receptor, el narrador y el narratario, imprescindible para disfrutar de la experiencia. En este sentido, el Viejo recordará en otro momento la importancia de crear incertidumbre para alimentar el interés y la intriga, también recalca el efecto de las inflexiones de la voz. Además, la escritura imita la oralidad: se condensa en tres largos párrafos sin signos ortográficos distintos de la coma y se repiten las alusiones al acto de contar. Se insiste nuevamente en el enunciado y la estructura tradicionales en «Fábula de Amigo», donde resalta la moraleja.

Señalamos, por último, el carácter legendario de muchos de los relatos de Celama. Depositados en la memoria individual y colectiva, se transmiten a través de generaciones y forman parte de la tradición popular, y en ellos predomina el elemento fantástico.

Símbolos y metáforas

Para designar al Páramo, Ismael Cuende utiliza una espléndida metáfora entresacada de los papeles de su predecesor, el doctor Ponce de León, que encontró en el viejo consultorio de Santa Ula, la capital. El médico había escrito: «Celama es el espejo no del esplendor del cielo sino de su ruina» (*El reino de Celama*, 2015: 248). Esta poderosa imagen da título a la segunda novela de la trilogía. La destrucción y la decadencia son palabras que definen bien el espacio narrativo. Es lógico, por tanto, asociar Celama con la muerte; no en vano *La ruina del cielo* es un obituario, lo indica el subtítulo.

La quietud, el vacío y la nada describen con frecuencia el paisaje del Territorio, tanto diurno como nocturno, y son símbolos recurrentes de la muerte. El narrador reúne las tres palabras para referirse a una noche de Celama en la que predominan el desamparo y un mal presentimiento, donde coincide «lo más oscuro de lo que nos pudo suceder con lo más oscuro de lo que nos aguarda» (en el capítulo 9 de *El espíritu del páramo*). También el frío y la nieve son elementos representativos del final de la vida, las nevadas de la comarca se asocian a la muerte en ocasiones. En otro caso, se utiliza un símil restrictivo para referirse a la nieve, «es una manta densa que aprisiona el paisaje como si lo contrajera» (43), en «El sol de la nieve o el día que desaparecieron los niños de Celama». Dificulta los movimientos e impide la fructificación de la tierra.

Imágenes de desolación y deterioro abundan al referirse a Celama. A estos estados extremos, se suma la constante presencia de la muerte que parece habitar el subsuelo del Territorio. Predomina la idea de su carácter fantasmal y del miedo que provoca entre sus habitantes en las noches de un frío extremo. En *Vista de Celama* se la define como «una comarca de la imaginación y el sueño» (en *El reino de Celama*, 2015: 647), que transmite una impresión de irrealidad porque parece encontrarse al otro lado del espejo. Precisemos que lo onírico atraviesa la narrativa del escritor y, desde ese ámbito del ensueño, multidireccional y polisémico, aporta un simbolismo universal y se ajusta de modos diversos a cada historia. El sueño es un motivo repetido y a veces las imágenes procedentes del subconsciente coinciden con los presentimientos más temidos, porque el sueño, se afirma en «Los tributos del agua», «[...] es la experiencia más solitaria y secreta de nuestra condición» (203), incluso se convierte en una obsesión o en un misterio. No obstante, en algunos relatos, al simbolismo de índole pesimista se yuxtapone el humor, de carácter expresionista, grotesco, paródico o incluso esperpéntico. Por ejemplo, la historia de la vivencia de la última noche entre los parroquianos de Casa Samodio en el cuento «El fin del mundo». La terrorífica situación se transforma en burlesca al sorprender a uno de ellos en el retrete: el narrador describe la persistente búsqueda de sus dos amigos para festejar juntos el final. Luis Mateo Díez ha afirmado que el humor «es el mejor resorte para relativizar todo lo que sucede, para administrar con sabiduría el escepticismo, y lograr que lo trágico derive hasta donde se pueda en tragicómico» (en *Los desayunos del Café Borenes*, 2015: 152-153). La comicidad conlleva una perspectiva lúcida y ambigua que, en su opinión, permite comprobar la parte grotesca de la condición humana.

II. CELAMA (UN RECUENTO)

Ciclo de cuentos

Este libro se compone de treinta y ocho cuentos y un preámbulo. Treinta y cinco historias autónomas que forman parte de las novelas de *El reino de Celama* —ocho de la primera, veintiséis de la segunda y una de la tercera—, a las que se añaden tres más: el cuento «Flores del fantasma», publicado en un volumen de 2000; «El sol de la nieve o el día que desaparecieron los niños de Celama», de 2008, que estaba ilustrado con dibujos de Antón Díez; y «Hemina de Ovial», inédito. Se inicia con VIAJE A CELAMA, un exordio escrito para esta obra. Todos los relatos han sido revisados (vueltos a contar) y modificados adecuadamente —estilo, contenido y titulación de capítulos, antes numerados— por Luis Mateo Díez para este nuevo volumen con entidad propia. Hablamos de un ciclo de cuentos. Detengámonos brevemente en este término. La definición original de Forrest Ingram, un libro de cuentos tan unidos entre sí por el autor que la experiencia sucesiva del lector a varios niveles del conjunto modifica significativamente su experiencia de cada una de las partes (en *Representative Short Story Cycles of the Twentieth Century: Studies in a Literary Genre*, 1971: 19), se ha precisado y ampliado con el paso de los años. Irónicamente, los mismos libros de Joyce, Faulkner y Anderson que antes se han considerado novelas compuestas también se califican de ciclos; la denominación depende de la mirada del crítico. Ingram distinguía tres tipos: compuesto —el escritor lo concibe como un todo desde el momento en que escribió su primera historia—, organizado —historias que el autor o un editor-autor ha reunido para iluminarse o comentarse entre sí por yuxtaposición o asociación— y completo —un conjunto de historias vinculadas que comenzaron siendo independientes, pero pronto el autor es consciente de los hilos unificadores, entonces completa la tarea—. *Celama (un recuento)* pertenece al segundo tipo.

Al término inicial, «ciclo de cuentos», se han añadido otros, entre ellos, «secuencia de cuentos» y «compuesto de cuentos», que subrayan un rasgo diferenciador del género a juicio de cada estudioso. Rolf Lundén acuña «compuesto de cuentos» y cree que su particularidad más importante es la sucesiva modificación, o expansión, del texto; cada relato participa de un proceso acumulativo de sentido. Hay gran polifonía y apertura, aunque se requieren enlaces intratextuales: tema, escenario, narrador, personajes, lugares específicos, sucesos y símbolos recurrentes en varias historias (en *The United Stories of America. Studies in the Short*

Story Composite, 1999: 12-44). Ya hemos hablado de estos aspectos.

El profesor canadiense René Audet recalca la importancia del lector al abordar una colección de relatos (en «To Relate, to Read, to Separate. A Poetics of the Collection and A Poetics of Diffraction», en *Interférences Litteraires/ Literaire Interferenties*, 2014, 12: 35-45). Precisa dos fenómenos caracterizadores: el efecto totalizador, la tendencia a leerla como algo completo, que proviene de la actitud lectora y de algunos mecanismos circundantes (reseñas, paratextos); y la percepción de una reticulación con conexiones transtextuales: la estructura del libro, campos léxicos y elementos recurrentes.

Organización y diversidad

Celama (un recuento) es un ciclo organizado de forma conjunta entre el escritor y la editora. Desde la perspectiva creadora y lectora, se ha visto la existencia de unas narraciones con entidad propia; por eso, se han dispuesto con una mirada innovadora. Como hemos señalado, el autor ha efectuado una revisión profunda de cada uno de los cuentos. Hay cambios de sintaxis y tiempos verbales; supresiones (por ejemplo, en «El sol de la nieve o el día que desaparecieron los niños de Celama», las quince secuencias narrativas se convierten en doce; las intervenciones de Ismael Cuende como narrador o en la audiencia se eliminan, su nombre se sustituye por el médico o la voz narradora es innominada; desaparecen párrafos introductorios o conclusivos ajenos a la sustancia ficcional —en «El Niño de la Nieve» y «Fábula de Amigo», entre otros—; y se suprimen fechas de nacimiento o muerte al presentar a los personajes); o, por el contrario, hay adición de frases o algún adjetivo esclarecedor; y, finalmente, se modifican la puntuación y la estructura de los párrafos, que se acortan. Toda transformación contribuye a la singularidad de cada relato en sí mismo, sin obviar la integridad del conjunto.

Se inicia el volumen con un preámbulo, VIAJE A CELAMA, y después se estructura en ocho secciones de acuerdo con una cohesión temática: CORRO DE INFANCIA, RUMBO DE LOS VIAJES, RONDA DE LOS AMORES, SEÑALES DE MUERTE Y DESGRACIA, HIJOS Y DESTINOS FAMILIARES, LAS EDADES EXTREMAS, FABULARIO DOMÉSTICO y DEIDADES, SANTIDADES Y VATICINIOS. No obstante, no son apartados estancos, hay transversalidad y algunos cuentos podrían intercambiarse, porque prevalece la visión de la colectividad, de los habitantes del Territorio a través de los años y de las generaciones. Destaca la diacronía textual: la ascendencia de las familias de los Rodielos y los Baralos, en «La Gallina Cervera», se remonta a 1800; la historia de Galbo Cilleda en «La voluntad del viajante» finaliza el día de su muerte, el 7 de marzo de 1934; el tiempo referencial en «El fin del mundo» es el 26 de noviembre de 1935; y «El sol de la nieve o el día que desaparecieron los niños de Celama» enfoca el suceso de un 17 de febrero de 1964.

CORRO DE INFANCIA. La edad temprana es tema recurrente en la escritura de Luis Mateo Díez. Aparece en sus obras *Días del desván* (1997) y *La gloria de los niños* (2007), o en los cuentos «Mi tío César» (en *Brasas de agosto*, 1989), «Luz del Amberes» y «Vidas de insecto» (ambos en *La cabeza en llamas*, 2012), entre muchos otros. Los niños representan la inocencia y la ingenuidad, pero siempre se recuerda que las circunstancias de la vida —la orfandad de tantos personajes del autor— y el contexto político-social —la guerra civil y la dura posguerra— les hacen adultos antes de tiempo, se ven forzados a madurar y experimentan metamorfosis. Abandonados a su suerte, reflejan el desvalimiento y la soledad del ser humano desde la edad temprana. La extraña desaparición del protagonista de siete años en «El Niño de la Nieve» anuncia la desgracia para unos padres jóvenes. Sin embargo, lo temido no llega a suceder y desde el ámbito de lo fantástico se predice un final distinto donde se yuxtaponen sabiduría e inocencia.

En otra historia infantil, «Los Avisos», se subraya el objetivo didáctico de los cuentos, que en el Páramo se convierten en la única oportunidad de aprendizaje. Resaltan los elementos maravillosos del texto junto con el arte de contar: la abuela reúne en corro a sus nietos —el título de esta primera sección evoca la imagen— al pie de la lumbre de la cocina y los embelesa con su historia de tiempo inmemorial. La consciencia narrativa se reitera en «El sol de la nieve o el día que desaparecieron los niños de Celama». La intriga se propone desde el título y, aunque se insiste en la ausencia de quimeras en el lugar, se muestra lo contrario: hay un eco de sucesos imaginarios de cuentos populares. En el paradigma de lo legendario están las posibles explicaciones al misterio, que van desde el milagro del Niño Jesús del Argañal hasta la intervención del Pirata del Yermo o el flautista Estanislao, la invisibilidad de los niños o la realidad más banal. Todo es posible en ese microcosmos. «Flores del fantasma», también sobre la infancia, sobresale por la polifonía y la estructura dialogística. Los niños son transmisores, a su modo, de lo escuchado a sus mayores y el maestro potencia su inventiva: «Me puedo creer cualquier cosa si el que la cuenta la cuenta bien contada» (40).

El viaje articula diferentes ficciones del autor y es metáfora del deambular del ser humano por el mundo para dar sentido a su existencia o disfrutar de aventuras. Rumbo de los viajes se inicia con «El ruso», cuento de tono trágico donde la vieja Ercina anhela el regreso de su hijo, reclutado en la División Azul. La evocación de Penélope en su larga y paciente espera a Ulises relaciona a madre y esposa con un destino adverso. La tragicomedia resalta en «El mar de las Hectáreas», simbólico título. Sabemos de las vicisitudes del emigrante por las cartas a su madre, y si se vislumbra un posible éxito —insinuado por un lenguaje imitativo—, pronto se desvanece. Liviano Ariga protagoniza «El mundo de las navegaciones» y es fácil tildarlo de trotamundos; Celama se le quedó pequeña y prefería andar por Indonesia o África, según se terciaran sus intereses, pero la narración de sus periplos es su verdadero aliciente.

Resulta hilarante el encuentro entre Baro Leza y sus hijos por la deriva de su viaje, como indica el título del cuento. Cuando uno de ellos se licencia del Servicio Militar, el padre organiza una hiperbólica celebración para escenificar un cambio de suerte familiar. Coexisten lo cómico y lo trágico en esta sección, y es frecuente pasar de la alegría al pesar, de una circunstancia a otra, porque también se confronta la opción de un último trayecto. La Plaza de Santa Ula, capital de Celama, es el final del itinerario, y de la vida, del viajante Galbo Cilleda. Estos profesionales son recurrentes en las obras de Díez. Se trata de personajes extraviados que pertenecen al gremio de los vendedores, por eso, el lenguaje es fundamental en su profesión. Las relaciones entre vendedor y comprador se asemejan a las establecidas entre escritor y lector, se sugiere en una ficción («El oscuro pesar», en *Invenciones y recuerdos*, 2020). En ambas se apela a la fantasía y se exige, de un modo u otro, la suspensión de la incredulidad.

Frente al desabrigo del Páramo se propicia el ardor de las pasiones, abundantes y diversas. Este estado del ánimo sobresale en el apartado RONDA DE LOS AMORES. El arquetipo literario del don Juan se actualiza en el relato cuyo protagonista es un virtuoso musical y amatorio, así lo atestiguan mujeres de todas las edades. La infidelidad es consecuencia del arrebato y se refleja en la conducta de algunos matrimonios del Territorio, como se comprueba en «La tumba de los amantes», donde los tertulianos del Casino de Santa Ula recuerdan, incluso muchos años después, la historia de dos parejas marcadas por la pasión: los amantes se rebelan y la traición es el resultado. Pero en las fábulas hay siempre espacio para la sorpresa, porque la humillación une más que cualquier otro sentimiento y la tragedia se transforma en comedia. Ante la deshonra y la vergüenza, algunos prefieren protagonizar ocurrencias; son casos en los que el bochorno alcanza a involucrados y ajenos. La jocosa anécdota de una pareja el día de su boda en «El velo de la ceremonia» excede cualquier expectativa. Contrasta el ambiente festivo de este relato con el tono compasivo de «Las palabras del matrimonio». El viudo Martín Huero se recluye en un profundo silencio a la muerte de su esposa; sin embargo, existe una comunicación íntima entre ellos, su conducta subraya genuinamente el vacío y la soledad por la ausencia de los seres queridos.

El extravío y la extrañeza son propios de muchos de los personajes de Luis Mateo Díez. Abandonados, desorientados e infelices padecen enfermedades del alma, denominación acuñada por él. Soportan los pesares de la vida y el sufrimiento, que se manifiestan en afecciones físicas, pero también psíquicas y espirituales. Se pueden designar «héroes del fracaso», porque al ser conscientes de su mediocridad y sus tribulaciones muestran un grado de heroísmo (en Díez, *La línea del espejo [Un relato de personajes]*, 1998: 32-33).

El desaliento impera en algunas ficciones, y la frustración y la derrota son sentimientos compartidos por los habitantes de Celama. Todo ello conduce a reflexionar sobre el peculiar modo de ser y de estar en el mundo de cada individuo, reflejo de la *comedia humana* presentada por el escritor desde una perspectiva expresionista o surrealista recurrente.

En el apartado Señales de muerte y desgracia se concentran relatos sobre el ocaso de la vida. ¿Es el sueño una experiencia cercana a la muerte? ¿Tenemos alguna certeza de esta condición? No existen respuestas plausibles.

Hay soñadores contumaces en algunos cuentos, es un motivo repetido. Cuando Inicio Vela soñó su desgracia cayó en una suerte de espiral que le llevó a la muerte un año después. La indolencia y la desgana fueron los síntomas de un presentimiento nefasto de este soñador inexperto. Lo onírico es un rasgo axial en esta narrativa y, a veces, predomina una atmósfera fantasmagórica alimentada por los viejos del Territorio que concluye, sin embargo, de un modo realista y burlón, alejado de lo espectral; así sucede en «Los tributos del agua». Muy distinta es la historia maravillosa de la que disfruta el lector en «El mal presentimiento» (entre sus entresijos se subraya la consciencia del contar), cuyo protagonista afronta la visita de la muerte personificada de tres modos. Por otro lado, circunstancia y coincidencia concurren en las muertes simultáneas de los suegros de Pina y Reboldo, según los tertulianos del Casino de Santa Ula, y sucederá de igual modo en su caso, pues el destino fatal les llegará el mismo día y casi a la misma hora.

En «El rastro de la belleza» comparten protagonismo el perro Lancedo y su dueño, Bastián. Las muertes de animales en varios pueblos de la comarca sorprenden e inquietan a todos y de especial modo al albéitar de la zona. La narración de estos sucesos y de la búsqueda de la alimaña asesina tiene un sutil contrapunto con la historia de Día, hermana de Bastián, cuya belleza admiraban todos los vecinos. Desde la sugerencia, al paralelismo entre la hermosura de la mujer y la del animal se suman el destino fatal y la desgracia de ambos. A este extraordinario relato le sigue otro que constituye un broche magistral de la sección: «Hemina de Ovial». Destaca la detallada descripción del narrador, focalizado en el Comisario Morga al observar un cadáver, con imágenes descarnadas y abruptas, que se contrapone a un sentimiento íntimo imbuido de malos presagios. Resalta la técnica experimental, un único párrafo de cuatro páginas separado sólo con comas, donde se acumulan la información pericial y las sospechas.

HIJOS Y DESTINOS FAMILIARES agrupa cuatro cuentos. La parábola evangélica del hijo pródigo no tiene correlato con la historia de igual título. El único vástago causará la calamidad y la ruina a unos padres resignados a su pésima suerte. Calmo es el apodo certero del hijo de otra familia del Territorio. Su pereza se convierte en hábito y llega a extremos hiperbólicos, la perjudicial conducta es el resultado del malcriar de sus progenitores. El anciano Ibro protagoniza «Pájaro de Luto». La visión de un ave negra trastocará el rumbo de sus últimos años de vida y le lleva a una decisión que no obtiene el resultado esperable. De cariz muy distinto es la historia del viejo Furial, oriundo de Huesca que echó raíces en Celama. Antes de fallecer, rodeado de su familia cercana, desvelará un secreto bien guardado durante muchos años.

El desvarío afecta o define a algunos personajes de estas ficciones, sobre todo con el paso de los años. El apartado LAS EDADES EXTREMAS se inicia con el caso del anciano Rodrigo Bordo, que a sus ochenta años experimenta una extravagante metamorfosis. De hombre esquivo, solitario y tacaño se transforma en juerguista y perdulario de la noche a la mañana, aplaudido por las malas compañías. «La pena del patio» transcurre en el Psiquiátrico de Armenta, donde la imagen de oquedad prevalece sobre cualquier otra. Sino Cegal la proyecta y en su acelerado envejecimiento, pórtico de la muerte, recuerda con melancolía su infancia en Celama. Es revelador que desde la locura del personaje se presagie otra sinrazón: la tragedia de la guerra civil española. La desolación, el ambiente delirante y surrealista de los hospitales mentales y de las residencias de ancianos, o centros de beneficencia, han sido ficcionalizados por Díez en diferentes ocasiones; de ello da cuenta su reciente novela *Los ancianos siderales*. En «La superficie mansa» se relata un hecho que sorprendió a los habitantes de Celama: el único mendigo de su entorno apuntaba minuciosamente las limosnas recibidas en una libreta.

Fabulario doméstico. La variedad del conjunto se corrobora con los distintos enfoques y la diversidad temática y estructural. No faltan las tradicionales fábulas. Una gallina, perros y un gato protagonizan las ficciones del penúltimo grupo. La escritura de fábulas se ha practicado durante siglos, recordemos a Fedro y Esopo, y de la conducta animal se extrae siempre una enseñanza. En la historia literaria española sobresalen Tomás de Iriarte y Félix María de Samaniego. Se cita a ambos en «Zumido», donde el narrador señala su objetivo: «una fábula propone en su alegoría sugerencias morales de más relieve» (329). El didactismo prevalece y ésa es, asimismo, la intención de la voz narradora de la historia de Amigo, bien conocida en el Territorio. La decadencia en la vejez es análoga entre hombre y animal, y la única alternativa frente al deterioro quizá sea la resignación, o la huida, según el texto. Tampoco extraña que un perro desdeñado se convierta en delator con su comportamiento o que otro rescate a un individuo de sus aciagos sueños. «La Gallina Cervera», uno de los cuentos más jocosos del conjunto, encabeza esta sección. Su sagaz comportamiento frente a la rivalidad entre dos familias constituye el núcleo narrativo. Desde lo grotesco y la parodia se cuenta la lucha entre las sagas, como si de Capuletos y Montescos se tratara; además, el secuestro de la gallina emula el rapto de Helena, en un divertido guiño al lector.

En su ensayo *Mito y realidad*, Mircea Eliade precisaba ciertas características del mito: «se refiere siempre a una "creación", cuenta cómo algo ha llegado a la existencia o cómo un comportamiento, una institución, una manera de trabajar, se han fundado; es ésta la razón de que los mitos constituyan los paradigmas de todo acto humano significativo» (1992: 25). La historia del rey Midas de convertir lo tocado en oro fundamenta el cuento cuyo título incluye su nombre e inicia la sección DEIDADES, SANTIDADES Y VATICINIOS. Roco se apoya en el famoso mito para convencer a sus acreedores de que algún día podrá saldar sus cuentas pendientes. Destaca la imaginación, sustentada en lo onírico, y no extraña que todos los personajes se queden atónitos al escuchar semejante quimera. En otro texto se habla de un Olimpo localizado al Oeste del Territorio, allí se sitúa la procedencia de una diosa convertida en mujer, admirada y visitada por los varones de toda la comarca. La sorna predomina en la rememoración de los tertulianos. De tono muy distinto es la aureola de santidad que rodea a Gamar y que trastoca su existencia y la de sus familiares. Por otro lado, la ironía y la burla derivan en esperpento cuando los parroquianos de la taberna de Samodio se enfrentan a la predicción del fin del mundo. Estas historias, consideradas sagradas desde la Antigüedad, se admiten como verdaderas, por ello influyen en el ánimo de los paisanos de Celama. De ahí que algunos sucesos asombrosos adquieran un carácter divino o mítico y prevalezca el misterio.

III. VIAJE A CELAMA. NUEVA MIRADA

Entre la confusión de la niebla y la indeterminación del sueño, el viajero que se acerca a Celama sólo tiene una certeza: la irrealidad es la condición del arte. Esta idea permea el admirable preámbulo del presente libro pues, a juicio del narrador reflexivo, «lo irreal daría sentido a lo que viera y descubriese» (15) ese viajero. La significación del Reino de Celama sobrepasa la geografía de la Llanura y, lejos de la concisión territorial, adquiere la connotación de un destino propio.

Aunque el proyecto de viaje quede en intención, en el trayecto imaginario prevalece una percepción y se obtienen conclusiones rotundas: la versatilidad de Celama en sus cuentos e historias y su identidad narrativa, sustentada en la legitimidad de lo oral. Lo contado posee «una sabiduría ancestral y simbólica» (17) que viene avalada por su verosimilitud. El patrimonio de lo imaginario triunfa sobre la realidad, y ésa es la auténtica naturaleza del arte.

El viajero duda si empezar en Santa Ula, la capital, o subir desde el Sur al Norte, del Páramo bajo, Yuso, al alto, Suso. La indecisión no importa, el capricho se convierte en brújula porque prima la libertad, sobre todo la imaginativa, y desde la ensoñación se han trazado posibles rutas que aminoran cualquier inquietud entrevista. Los libros escritos sobre el Territorio, que narran las historias de sus habitantes, sus afanes y sus sueños, también sus fantasmagorías, bastan para evidenciar su topografía y la condición real del Reino.

El lector participa en el recorrido ficticio y el viajero le deja huellas de su mensaje: la libreta perdida con sus notas, a la postre innecesaria, y la alusión a las lagartijas del Páramo que asoman entre las ruinas, símbolo de la vida y la perdurabilidad. La experiencia imaginaria nos guía a nuestro destino: Celama. En la visión final se difumina la impresión de vacío porque se imponen los rasgos sobresalientes del Territorio: la épica del trabajo y la supervivencia. De todo ello dan cuenta estos relatos. Un fulgor nuevo emerge del recuento.

*

Afirmaba Luis Mateo Díez que la humanidad tiene una deuda con los fabuladores similar, al menos, a la adquirida con los grandes inventores que alivian la precariedad de la existencia humana (en *Los desayunos del Café*

Borenes, 2015: 107). Sin duda, la imaginación literaria es una de las herramientas más poderosas para profundizar en el conocimiento del hombre y saber de su condición. Imaginación que, junto a la memoria y el lenguaje, conforma la tríada imprescindible para el creador de ficciones, como ha señalado el escritor en numerosas ocasiones. Celama traspasa el ámbito de la fantasía y adquiere realidad en los lectores que se apropian de ese universo, es consecuencia del pacto ficcional y de la complicidad. Estos cuentos deleitan por su calidad artística y ponen de manifiesto componentes axiales de nuestra existencia: el dolor, las pasiones, los deseos, los miedos, el éxito y el fracaso, la felicidad y la desgracia, la vida y la muerte. Su dimensión ontológica contribuye a entender mejor nuestro pasado y nuestro presente, quizá nos previene sobre el futuro. Celama transciende sus límites y logra un carácter universal.

Este libro se terminó
de imprimir en
Móstoles, Madrid,
en el mes de
febrero de 2022